dtv

Tina und Markus sind seit fast 20 Jahren verheiratet und ihre Liebe hat schon mal bessere Zeiten gesehen. Alltagsroutine, Ärger im Job, der dauerpubertierende Sohn und ständige Geldsorgen belasten sie. Eines Tages brennen bei Markus die Sicherungen durch. Er überfällt eine Tankstelle – und seine Frau wird zufällig Zeugin. Panisch flüchten die beiden mit dem nächstbesten Auto, einem Krankentransporter, nicht ahnend, dass in diesem der 87-jährige Oskar sitzt. Der sollte gerade von einer Pflegeeinrichtung in die nächste transportiert werden. Oskar ist hellauf begeistert, dass endlich mal wieder etwas los ist, und entpuppt sich als ein mit allen Wassern gewaschener Ex-Kleinkrimineller. Verfolgt von der Polizei und sensationsgierigen Medien beginnt für die drei das Abenteuer ihres Lebens.

Ulrike Herwig war lange Jahre Deutschlehrerin in London. Heute lebt sie mit ihrer Familie in Seattle/ USA, wo sie sich in jeder freien Minute dem Schreiben widmet.

ULRIKE HERWIG

Oskar an Bord

Roman

dtv

**Ausführliche Informationen über
unsere Autoren und Bücher
www.dtv.de**

Von Ulrike Herwig ist bei dtv außerdem erschienen:
Das Leben ist manchmal woanders (26161)

Ungekürzte Ausgabe 2018
© 2015 dtv Verlagsgesellschaft mbH & Co. KG, München
Das Werk ist urheberrechtlich geschützt.
Sämtliche Verwertungen bleiben vorbehalten.
Umschlaggestaltung: dtv unter Verwendung
eines Bildes von Gerhard Glück
Satz: Fotosatz Amann, Memmingen
Druck und Bindung: Druckerei C.H.Beck, Nördlingen
Gedruckt auf säurefreiem, chlorfrei gebleichtem Papier
Printed in Germany · ISBN 978-3-423-21710-1

I

Der Tag hatte als Griff ins Klo begonnen und steigerte sich allmählich zu einem Griff in die gesamte Kanalisation der Stadt.

Am Morgen hatte Tina feststellen müssen, dass das gemeinsame Konto wieder mal überzogen war und sie noch eine ganze Woche bis zum nächsten Lohn ausharren mussten. Der Streit darüber mit Markus war heillos außer Kontrolle geraten, und wenn Tina nur an die kommende öde Woche voller Nudeln und Ketchup und langer Gesichter dachte, wäre sie am liebsten sofort nach Australien ausgewandert. *Alleine*. Aber dafür fehlte selbstredend das Geld.

Der rettungslos stumpfsinnige Job beim *Fashion World*-Katalog trug kaum zur Verbesserung ihrer Laune bei, ganz im Gegenteil. Zumal Tina gerade kostbare Zeit ihrer Mittagspause verlor, weil die Hälfte der Kollegen krank war und irgendeine zögerliche Kundin am Telefon sich nicht entscheiden konnte, ob sie die Bermudashorts Größe 50 lieber in Rostrot oder Nugatbraun bestellen sollte. Irrelevant übrigens, wie Tina heimlich fand, weil sie beide scheußlich aussahen.

Sie schielte zu Marion, ihrer Kollegin am Nachbartisch, die gerade lustlos durch den Katalog blätterte. »Meinen Sie jetzt den Kordblazer in Grüngelb?«, hörte Tina sie ins Telefon fragen. Tina unterdrückte ein Lachen. Der Kordblazer in Grüngelb war von ihr und Marion zum absoluten Hassobjekt der Frühjahrskollektion gewählt worden. Wer den anzog, lief herum wie SpongeBob. Marion sah jetzt zu Tina und verdrehte die Augen. Tina deutete als Antwort ein pantomimisches Würgen an. Sie grinsten sich an. Wenigstens hatte Tina hier in diesem Saftladen eine Seelenverwandte.

»Ich weiß nicht«, seufzte Tinas Kundin jetzt am anderen Ende der Leitung. »Das Nugatbraun ist schon schick, aber das Rostrot ist auch nicht übel. Was meinen *Sie* denn?«

»Beide Shorts sind sehr hübsch und hochwertig.« Fingertrommeln.

»Na, ja ... Hm.«

»Vielleicht möchten Sie erst in Ruhe zu Hause auswählen und später noch mal zurückrufen?«, schlug Tina mit einschmeichelnder Stimme vor. »Machen Sie doch erst mal Mittagspause.« Kleiner Wink mit dem Zaunpfahl. »Und melden Sie sich in einer Stunde oder so wieder, Frau ...« Tina schielte auf den Bildschirm mit der Kundennummer. Wie hieß die gleich?

Am anderen Ende herrschte konsterniertes Schweigen. Dann erklang die Stimme wieder, sichtlich beleidigt. »Scheller. *Herr* Scheller.«

Ach du Schande! Die Kundin war ein Mann!

»Oh, ich ...« Tina schluckte, tausend Entschuldigungen rasten durch ihren Kopf, aber keine passte, und deshalb versetzte sie *Herrn* Scheller den Todesstoß aller Kundenbetreuer: Sie unterbrach einfach die Verbindung.

Zum Glück merkte ihre Chefin nichts, denn die hackte gerade auf der armen Marion herum, und Tina schnappte ihre Handtasche und floh hinaus in die Freiheit, an die frische Luft, auch wenn es draußen bereits 28 Grad im Schatten waren. Sie wollte zu ihrem Stammbäcker, um sich das einzig Gute zu gönnen, was dieser Tag ihr zu bieten hatte: ein knuspriges belegtes Ciabatta-Brötchen mit Rucola, Tomaten und Mozzarella. Für zehn Minuten Kauvergnügen würde das Brötchen Tina in ein paralleles Universum entführen. Nach Italien in ein laues, sorgloses Leben voller Olivenhaine und Basilikum, in ein weißes Häuschen bei einer kühlen Meeresbrise und …

Der Bäcker hatte zu.

Das durfte doch nicht wahr sein, verdammt noch mal! Weit und breit gab es kein anderes Geschäft mit Lebensmitteln, außer der Tankstelle unten an der Straße.

»Haste mal 'n Euro?«, bettelte nun auch noch eine Stimme von links. »Für die Morli?« Neben Tina war die verrückte alte Frau mit dem Strohhut aufgetaucht, die in einer der betreuten Wohnanlagen in der Nähe wohnte und den ganzen Tag lang durch die Straßen schlich und ihre Katze in einer Strandtasche herumtrug. *Nein, hab ich nicht*, lag es Tina auf der Zunge. *Genau genommen habe ich noch ganze fünf Euro, und die sind für mein Brötchen und ein Ge-*

tränk. Für heute und morgen. Wenn das überhaupt reicht, so teuer, wie das Zeug an der Tanke da unten ist.

»Die Morli hat Hunger.« Die alte Frau war unglaublich dick angezogen, roch streng, hatte rote Bäckchen wie ein Kind und streichelte ihre Katze.

Tina zögerte kurz, dann reichte sie der Frau einen Euro. »Na klar, hier.« An diesem schrecklichen Tag heute war eh alles egal. Wenigstens bin ich noch nicht völlig übergeschnappt und laufe im Hochsommer mit Strohhut, Fellweste und Katze durch die Gegend, dachte Tina. Sie war ja schon für Kleinigkeiten dankbar.

»Danke, Mensch, das kriegste irgendwann tausendfach wieder!«, sagte die alte Frau und lächelte ein zahnloses Lächeln.

Tina lächelte nachsichtig zurück. Ein Euro, der mit tausend Geschwistern zurückkehrte, war immer willkommen, gar keine Frage. Wie war das noch mal mit dem guten Karma? *Alles Gute kehrt zu dir zurück?*

Prompt rauschte ein Audi R8 vorbei und spritzte Tina voller Pfützenwasser, ein letzter Gruß des lächerlich kleinen Gewitters vom Vorabend. Am Steuer des Wagens saß ein junger Mann, kaum älter als Tinas Sohn Paul. Fassungslos blickte sie ihm hinterher. Wie konnte das sein? Wie konnte es sein, dass ein junger Mensch so schlechte Manieren und so viel Geld hatte, während Tina und Markus trotz ihrer nervigen Vollzeitjobs nie auf einen grünen Zweig kamen? Die jungen Leute handelten wohl alle mit Drogen.

Was sonst brachte denn so viel Geld ein? Erst neulich hatte man in Pauls Schule einen Drogendealer aus der neunten Klasse geschnappt, der seine Asperger-Pillen pulverisiert und für teures Geld als Crack an seine Klassenkameraden verkauft hatte. So viel Dreistigkeit und Entrepreneurgeist waren schon fast wieder bewundernswert, fand Tina. Manchmal konnte man von der Jugend direkt noch was lernen. Sie hielt die restlichen vier Euro fest in der Hand, seufzte und marschierte in Richtung Tankstelle.

Fahles Neonlicht verlieh der Tankstelle das gemütliche Ambiente einer Leichenhalle, ein Eindruck, der durch die hinter der Kasse mit offenem Mund vor sich hin dämmernde Verkäuferin in gelber Kittelschürze noch verstärkt wurde. Tina sah sich um. Ganz offensichtlich war das von Autofahrern am meisten benötigte Produkt Bier – dicht gefolgt von Sonnenbrillen und Diddl-Glückwunschkarten.

Außer Tina befand sich noch ein Mann im Laden, der die hässlichste Brille trug, die sie je gesehen hatte, eine Art orthopädischer Schuh fürs Gesicht. Er las ungeniert in einer Zeitung und runzelte dabei die Stirn, zwei junge Männer in Trainingshosen und Unterhemden beäugten neben ihm fachmännisch eine Pyramide aus Bierdosen, und eine Frau in Tinas Alter mit dunklen Augenringen schlürfte in der vollmundig betitelten *Bistro-Ecke* einen Kaffee aus dem Pappbecher.

»*Genießen Sie mal wieder*«, verhöhnte ein Plakat mit Schokoladenwerbung alle Anwesenden. Tina begab sich in die *Bistro-Ecke* und betrachtete die kraftlosen Brötchen in der Auslage, die wahrscheinlich trotz ihrer verschämt hervorlugenden Salatblätter den Nährwert eines Topflappens hatten. Extrem teuer waren die welken Teile obendrein. Aber was blieb sonst noch übrig? *Coffee to go* und ein labbriges Croissant? Oder gleich eine Tüte Studentenfutter? Tina stolperte ziellos in dem dämmrigen Laden herum. Egal. Wenigstens war es hier drin schön kühl. Sie würde sich einfach neben die Frau mit den Augenringen setzen und die restlichen vierzig Minuten ihrer Mittagspause ebenso an die Wand starren wie sie. Wenn jemand sie beide dann in Schwarzweiß fotografieren würde, war das Kunst. Wenn nicht, war es einfach ein Scheißleben.

Die Typen im Unterhemd bezahlten jetzt, draußen fuhr ein Krankenwagen vor und tankte, die Tür klingelte und noch jemand kam herein. Tina wandte sich ab. Wenn sie nur eine kleine Tüte Erdnüsse nahm, konnte sie noch eine Klatschzeitung dazukaufen und für eine Weile in das Leben der Stars und Promis eintauchen und ihr eigenes dabei vergessen. Sie streckte verlangend ihre Hand nach einem der grellen Blätter aus. »*Schon morgen 5 Kilo weniger wiegen! Brad und Angelina adoptieren noch 15 weitere Kinder! Madonna in Wahrheit schon 78 Jahre alt! Wie Sie endlich Ihr Leben in den Griff bekommen!*«

Von der Kasse her erklang jetzt ein kleiner Aufschrei. »Oh, nein!«

Nanu, was war denn da los? War etwas umgekippt? Tina hatte nur die Augenring-Frau im Blick, die jetzt entsetzt die Hand vor den Mund hielt. Der Mann mit der orthopädischen Brille hatte seine Zeitung fallen lassen und die Hände hochgehoben.

»Alles. Und da rein, aber zack, zack!«, befahl eine Männerstimme.

Ein Überfall! Tina fing unvermittelt an zu zittern. Sie konnte den Täter nicht sehen, weil die Regale ihr die Sicht versperrten, aber das musste nicht bedeuten, dass er sie nicht entdeckt hatte.

»Nehmen Sie doch bitte die Pistole weg, ich mach ja schon!«, tönte die panische Stimme der Verkäuferin. Sie schluchzte.

Der Typ war bewaffnet, oh Gott. Tina duckte sich unwillkürlich und versteckte sich hinter dem Süßwaren-Display, am liebsten wäre sie in die Kiste mit den Gummibärchen hineingekrochen.

»Na los, los«, befahl die Stimme wieder. Sie kam Tina ausgesprochen bekannt vor, war das etwa jemand, den sie …? Tina sah vorsichtig hoch zu dem großen Spiegel an der Decke, der so angebracht war, dass man den ganzen Laden im Blick haben konnte. Was sie sah, ließ sie nach Luft schnappen. Das konnte doch nicht wahr sein! Der Mann, der da vorn an der Kasse stand – eine Pistole in der rechten Hand und auf die kreidebleiche Verkäuferin gerichtet –, der Mann in dem gestreiften Freizeithemd, das sich immer so schlecht bügeln ließ, der Mann mit dem hektischen Blick, der bewaffnete, der eiskalte Täter – war niemand anderes als Tinas eigener Mann Markus. Eigentlich hätte er allen Regeln der Vernunft nach in diesem Moment die Regale des Supermarktes, in dem er arbeitete, mit Getränken, Cornflakes und Shampoo auffüllen sollen.

»Markus?«, flüsterte Tina perplex. »Was machst du denn da?«

Natürlich hörte er sie nicht, er schien überhaupt nichts wahrzunehmen außer dem Bündel Geldscheine, das die Verkäuferin in die bereitgehaltene Aldi-Tüte warf. In ebendieser Tüte hatte Tina vor ein paar Tagen erst Butter, Waschmittel und Kräuterquark nach Hause transportiert, und jetzt benutzte Markus sie zu einem bewaffneten Überfall. Ja, hatte er denn sein letztes bisschen Verstand in seinem blöden Supermarkt zwischen Tiefkühlerbsen und WC-Reiniger verloren? Wie ferngesteuert stand Tina auf.

»Runter!«, signalisierte ihr entsetzt die Frau mit den Augenringen, aber Tina ignorierte sie.

»Mehr ist nicht«, jammerte die Verkäuferin gerade und deutete auf die leere Kasse. »Ehrlich, ich schwör's!« Vor Aufregung hatte die Frau Schluckauf bekommen.

Markus drehte sich abrupt um und ging in Richtung Ausgang. »Keine Polizei, verstanden!«, rief er noch über die Schulter zurück.

»Ja, ja, ich ... also ... mein Gott ...« Die Verkäuferin hielt sich schockiert an der leeren Kasse fest, die Tür klappte hinter Markus zu. Tina lief ihm hinterher.

»Bleiben Sie hier, um Himmels willen!«, rief die Verkäuferin. »Der ist bewaffnet!«

»Das ist mein Mann!«, rief Tina zurück.

»Nun alarmier doch endlich mal jemand die Polizei«, quäkte der Mann mit der Brille aus seiner Ecke. Tina stieß die Tür nach draußen auf, die Packung Erdnüsse immer noch in der Hand. Egal. Aber wo war Markus? Wo war sein Auto? Es war nirgends zu sehen. Das einzige Auto hier draußen war der Krankenwagen, an dem der schnurrbärtige Fahrer gerade die Tankklappe zumachte. Jemand stieß ihn fort. Markus.

»Weg da. Na los!« Markus fuchtelte mit der Pistole vor dem Gesicht des erschrockenen Fahrers herum, der sich willenlos zur Seite schubsen ließ und Platz machte. Mit einer einzigen fließenden Bewegung schwang Markus sich auf den Fahrersitz und startete den Motor. Und mit einer einzigen fließenden Bewegung riss Tina die Beifahrertür auf. »Markus! Sag mal, spinnst du?«

»Tina.« Markus starrte sie an, als wäre sie der Geist von Hamlets Vater, der sich urplötzlich zwischen den Zapfsäulen materialisiert hatte. »Was … warum bist du …?«

»Polizei!«, rief jetzt jemand von irgendwo. »Hilfe! Überfall!«

»Komm.« Markus beugte sich rasch vor und zog Tina auf den Beifahrersitz. »Na, komm schon. Wir müssen hier weg, verdammt noch mal. Los, steig ein!«

Tina hätte später beim besten Willen nicht mehr sagen können, warum sie so handelte, wie sie handelte. Vielleicht war es der Anblick der Frau mit den Augenringen und dem lauwarmen Kaffee, die Tinas eigenes trostloses Dasein so perfekt widerzuspiegeln schien, vielleicht war es die Wut über das ausgefallene Ciabatta-Brötchen, vielleicht die Angst vor einer Beschwerde von *Herrn* Scheller am Nachmittag. Vielleicht war es einfach nur ein Reflex. Was immer es war – sie stieg ein.

Markus ließ den Motor aufheulen, legte den ersten Gang ein und raste wie ein Verrückter los. Aus der Ferne erklangen jetzt Polizeisirenen.

2

Einige Sekunden lang sagte keiner von ihnen ein Wort. Dann redeten sie beide gleichzeitig los.

»Markus, du bist verrückt geworden. Du bist eindeutig komplett verrückt geworden, ich ...«

»Ich kann dir alles erklären, Tina. Ich schwöre, ich wollte niemandem was tun, ich schwöre es!«

Tina holte tief Luft. »Woher hast du die Pistole? Wer hat sie dir verkauft?«

Markus sah sie nicht an. »Kugelkasper.«

»Was?«

»Die ist vom Kugelkasper.«

»Willst du mich veralbern? Markus, das ist nicht lustig, was soll das?«

»Kugelkasper. Der Spielzeugladen am Markt, verdammt noch mal.« Markus wich gerade noch rechtzeitig einem entgegenkommenden Laster auf der engen Straße aus. »Mann!«

»Eine Spielzeugpistole?«

»Ja, natürlich, was glaubst du denn? Denkst du, ich ballere mit einer richtigen herum? Ich bin doch nicht wahnsinnig.«

»Das sehe ich anders. Im Moment benimmst du dich nämlich komplett wahnsinnig. Hörst du das?«

Tina öffnete das Fenster, in der Ferne jaulte immer noch die Polizeisirene. »Hörst du das? Die kommen, um dich zu holen.«

»Um *uns* zu holen. Du hängst ja jetzt auch mit drin.«

Tina riss empört den Mund auf, aber dann dämmerte ihr, dass Markus recht hatte. Sie hing mit drin. Die Verkäuferin würde in ihrer Zeugenaussage angeben, dass sich eine weitere Verdächtige, eine Frau, im Laden herumgedrückt hatte, wahrscheinlich, um die Leute dort in Schach zu halten, und dass diese nach geglücktem Überfall sofort zu dem Täter ins Auto gestiegen war, von dem sie behauptet hatte, es handele sich um ihren Ehemann. Und dass sie Erdnüsse geklaut hatte! Tina schmiss die Nüsse wütend auf den Boden. Wie hieß es so schön? *Mitgehangen, mitgefangen.* Herrgott noch mal, wie konnte Markus ihr das antun? Er hatte in letzter Zeit ja schon einige seltsame Macken entwickelt, zum Beispiel die fixe Idee, Koi-Fische zu züchten und damit Geld zu verdienen (Ausbeute: fünf tote Riesenkarpfen in der Badewanne), oder sonntags mit dem Metalldetektor über die Felder zu ziehen, um alte Münzen zu finden (Ausbeute: zahllose Kronkorken und Coladosenverschlüsse sowie zwei Zahnplomben), aber das hier überstieg alles bisher Dagewesene.

Das Auto bremste urplötzlich und schlingerte, Tina hielt sich fest.

»Scheiße!«, fluchte Markus. »Seit wann ist hier eine Umleitung?«

»Wo willst du eigentlich hin? Darf ich das vielleicht mal erfahren? Etwa nach Hause?« Tina zwang sich zu einer ruhigen Stimme, trotzdem brachte sie nur ein gestresstes Kieksen hervor. Zu Hause. Da hockte um diese Zeit die halbe Mieterschaft auf den Balkons und beobachtete gierig alles, was auf der Straße passierte. Ein Krankenwagen, der in einem Affenzahn angebraust kam und das Ehepaar Michel mit einer Aldi-Tüte voller Bargeld ausspuckte, wäre eine willkommene Abwechslung zu den ewigen Geranien und Mülltonnen und Briefträgern.

»Raus aus der Stadt erst mal«, antwortete Markus und blickte nervös nach links und rechts, bevor er über die Kreuzung bretterte. »Der Tank ist ja Gott sei Dank voll.«

Der Tank war voll, na wunderbar. Dann war ja alles bestens. Tina gab ein kurzes hysterisches Wiehern von sich. »Ich glaub es ja nicht. Und dann?«

»Ja, was weiß denn ich! Ich hab das nicht so geplant, ich hab überhaupt nichts geplant, das war einfach spontan, okay? Ich hatte so die Schnauze voll von allem und du heute Morgen noch mit deiner ewigen Rumreiterei auf dem überzogenen Konto und dann vorhin noch die Sache mit dem Auto ...« Er brach ab und wischte sich zu Tinas Bestürzung hastig über die Augen.

»Was ist mit dem Auto? ... Markus?« Tina legte ihre Hand auf seinen Arm.

»Schrott. Das ist mit dem Auto. Es ist kaputt. Ich hab es gegen eine Straßenlaterne gefahren, weil ich auf mein Handy gestarrt habe. Jetzt weißt du es. Weil ich gehört habe, dass eine Mail reingekommen ist, und gedacht habe, dass die vielleicht von der Firma ist, bei der ich mich letzte Woche beworben habe. Weil doch der Markt wahrscheinlich übernommen wird. Ausgerechnet von Aldi!« Er versetzte der unschuldigen Plastiktüte, die auf Tinas Schoß lag, einen wütenden Knuff.

»Aber ... Moment mal, also, ich verstehe das alles nicht.« Tina presste sich die Fingerspitzen an die Schläfen. Die Hitze, das Sirenengejaule draußen, Markus' unglaubliches Geständnis, das war alles zu viel. »Okay. Gut. Du hast einen Unfall gebaut. Nicht schön, aber soll vorkommen. Dafür hat man eine Versicherung. Da raubt man doch keine Tankstelle aus.«

»Wir haben keine Versicherung. Ich habe seit Monaten die Raten nicht bezahlt.« Markus blickte stur geradeaus, er bog jetzt auf die Landstraße ein, die aus der Stadt hinausführte. »Verstehst du es endlich, Tina? Wir können die Reparatur nicht bezahlen und auch nicht die Straßenlaterne. Wir haben kein Auto mehr und wir haben keine Versicherung. Kapito?«

»Wir haben keine Versicherung«, wiederholte Tina folgsam. Das hier musste ein Witz sein. Irgendein blödsinniger, alberner Witz. Gleich würde Markus anhalten, sich eine Narrenkappe mit Glöckchen überstreifen und »*April, April!*« rufen, obwohl es Mitte Juli war.

»Und ... war die E-Mail von Aldi?«, fragte Tina. Es war das Einzige, was ihr in diesem Moment einfiel.

»Nein.« Markus presste die Lippen zusammen.

»Die E-Mail war von Mr Umgabe Arando aus Nigeria, meinem guten Freund, ob du es glaubst oder nicht, der mir in gebrochenem Deutsch mitteilte, dass er eine Million Dollar auf meinem Konto zwischenlagern möchte und deshalb meine Kontonummer haben will.«

»Umgabe Arando.« Tina drückte ihre Finger noch fester an die Schläfen. Am liebsten hätte sie ihren ganzen Kopf zwischen ihren Händen versteckt und wäre eingetaucht in das angenehm leere Dunkel, in dem es keine verrückten Ehemänner, Tankstellen, Schrottautos und Raubüberfälle gab. Apropos. »Wie viel hast du eigentlich von der armen Kassiererin erbeutet?«

»Keine Ahnung. Guck doch mal nach. Ich ... *Shit*. Die holen auf.« In der Tat klangen die Polizeisirenen näher als zuvor. »Ich kürze hier ab.« Markus riss das Steuer herum und bog kurz entschlossen in eine staubige Seitenstraße voller Schlaglöcher ein. »Die geht am Auwaldsee vorbei, glaube ich. Da kommen wir hinten bei der A9 raus. Das passt sogar prima.«

»Und dann?«, fragte Tina wieder. »Hast du vergessen, dass Paul in zwei Stunden nach Hause kommt? Und sich irgendwann fragt, wo seine Eltern bleiben?«

»Der fragt sich das nicht. Der ist froh, wenn er uns nicht sieht.«

»Wie kannst du so was behaupten?«

»Okay – froh, wenn er *mich* nicht sieht. Ich weiß doch genau, was er von mir denkt. Wie viel ist es?«

Tina schnappte sich wütend die Plastiktüte, in der die Geldscheine und Münzen von der Fahrt über die

Buckelpiste wild durcheinandergeschüttelt wurden.

»Warte. Fahr nicht so schnell, das fliegt mir doch alles aus der Hand, das sind fast alles nur Zehner und Fünfer. Fünfzig, hundert, zweihundert, fünfhundert ...«

»Vorsicht.« Markus wich in letzter Sekunde einem Loch auf der Straße aus, das so groß war, als hätte ein Komet hier eingeschlagen. »Da vorn ist ein Wald, da kann ich anhalten. Da sind wir vor Blicken geschützt.«

Tina antwortete nicht. Sie konzentrierte sich auf die Geldscheine, weil Geldscheine zählen Aufmerksamkeit verlangte und keine anderen wild durcheinanderflatternden Panik-Gedanken zuließ.

»Achthundertvierunddreißig Euro«, sagte sie in dem Moment, in dem Markus scharf bremste und am Waldrand anhielt. »Sie hat noch jede Menge Münzen dazugesteckt.« Wie das klang. *Sie hat noch jede Menge* Münzen *dazugesteckt*. Als wäre die zu Tode verängstigte Kassiererin ihre liebe alte Tante Dora, die ihnen ein paar Münzen für das Sparschweinchen hatte zukommen lassen. Jetzt, wo das Auto endlich nicht mehr raste, wurde Tina plötzlich kotzübel. Was hatten sie nur getan?

»Scheiße«, flüsterte Markus. »Nur so wenig.«

»Wie bitte? Nur so wenig? Du weißt schon, dass der Polizei völlig egal ist, wie viel auf einem Überfall erbeutet wurde, oder? Bewaffneter Überfall ist bewaffneter Überfall, und ...«

»Hallo?« Eine leise Stimme ertönte auf einmal von irgendwo hinter ihnen.

Tina zuckte zusammen. »Was war denn das?«
Markus sah sie entgeistert an.

»Hallo?«, rief die Stimme wieder, diesmal etwas lauter. »Ich müsste dann bitte kurz mal austreten.«

»Das kommt von hinten aus dem Krankenwagen«, flüsterte Markus.

»Du meinst, da ist jemand *drin*?«

»Hört sich so an.«

»Hallo?«, meldete sich die Stimme erneut. »Es ist jetzt wirklich ein bisschen dringend.«

»Oh Gott. Ich fasse es nicht. Ich fasse es einfach nicht.« Tina widerstand der Versuchung, laut in den Wald hineinzubrüllen, und drehte sich zeitgleich mit Markus um. Hinter ihnen befand sich die Trennscheibe zum Innenraum, die Tina vor lauter Stress bislang nicht wahrgenommen hatte. Sie entdeckte rechts eine verstellbare rote Krankenliege, an der mehrere Gurte befestigt waren. Die Liege war leer. Aber auf der anderen Seite stand ein Rollstuhl, ebenfalls mit einem Gurt gesichert. Und darin saß jemand. Ein kleiner alter Mann mit Glatze, wenn man mal von dem weißen Haarstreifchen absah, das sich wie ein Lorbeerkranz rund um seinen Kopf schmiegte. Er trug eine blaue Kordhose, ein rot kariertes Hemd und hellbraune, plüschige Hausschuhe.

»Das geht nämlich gleich in die Hose.« Der alte Mann kicherte.

3

»Mach was!«, zischte Tina.

»Was denn?«, zischte Markus zurück.

Tina verdrehte die Augen, stieg aus, knallte die Beifahrertür zu und ging um den Krankenwagen herum. Sie konnte hören, dass Markus nun ebenfalls ausstieg. Mit einem Ruck öffnete sie die hintere Tür.

»Na, das war aber höchste Eisenbahn«, sagte der alte Mann.

»Wir …«, setzte Tina an, aber dann fiel ihr beim besten Willen nichts ein, was sie sonst noch hätte sagen können.

»Ihr habt mich gekidnappt, ich weiß schon.« Der alte Mann winkte lächelnd ab. »Aber pinkeln gehen müsst ihr mich trotzdem lassen. Das gehört zu den Menschenrechten. Am Ende freunden wir uns noch an und dann gibt's ein echtes Stockholm-Syndrom.«

»Was?« Tina starrte den Alten an. Was redete der da?

»Mach mal die Schräge runter, Junge«, wandte sich der alte Mann jetzt an Markus, der wie paralysiert hinter Tina verharrte. »Dann könnt ihr den Rollstuhl runterfahren und mich dahinten auf die Lichtung schieben. Raus komm ich selber, ein bisschen laufen kann ich noch. Und mein bestes Stück kann ich zum Glück noch alleine betätigen.« Er grinste.

Schweigend machten sich Tina und Markus daran, den Wunsch des alten Mannes zu erfüllen. Markus kippte die Schräge herunter und schob den Rollstuhl vom Transporter, Tina rollte den Alten an den gewünschten Platz, sah ihm zu, wie er langsam durch die Lichtung schlurfte, wandte sich diskret ab und kehrte rasch zu Markus zurück.

»Wollen wir einfach schnell wegfahren?«, fragte Markus leise.

»Natürlich nicht. Willst du neben dem Bankraub auch noch einen Mord auf dein Gewissen laden? Der überlebt hier im Wald keinen Tag.«

»Ja, aber was willst du denn mit ihm machen? Der ist doch fast hundert oder so.«

»Siebenundachtzig«, verbesserte der alte Mann vom Waldrand her. »Und das Gehör ist noch tipptopp, nur die Beine machen es nicht mehr so gut. Aber danke, dass ihr mich nicht ermorden wollt.«

Markus biss sich auf die Lippe.

»Der hat alles mitgekriegt«, flüsterte Tina entsetzt. »Den ganzen Überfall.«

»Fertig!«, rief der alte Mann fröhlich.

Diesmal holte Markus den Mann im Rollstuhl zurück, schob ihn wieder in den Krankenwagen hinein und gurtete ihn an.

»Was genau habt ihr eigentlich vor?«, erkundigte sich der Alte. »Habt ihr meinen Fahrer k. o. geschlagen? Das hab ich nicht ganz mitgekriegt. Leider.«

»Nein.« Markus wechselte einen erschütterten Blick mit Tina.

»Ach, nicht? Das hätte dem mal gutgetan. Der hat immer so laut gebrüllt und ganz langsam mit mir geredet, als ob ich nicht mehr alle sieben Zwetschgen beieinanderhätte und nichts hören könnte. Aber nix da – weder noch.« Der alte Mann klopfte sich stolz an den Kopf.

»Wer sind Sie eigentlich?«, fragte Tina. Die frische Luft brachte ihr Gehirn offenbar allmählich wieder in Gang.

»Oskar Krauß, Krauß mit Eszett. Aber ihr könnt ruhig einfach Oskar sagen. Wir werden ja sicher ein Weilchen miteinander verbringen. Mein mieser Schwiegersohn zahlt garantiert kein Lösegeld für mich. Das kann ich euch gleich sagen. Der ist froh, wenn er mich los ist. Der übernimmt ja nicht mal mehr die Kosten für das Pflegeheim am Sonnenberg und will mich lieber ins Luisenhaus verfrachten.« Der Mann namens Oskar grunzte verächtlich. »Dabei müffelt das Luisenhaus schon drei Meilen gegen den Wind nach Windeln. Im Sonnenberg hatten sie wenigstens Kabelfernsehen und die Schwestern hatten knackige Hintern, auch wenn sie meistens schlecht gelaunt waren und ...«

»Wir wollen Sie nicht kidnappen«, ging Tina dazwischen. Ihr schwirrte der Kopf. Warum unternahm Markus nichts? Vorhin hatte er doch noch den taffen Gangster gespielt, und jetzt stand er da in seinem albernen Freizeithemd und guckte so ausdrucksstark wie einer seiner idiotischen Koi-Fische.

»Alles klar.« Oskar zwinkerte ihr komplizenhaft zu. »Die konkreten Pläne nie dem Gefangenen anvertrauen! Er soll sich in Sicherheit wähnen, damit er nicht durchdreht, ich weiß schon. Und wie soll ich euch nennen? Bonnie und Clyde?«

»Moment, bitte«, murmelte Tina und klappte die Tür des Krankenwagens zu. »Komm mit«, bedeutete sie Markus und zeigte zu einem Hochsitz in fünfzig Meter Entfernung. Dort vorn würde der seltsame Alte sie nicht hören können.

Sie schlichen sich auf Zehenspitzen fort und scannten dabei vorsichtig die Umgebung. Niemand war zu sehen.

»Wenn ihr was zu trinken hättet, wäre das auch nicht übel«, ertönte die Stimme des Mannes aus dem Transporter. »Es ist ziemlich heiß und mein Kreislauf spielt manchmal verrückt. Tot und vertrocknet nütze ich euch ja nicht viel, nicht wahr?« Ein keckerndes Lachen erklang.

Tina lehnte sich an die Leiter des Hochsitzes, wischte sich kurz über die Stirn und band ihre langen dunklen Haare zu einem hastigen Pferdeschwanz zusammen. Eine Hitze war das! Ausgerechnet heute hatte sie auch noch diese langärmlige schwarze Bluse angezogen, weil die Klimaanlage bei ihnen im Büro immer arktische Kälte verströmte. Apropos Büro. Sie musste unbedingt Marion anrufen und ihr sagen, dass sie heute Nachmittag wahrscheinlich nicht zurückkam. Die Chefin würde schäumen, aber darauf konnte Tina jetzt keine Rücksicht nehmen. Es galt hier gewisse Dinge zu … klären.

Markus stand vor ihr und zog gestresst an seinen Fingergelenken herum, bis sie knackten. Schweißflecken breiteten sich unter seinen Achseln aus, seine Brille war verrutscht und seine braunen Haare hingen ihm wirr ins Gesicht, was ihm einen Hauch von verrücktem Professor verlieh.

»Na los. Sag was«, forderte Tina ihn auf. »Was nun? Und hör mit der Knackerei auf, du weißt, dass mich das Geräusch wahnsinnig macht.«

»Okay. Okay. Der Alte denkt, wir wollen ihn kidnappen. Und aus irgendeinem Grund freut er sich darüber. Er ist eindeutig völlig senil. Das ist für uns von Vorteil.«

»Wieso?«

»Weil ihn keiner ernst nimmt. Wenn er der Polizei von uns erzählt, zum Beispiel. Er hat ja unsere Gesichter gesehen, das darfst du nicht vergessen.«

Tina runzelte die Stirn und schüttelte dann den Kopf. »Markus, *alle* Leute in der Tankstelle haben unsere Gesichter gesehen. Unsere Gesichter sind auf dem Video der Überwachungskameras. Da kommt es auf die Zeugenaussage des Alten auch nicht mehr drauf an. Aber für uns ist er trotzdem ein Problem, denn für die Polizei sieht es ja so aus, als hätten wir ihn entführt. Da haben wir jetzt also schon Raubüberfall und Kidnapping auf unserem Konto. Weißt du, was das bedeutet? Zehn Jahre Gefängnis, mindestens. Zehn Jahre Erbsenbrei und sadistische Mitgefangene und ein Klo in der Zellenecke, wo jeder dich beobachten kann, und wenn du Glück hast, ein Job in der Gefängniswäscherei und ...«

Ihre Stimme versagte, Tränen rollten ihre Wangen hinunter.

»Blödsinn. Du hast noch den Dokumentarfilm über Alcatraz im Kopf, den wir neulich gesehen haben. Heutzutage haben die Zellen alle WLAN. Glaube ich zumindest.« Markus sah ihr bei diesen Worten allerdings nicht ins Gesicht.

»Na toll. Dann kann ich meinen Facebook-Status aus dem Gefängnis updaten. *Heute im Morgengrauen von Kampflesbe verdroschen worden.*« Tina schniefte verächtlich. Sie schielte zu dem Krankenwagen hinüber, aus dem jetzt kein Geräusch mehr kam. Was, wenn der alte Mann bereits einen Kreislaufkollaps erlitten hatte? Oh Gott.

»Wir müssen weg hier«, entschied sie. »Wir fahren in den nächsten Ort und stellen ihn dort irgendwo ab, wo ihn bald jemand findet. Dann kann er versorgt werden und wir sind ihn los.«

»Gute Idee«, stimmte Markus sofort zu. Er schien erleichtert darüber, dass Tina eine Entscheidung getroffen hatte. »Und dann ...«

»Dann sehen wir weiter«, schnitt Tina ihm das Wort ab. Erst mal mussten sie diesen kidnappingbesessenen Opa loswerden. Sie konnte irgendwie keine vernünftige Entscheidung treffen, solange der noch dahinten im Krankenwagen saß.

»*Niederfeld*« verkündete ein gelbes Ortsschild, das schon leicht abgenutzt und windschief am Ortseingang stand. Der Anfang von Niederfeld hatte weder fürs Auge noch fürs Ohr etwas zu bieten. Eine staubige einsame Hauptstraße, spießige Häuschen rechts und links, eine Katze auf einer Mauer, ein verwittertes Schild, das zum Gewerbegebiet wies, eine kleine Kirche, ein Postauto. In ganz weiter Ferne röhrte ein Rasenmäher.

»Was für ein übles Kaff!«, erklang es von hinten.

Tina zuckte immer noch jedes Mal unwillkürlich zusammen, wenn die Stimme aus dem Nichts ertönte. Wie das Phantom der Oper hockte dieser alte Mann hinten in seinem Rollstuhl auf der Lauer. Sonderlich kraftlos und vertrocknet wirkte er nicht gerade, fand Tina. Im Gegensatz zu ihr und Markus. Sie kam mittlerweile jedenfalls fast um vor Durst. Um sich abzulenken, holte sie ihr Handy raus und wählte die Nummer von *Fashion World*.

»*Fashion World* – alles für die Frau, mein Name ist Müller, was kann ich für Sie tun?«, leierte eine Stimme. Tina erkannte die dicke Müller, Petze und Spionin für die Chefin, mit der wollte sie auf keinen Fall reden.

»Ich hab hier eine Beschwerde, die hat eine Frau Walter bearbeitet, können Sie mich bitte mit ihr verbinden?« Tina verstellte ihre Stimme, so gut es ging. Die Müller war von Natur aus faul und würde eine Beschwerde liebend gern abgeben. Kurz darauf meldete sich Marion, deutlich genervt.

»Ja, Walter?«

»Ich bin's«, flüsterte Tina. »Ich stecke in Schwierigkeiten.«

»Schwierigkeiten schaffen wir bei *Fashion World* prompt aus der Welt. Können Sie mir bitte Ihre Kundennummer nennen?«

»Marion!«, zischte Tina etwas lauter. »Hier ist Tina!«

»Tina? Und der Nachname?«

»Mann – ich bin es. Tina! Hast du noch nicht gemerkt, dass mein Platz leer ist?« Manchmal war Marions Begriffsstutzigkeit wirklich anstrengend. Jetzt hatte es ihr offenbar kurz die Sprache verschlagen.

»Tina? Hallo? Das knattert hier so, die Verbindung ist ganz schlecht. – Ja, du bist tatsächlich nicht hier. Wo bist du denn?«

»Ich bin … hör mal, Marion, sag der Chefin, dass ich heute Nachmittag wahrscheinlich nicht mehr zurückkomme.«

Tina senkte ihre Stimme. »Ich bin im Krankenwagen, und wir …«

»Was? Krankenwagen? Ich kann dich so schlecht verstehen. Bist du krank?«

»Also … wir … ich meine, ich …« Es rauschte fürchterlich in der Leitung. »Ich bin auf der Flucht!«, rief Tina. »Die Polizei ist hinter uns her.«

»Die Bullen«, korrigierte der alte Mann laut von hinten.

»Wer war das?«, fragte Marion verwirrt. »Und wieso sind die Bullen hinter euch her? Wer ist denn da noch? Du wolltest doch nur zum Bäcker?«

»Marion, ich kann dir das jetzt nicht erklären. Sag bitte einfach der Chefin, dass ich heute nicht mehr wiederkomme.«

»Den Kordblazer in Farbe Magenta? Muss ich mal schauen, ob wir den auf Lager haben.« Marions Stimme wechselte schlagartig zu einem geschäftsmäßigen Zirpen, woraus Tina schließen konnte, dass die Chefin offenbar gerade hinter ihr stand.

»Ich ruf dich später noch mal an«, sagte Tina hastig und legte auf.

»Aha. Die Chefin. Soso«, meldete sich wieder die Stimme des Opas von hinten. »Hat die das alles hier angezettelt? Respekt. Weibliche Mafiosi sind offenbar im Kommen.«

»Können Sie bitte einfach mal …?« Tina krallte die Hände in ihren Hosenstoff und biss sich auf die Lippe. Es hatte keinen Sinn, sich mit dem offenbar völlig verwirrten alten Mann anzulegen. Sie schwieg erschöpft, und eine Weile lang sagte niemand etwas.

»Zombietown«, murmelte Markus schließlich, während sie in Schrittgeschwindigkeit durch das Dorf fuhren. »Wo sind die denn nur alle?«

»Da sind ein paar.« Tina zeigte auf zwei Frauen mit Einkaufsbeuteln, die sich am Straßenrand unterhielten und dem Rotkreuzwagen voller Neugier entgegenblickten. »Die haben eingekauft. Hier gibt es also einen Laden. Da fahren wir hin und stellen ihn in der Nähe ab.«

»Könnt ihr vergessen«, bemerkte unvermittelt der Alte von hinten. »Hier bleibe ich nicht.«

»Herr Krauß, das ist nur zu Ihrem Besten«, antwortete Tina mit fester Stimme. Sie kam sich fast schon selbst wie eine Krankenschwester vor.

»Oskar für dich. Und zu meinem Besten? Dass ich nicht lache. Zu meinem Besten sind ganz andere Sachen, zum Beispiel …«

»Da«, unterbrach ihn Tina. Sie beschloss, den alten Mann zu ignorieren. »Markus, da ist der Laden.«

Weiter vorn tauchte jetzt tatsächlich etwas in ihrem Blickfeld auf, das den Namen »Laden« halbwegs verdiente. Eine Tafel stand davor, auf die jemand »*Frische Eier*« gekritzelt hatte, Obst dümpelte in Kisten vor der Tür vor sich hin, ein Fahrrad wartete auf seinen Besitzer. Markus hielt den Krankenwagen in einiger Entfernung an und checkte kurz die Straße im Rückspiegel.

»Keiner zu sehen. Gut. Los, komm!« Er stieg aus.

Tina folgte ihm sofort. »Zur Not können wir ja auch noch anonym beim Roten Kreuz anrufen«, schlug sie leise vor, während Markus die Wagentür öffnete und die Schräge herausklappte. »Dann können die ihn gleich in dieses Luisenhaus schaffen.«

»Ich will da nicht hin«, schimpfte der alte Mann, als Markus jetzt in den Innenraum stieg, die Gurte löste und den Rollstuhl die Schräge hinunterschob. »Das könnt ihr vergessen. Wisst ihr, wie es da zugeht? Lauter dämmernde Alte, denen dauernd die dritten Zähne rausrutschen, die ins Bett pinkeln und glauben, dass sie Marlene Dietrich sind!« Seine Stimme wurde immer lauter.

»Seien Sie doch mal still!« Tina sah sich hektisch um. Durch die Scheibe konnte sie im Laden eine Verkäuferin und eine Kundin sehen, die miteinander schwatzten. Jetzt hielten die beiden Frauen in ihrem Gespräch inne und drehten sich zu ihnen um.

»Ich rede so laut, wie ich will«, wehrte sich der alte Mann. »Und ich sage auch, was ich will. Zum Beispiel das hier: Hilfe! Hilfe! Ich werde entführt! Hilfe!«

Die beiden Frauen in dem Laden gingen neugierig zum Ausgang und traten auf die Straße. »Was machen Sie denn da?«, rief die eine, die Hand in die Hüfte gestemmt.

Markus erschrak so sehr, dass er den alten Mann beinahe aus dem Rollstuhl kippte.

»Hilfe!«, schrie dieser noch lauter.

»Herr Krauß, hören Sie auf!«, zischte Tina wütend. Irgendwo klappte eine Tür, ein Hund bellte, weit hinten auf der Hauptstraße näherte sich ein Auto. Die beiden Frauen kamen zögerlich näher. »Was ist denn mit dem Mann?«, fragte die eine.

»Entführung!«, brüllte der Alte. »Niederfelder lasst das Glotzen sein, kommt herunter, reiht euch ein!«

»Akku…titis«, rief Tina, in der Hoffnung, dass das irgendwie medizinisch und gefährlich klang. »Letztes Stadium. Da, wo sie wirres Zeug reden und um sich schlagen und sogar aus Versehen Menschen töten können. So starb der Arzt meiner Oma. Bitte, nicht näher kommen!«

Die beiden Frauen blieben stehen und guckten sich unsicher an.

»Entführung!«, schrie Oskar erneut.

»Hören Sie nicht auf ihn, er weiß nicht, was er sagt.« Tina drehte den glotzenden Frauen den Rücken zu und zischte: »Herr Krauß … Oskar! Hören Sie auf. Bitte.«

Augenblicklich verstummte Oskar. Ein winziges

Lächeln huschte über sein zerknittertes Gesicht. »Oskar und bitte hast du schon mal gut gesagt«, lobte er Tina. »Und jetzt müssen wir nur noch hier weg, bevor die Dorfdeppen da noch Lunte riechen.«

Tinas Gedanken rasten hektisch in ihrem Kopf hin und her. Was sollten sie nur tun? Die Frauen tuschelten jetzt, eine zog ihr Handy raus, und das sich nähernde Auto war nur noch wenige hundert Meter entfernt.

»Markus, fahr ihn wieder rein«, entschied Tina eilig. »Wir hauen ab. Mit Oskar.«

»Aber ...« Markus blinzelte verwirrt und rührte sich nicht vom Fleck.

»Los.« Tina packte selbst den Rollstuhl am Griff, drehte ihn herum und schob den alten Mann wieder hoch in den Krankenwagen. Hastig zerrte sie die Gurte fest. Wenn man nicht alles selber machte!

»Danke, Schätzchen«, krächzte Oskar fröhlich.

Tina antwortete nicht. Sie klappte die Tür zu und stieß Markus an, der offenbar immer noch nicht ganz begriffen hatte, was los war.

»Nun komm schon.« Tina zog ihn am Ärmel.

Markus startete den Krankenwagen in dem Moment, als die beiden Frauen aufgeregt in ihr Handy sprachen und das fremde Auto sich ihnen bis auf zwanzig Meter genähert hatte.

»Mist.« In einem Anfall wilder Verzweiflung schaltete Tina die Rettungssirene an. Mit lautem Jaulen setzte sie ein, das Auto hinter ihnen hielt quietschend an, die beiden Frauen aus dem Laden verrenkten sich die Hälse.

»Klasse!«, jubelte Oskar von hinten. »Das wollte ich schon immer mal erleben.«

Markus donnerte die Hauptstraße entlang, ohne nach links und rechts zu sehen. Erst als sie Niederfeld fast schon einen Kilometer hinter sich gelassen hatten, wurde er langsamer, schaltete endlich die Sirene aus und hielt erschöpft neben einem Kirschbaum am Straßenrand an. »Zeit für Plan B, was? Haben wir denn einen Plan B?«

»Nee«, meldete sich Oskar von hinten. »Zeit für Plan O. O wie Oskar.« Ein heiseres Lachen folgte. »Jetzt hört mir doch einfach mal zu, ihr zwei Ganoven. Unsereins muss zusammenhalten. Nicht wahr?«

»Unsereins?« Tina drehte sich um und betrachtete den alten Mann, der jetzt lässig seine Plüschpantoffeln von den Füßen kickte. Darunter kamen geringelte Stricksocken zum Vorschein.

Oskar zog die auch noch aus. »Ui, Mensch, diese Hühneraugen drücken wieder! Ihr habt nicht zufällig ein Hühneraugenpflaster dabei?«

»Nein, haben wir nicht.« Tina atmete tief durch. »Oskar, was meinen Sie … was meinst du mit *unsereins?*«

Oskar zwinkerte ihr zu. »Ich kenne doch meine Pappenheimer, ich war schließlich auch mal jung. Einen Raubüberfall hab ich aber nie gemacht, Respekt, Respekt. Aber eure Planung ist auf Pfadfinder-Niveau, die geht ja gar nicht. Nee, echt nicht. Ihr flattert kopflos hin und her wie besoffene Maikäfer.«

Da hatte er allerdings recht, dachte Tina. Aber was wollte der nur von ihnen? Wer *war* das?!

Neben ihr räusperte sich Markus. »Was genau ... wäre denn Ihr Plan, O ... Herr ... Oskar?«

Oskar rieb sich die Hände. »Na, endlich nimmst du Vernunft an, Junge. Hab schon befürchtet, dass deine Frau den gesamten Verstand der Familie gebunkert hat. Also, dann passt mal auf. Wir müssen sofort ein anderes Auto organisieren. Wir können ja nicht ewig in dieser Rheuma-Kutsche weiterfahren, oder? Danach suchen die Bullen doch jetzt.«

Tina schluckte. »Sagen Sie – wer genau sind ... wer genau bist du noch mal?«

4

»Oskar Krauß mit Eszett. Retter in der Not und zufällig Besitzer eines Fluchtautos.«

Tina wechselte einen wachsamen Blick mit Markus. »Fluchtauto«, wiederholte sie langsam. Fluchtauto klang nach organisiertem Verbrechen, nach Männern in Schwarz, nach kugelsicherem Glas und quietschenden Reifen. Das war ja wohl ein Witz von dem Alten. »Sie ... Du hast also ein Fluchtauto. Wo genau befindet sich das, wenn ich fragen darf? Im Pflegeheim am Sonnenberg?«

Markus gab kurz eine Art hysterisches Lachen von sich.

»Das Lachen wird euch schon noch vergehen«, murrte Oskar. »Dann lasst euch halt in diesem Kranken-Kreuzer hier schnappen. Ich zeige der Polizei gerne die Wunden, die ihr mir zugefügt habt.« Er hob anklagend sein Bein hoch, an dessen Wade knapp oberhalb des Ringelstrumpfes ein riesiger dunkelblauer Fleck auf der blassen Haut prangte.

»Ach, du meine Güte«, entfuhr es Tina. »Das sieht ja übel aus. Aber das waren wir nicht!«

»Beweise das mal vor den Bullen.« Oskar schob den Hosenstoff wieder zurück.

»Okay, okay.« Markus hob beide Hände hoch, um seine Kapitulation zu signalisieren. »Was schlagen Sie also vor? Und wo finden wir das Auto?«

»Im Amselweg. In Ingolstadt.«

»Was?« Markus lachte. »Sie wollen, dass wir zurück nach Ingolstadt fahren? Guter Mann, da kommen wir gerade her. Da fahndet man nach uns. Um nichts in der Welt fahren wir dahin zurück.«

»Und wohin geht es stattdessen?«, erkundigte sich Tina leise.

»Wollte ich auch gerade fragen.« Oskar schüttelte leicht amüsiert den Kopf.

»Ich … jetzt fragt halt nicht so viel. Wir fahren einfach. Mir wird schon was einfallen.« Und damit startete Markus so ungestüm den Wagen, dass die Sirene kurz wie ein geschundenes Tier quäkte und die Aldi-Tüte umkippte und ihren Inhalt auf dem Boden verteilte.

»Mann!« Tina stopfte das Geld entnervt in die Tüte zurück, und dann sagte eine Weile lang niemand mehr was. Oskar summte leise eine Melodie, und Tina starrte auf die vorbeiziehende Landschaft, unfähig, irgendeinen klaren Gedanken zu fassen. Sie überholten zwei Radfahrer, die stur und schwitzend in Extremsportkleidung den Hügel hochstrampelten und nicht einmal aufsahen, sie kamen an Rapsfeldern vorbei und fuhren durch eine schöne Kastanienallee, für die allerdings niemand auch nur einen Blick übrig hatte.

Oskars Summen wurde jetzt durch ein trockenes Husten ersetzt, das der alte Mann mit militärischer

Präzision alle zehn Sekunden abfeuerte. »Öhö. Öhö. Öhö.«

Markus verdrehte die Augen und fummelte demonstrativ am Autoradio herum.

»*Oops! ... I did it again ...*«, brüllte Britney Spears mit der Wucht einer Ohrfeige durch den Krankenwagen. Markus drehte hastig den Ton leiser.

»Keine Ahnung haben die heutzutage von Musik«, bemerkte Oskar von hinten und Tina musste ihm insgeheim recht geben. Was Paul sich manchmal anhörte, war kaum noch als Musik zu bezeichnen. Er liebte diese Typen mit Kapuze auf dem Kopf, die wie überdimensionale Weihnachtswichtel auf der Bühne herumstampften, die Hosen dabei auf der Erde schleifen ließen wie beim Töpfchentraining, goldene Schmuckstücke so groß wie Mischbrote um den Hals, von Kinn bis Hacke tätowiert mit Hieroglyphen und befremdlichen Symbolen und Sprüchen auf Sanskrit oder was auch immer das war und dazu ein Sprechgesang, der sich anhörte wie: »*Fuckyoufuckmefuckfuckyeahfuckfuckfuckbrofuckhofuckyeah!*«

»Mach mal wieder lauter«, sagte sie zu Markus. »Jetzt kommen die Verkehrsnachrichten.«

»*... auf der A9 zu einem längeren Stau. Nun noch eine wichtige Durchsage, die Polizei bittet um Ihre Mithilfe. Gefahndet wird nach einem Rotkreuzwagen mit dem amtlichen Kennzeichen IN-AX 24. Im Wagen befindet sich ein bewaffnetes Paar, das heute Nachmittag eine Tankstelle in Ingolstadt überfallen, den Fahrer schwer verletzt und außerdem einen 89-jährigen Mann gekidnappt hat, der sich zum*

Zeitpunkt der Tat im Innenraum des Krankenwagens befand. Der alte Mann schwebt vermutlich in Lebensgefahr, die Bevölkerung wird daher dringend aufgefordert, wichtige Hinweise an ...«

Markus schaltete das Radio ab. »Herrgott noch mal!« Er boxte auf das Lenkrad. Dann drehte er sich kurz zu Oskar um. »Fahrer schwer verletzt, die spinnen ja wohl. Und dann noch Lebensgefahr. Also, ich sehe hier niemanden in Lebensgefahr. Du?«, wandte er sich an Tina.

»Hm?« Tina hatte ihm gar nicht zugehört, denn ihr war bei der Meldung ganz kalt geworden. Was, wenn ihr Sohn Paul das im Radio hörte? Dann fiel ihr aber ein, dass Paul so eine Meldung niemals mit seinen langweiligen Eltern in Verbindung bringen würde, die er ja schließlich bei ihrer ebenso langweiligen Arbeit wähnte, und dass er außerdem so gut wie nie Radio hörte, weil sein Handy im Augenblick der Inbegriff von allem zu sein schien, was er zum Leben brauchte: Kuschelobjekt, Musiksender, Fotoalbum, Informationsquelle und Verbindung mit der Außenwelt. Außerdem kam Paul erst in zwei Stunden nach Hause.

»Herr ... also, Oskar. Brauchen Sie vielleicht Insulin? Dialyse? Herzschrittmacher?« Die Stimme von Markus drang zu ihr vor.

»Nee. Ein Bier wäre gut. Und ich bin außerdem erst siebenundachtzig, ich sag doch, der Trottel von Fahrer hatte keine Ahnung. Bist du sicher, dass du den nicht doch verletzt hast? Nicht? Wäre ja zu schön gewesen. Brauche jedenfalls kein Insulin. Und jetzt sag endlich Du, wir sind doch hier nicht beim Arbeitsamt. Also, fahren wir jetzt rein nach Ingolstadt?«

Tina legte ihrem Mann die Hand auf den Arm. »Markus, ich finde, wir sollten in den Amselweg fahren und dieses Auto von Oskar holen. Was willst du denn sonst machen?«

»Und was, wenn da schon die Bullen auf uns warten, hm?«

»Tun sie nicht«, ertönte es von hinten. »Ich kooperiere nie mit den Bullen, da kannst du sicher sein, Marko.«

»Markus. – Ich weiß nicht.« Markus biss sich auf die Lippen.

Jetzt reichte es Tina langsam. Markus hatte ihnen das alles hier eingebrockt, und nun wusste er eindeutig nicht mehr weiter und fuhr planlos und ziellos wie ein kopfloses Huhn herum, nur weil er zu störrisch und zu eitel war, den Vorschlag des alten Mannes anzunehmen. Andererseits war es natürlich in der Tat etwas seltsam, dass dieser Oskar ihnen seine Hilfe geradezu aufdrängte. Was bewog ihn eigentlich dazu?

»Warum?«, wandte sie sich daher an Oskar. »Warum wollen Sie … willst du uns unbedingt helfen? Du hast doch überhaupt keinen Grund dazu.«

»Endlich.« Oskar grinste. »Endlich kommen wir zum Kern des Pudels. Saublöde Redewendung übrigens, findet ihr nicht auch? Ein Pudel ist doch kein Fallobst, sondern ein Kläffer mit Dauerwelle. Na, egal, du solltest jedenfalls dringend mal ein bisschen

Denk-Nachhilfe bei deiner Frau nehmen, Marko. Und jetzt hört zu.«

»Markus«, verbesserte Tina.

Oskar rutschte ein Stück in seinem Rollstuhl nach vorn, um näher an die Trennscheibe zu kommen. »Also, dann passt mal auf, ihr zwei Panzerknacker. Dass ich nicht in das lausige Luisenhaus will, habt ihr ja schon mitbekommen, nicht wahr? Aber wohin ich stattdessen will, habt ihr euch natürlich noch nicht gefragt.«

»Oh, Verzeihung. Wir hatten leider dringend anderweitig zu tun«, versetzte Markus grimmig.

»Schwamm drüber, Marko.« Oskar winkte großzügig ab.

»Marku...«

Tina legte ihre Hand beschwichtigend auf den Arm ihres Mannes. »Oskar will nach Hause. In den Amselweg«, schlussfolgerte sie laut. Logisch.

»Nicht ganz. Ich wohne da ja nicht. Da wohnt mein Schwiegersohn. Mein Schwiegersohn ist der größte Vollidiot, der je auf dieser Erde herumgetrampelt ist. Nutzlos und faul und dabei geldgierig wie die Regierung. Hockt den ganzen Tag lang zu Hause herum und schießt Roboter am Computer kaputt. Was meine Tochter an dem findet, werde ich nie begreifen. Sie hätte besser daran getan, ihren Kühlschrank zu heiraten, der bringt wenigstens Essen auf den Tisch. Nee, nee, ich will nicht zu meiner Tochter zurück. Mein Schwiegersohn würde mich ja postwendend ins Luisenhaus bringen, und ich könnte mich noch nicht mal wehren, weil meine Krücke und mein

Koffer noch am Sonnenberg sind. Nein, ich will woandershin.« Er machte eine bedeutungsvolle Pause. »Ich will, dass wir das Auto aus Ingolstadt holen und dann ans Meer fahren.«

»Ich auch«, rutschte es Tina spontan heraus, in einer Mischung aus Sarkasmus und Verzweiflung.

»Na prima. Dann sind wir ja schon zwei. Wie sieht's mit dir aus, Marko?«

»Markus. Nein, ich hatte eigentlich heute nicht vor, ans Meer zu fahren.« Markus schlingerte an einer menschenleeren Kreuzung unschlüssig zwischen der Rechts- und der Linksabbiegerspur hin und her. Es regte Tina auf, wie er da wie ein reizbarer Monarch im Freizeithemd hinter dem Steuer klemmte, obwohl er ja eigentlich die Brutstätte aller Probleme war!

»Rechts geht es zurück nach Ingolstadt, Marko. Und ich will ans Meer, genauer gesagt, an die Nordsee. Noch genauer gesagt, nach Wobbenbüll bei Husum. Dort steht nämlich mein Haus. Das hat schon meinen Eltern gehört, und dort bin ich aufgewachsen, zur Schule gegangen und zur Tanzstunde, dort habe ich Schwimmen gelernt und später Motorradfahren, und unter dem Apfelbaum im Garten liegt mein Hund begraben. Und jetzt denkt mein Schwiegersohn, er könnte mich einfach so abservieren und mein Haus verkaufen und sich von dem Geld ein fettes Leben machen, aber da hat er die Rechnung ohne den Wirt gemacht. Ich will zurück in mein Haus, denn es gehört immer noch mir. Wer weiß, wie lange ich noch auf dieser Welt herumrollen darf«, Oskar klopfte mit der Hand auf die Armlehne seines Rollstuhls, »und herumrollen will ich nicht zwischen Schrubbern und Desinfektionsmitteln und senilen alten Knackern, die ins Leere stieren, sondern in meinem eigenen Haus. Und wenn ich dann dort sterbe, kann ich nach meinem Tod noch ein bisschen herumspuken und interessierte Käufer erschrecken, um meinen Schwiegersohn zu ärgern.« Er lachte wieder sein keckerndes Lachen. »Und deshalb möchte ich, dass ihr zwei mich dahin bringt. In meinem Auto. Was sagt ihr dazu?«

»Nein sagen wir dazu«, entgegnete Markus sofort. »Dann sitzen wir nämlich völlig mittellos und von der Polizei verfolgt in einem Kaff an der Nordsee herum.«

»Wobbenbüll ist kein Kaff. Es ist wunderschön. Und wieso mittellos? – Was ist eigentlich mit eurer fetten Beute?« Oskar deutete auf die Aldi-Tüte.

»Sind nur knapp über achthundert«, sagte Tina leise. Irgendwie war der Überfall auf die Tankstelle noch beschämender, wenn man die läppische Summe aussprach, die dabei herausgesprungen war.

Oskar nickte, als ob er das bereits geahnt hätte. »Tja, Tankstellen. Haben sich noch nie groß gelohnt, und heutzutage haben sie da kaum noch Bargeld in der Kasse. Wissen aber die wenigsten. Habt ihr schlecht geplant.«

Tina riss empört den Mund auf. Sie wollte gerade antworten, dass zumindest *sie* für ihren Teil überhaupt nichts geplant hatte und dass sie und Markus schließlich keine eiskalten Kriminellen waren, die ihr tägliches Brot mit dem Unglück anderer Leute verdienten, als Oskar leise noch etwas hinzufügte.

»Wie wäre es mit noch ein paar tausend mehr?«

»Ein paar tausend was?« Tina griff instinktiv nach dem Arm ihres Mannes. Sie blinzelte kurz, denn von draußen blitzten Sonnenstrahlen durch die Bäume an der Landstraße und blendeten sie.

»Euronen, Schätzchen. Du weißt schon, diese komischen Banknoten, die sie seit ein paar Jahren benutzen und die wie Spielgeld aussehen.« Oskar kniff ein Auge zu. »Bin mir nicht ganz sicher, wie viel das jetzt wert ist, hab es vor zwanzig Jahren oder so versteckt, als sich abgezeichnet hat, dass meine Tochter diesen Dummbatzen heiraten würde.«

»Was ... was meinst du damit? Du hast *was* versteckt?« Tina rieb sich die Schläfe, wie sie es immer tat, wenn sie gestresst war.

»Mein Erbe«, erklärte Oskar sachlich. »Es war eigentlich vor Urzeiten mal für meine Tochter bestimmt, aber die und mein Schwiegersohn kriegen ja nun schon das Haus in Wobbenbüll, und ehe ich denen auch noch meinen kleinen Schatz dort gebe, lasse ich mich lieber lebendig an die Nordseekrabben verfüttern. Nein, den teile ich mit euch, vorausgesetzt natürlich, ihr fahrt mich dorthin. Ist doch schön, wenn das Geld sozusagen in der Familie bleibt. In der Mafia-Familie, haha, was, Marko? *La famiglia?*« Oskar langte durch die offene Trennscheibe und drosch Markus freundschaftlich auf den Rücken. Der war unter dem Einfluss von Oskars kleiner Rede nun doch nach rechts abgebogen und wie ferngesteuert in Richtung Ingolstadt gefahren. Jetzt näherte er sich den ersten belebteren Straßenzügen.

Quietschend hielt er den Wagen an einer Ampel an, antwortete allerdings immer noch nicht, sondern starrte nur glasig nach vorn auf die Fahrbahn.

»Markus?«, fragte Tina leise. Neben ihnen hupte es, und zu ihrem Entsetzen hielt ein weiterer Rotkreuzwagen direkt rechts neben ihnen an. Der korpulente Fahrer ließ das Fenster herunter und hob die Hand. »Tachchen!«

»Tach«, piepste Tina. Jetzt waren sie geliefert und alles war vorbei. Jetzt würde der klopsige Fahrer des anderen Wagens sie erkennen und die Polizei informieren und sie aus dem Auto zerren und wahrscheinlich mit irgendeinem Narkotikum betäuben und auf die Krankenliege schnallen, und dann würde die Skandalpresse kommen und unvorteilhafte Fotos von ihr schießen, und morgen würden sie sich bei *Fashion World* die Mäuler zerreißen und ihre Schublade durchstöbern und die Tabletten für Hormonschwankungen finden und sich gegenseitig beglückwünschen, dass die ganz offensichtlich übergeschnappte Tina Michel jetzt in polizeilichem Gewahrsam war, weil sie garantiert früher oder später mit einer Machete auf ihre Kolleginnen losgegangen wäre, denn man wusste ja, dass die Verrückten irgendwann alle Amok liefen.

»Habt ihr's schon gehört?« Der Fahrer streckte seinen Kopf aus dem Fenster. »Die suchen eines unserer Fahrzeuge. Da hat irgendein Verbrecherpaar einen Patienten entführt, so einen Alten im Rollstuhl.

Und den Fahrer haben sie wohl gleich ermordet. Angeblich auf brutale Weise. Erwürgt oder so. Tschechen-Mafia, keine Frage. Ein Mann und eine Frau, Wahnsinn!«

Tina rutschte unauffällig tiefer in ihren Sitz hinein.

Der Fahrer schüttelte den Kopf und legte erneut los: »Ich sag's euch, wir arbeiten hier unter Lebensgefahr. Unter Lebensgefahr! Jeden Tag riskiere ich hier Kopf und Kragen und das alles für einen Hungerlohn. Vorhin hat mir wieder einer von den Alten dahinten reingepinkelt. Und wer macht das sauber? Hm? Für das Spottgeld, was die uns zahlen, machen wir den ganzen Mist sauber und riskieren auch noch unser Leben!«

Tina rutschte noch tiefer nach unten und vermied es, den Mann anzusehen. Wann wurde das hier endlich Grün, verdammt noch mal?

»Hoffentlich schnappen sie die bald«, redete der Mann jetzt weiter. »So ein Gesindel.«

»Da sagen Sie was«, meldete sich unerwartet Oskar zu Wort, der seinen Kopf durch die Trennscheibe schob. »Was überall für Leute frei herumlaufen ist wirklich unglaublich. Wir werden auf jeden Fall Ausschau halten nach einem Rotkreuztransporter, in dem sich ein Paar mit einem alten Mann im Rollstuhl befindet. Passen Sie gut auf sich auf!«

Tina lag nun beinahe in ihrem Sitz.

»Mach ich.« Der Mann nickte eifrig. »Passt auch gut auf euch auf!«

»Aber sicher doch.« Oskar winkte dem Mann zu, und Tina, die kaum zu atmen wagte, murmelte einen undefinierbaren Gruß in dessen Richtung. Endlich wurde es Grün, und sie schloss rasch das Fenster, während sie links abbogen. Im Rückspiegel konnte sie noch eine Sekunde lang das verwirrte Gesicht des Fahrers erkennen. Er stand immer noch an der Ampel und hielt jetzt sein Handy ans Ohr.

»Volltrottel«, kommentierte Oskar. »Da vorne rechts rein, bitte, in die kleine Seitenstraße«, wies er dann Markus an.

Tina schloss kurz die Augen. In wenigen Minuten würden sie vielleicht wieder die Polizei am Hals haben. Es reichte. »Fahr endlich in diesen Amselweg, Markus. – Oskar, wir nehmen dein Angebot an.« Es bleibt uns ja auch nichts anderes übrig, dachte sie im Stillen. Sein Erbe, na ja. Und auch noch mehrere tausend, was immer der alte Mann da geschwafelt hatte ... Zehntausend Cent im Sparstrumpf wahrscheinlich. Aber sie mussten endlich diesen verdammten Krankenwagen loswerden. Und Paul anrufen und ihm sagen, dass er sich erst mal keine Sorgen machen musste. Oder musste er das?

Markus hatte vor einem kleinen Park angehalten und versuchte nun, mit immer wieder abrutschenden Fingern »*Amselweg*« in das Navi zu tippen.

»Lass mal, Marko, ich lotse dich dahin. Auf den Schleichwegen. Willst ja sicher nicht unbedingt die Hauptstraße lang.«

»Markus«, wehrte Markus sich schwach. Dann sagte er nichts mehr, sondern hielt sich an Oskars Anweisungen. Sie fuhren fast lautlos im Schritttempo durch ruhige Nebenstraßen, drückten sich wie eine räudige Katze an den Hauswänden entlang. Tina erinnerte sich auf einmal an diesen Horrorfilm vor ewigen Zeiten, in dem ein paar Leute in einem Rettungswagen entführt werden. *Fleisch*. Nur dass sie selbst jetzt die Kidnapper waren. Wie absurd. Sie war doch nur eine ganz normale Frau – Tina Michel, 45 Jahre alt, Mitarbeiterin einer Versandhandelsfirma und Mutter, sie musste dringend mal aufs Klo, eine Dusche wäre auch angebracht, ihr Mund war so trocken und staubig wie Gandhis Sandalen und ihr Magen knurrte.

»Da sind wir ja schon«, kam es zufrieden von hinten. Oskar deutete auf ein schlichtes Einfamilienhaus. »Da in der Garage steht das Schmuckstück. Jetzt müssen wir es nur noch rausholen, Marko.«

5

Tina spähte vorsichtig die Straße entlang. Lauter kleine verrammelte und verriegelte Festungen, im Fenster des Hauses gegenüber eine unförmige Frau, deren Arme wie Kartoffelbrei über das Fensterbrett quollen und deren wachsam-missmutiger Blick Tina sofort in Nervosität versetzte. Es war genau dieser Menschentyp, diese Mischung aus Blockwart und Klatschbase, der mit ekstatisch zitternden Fingern den Notruf der Polizei wählen würde, glücklich darüber, ihren Einsatzbereich verteidigen zu können und endlich etwas zu tun zu haben, und noch glücklicher darüber, anderen Leuten eins reinzuwürgen. Zwei Häuser weiter grenzte ein Kindergarten an die Straße. Hinter dem Zaun torkelten Kleinkinder mit Eimerchen und Schaufelchen herum, ein dünnes Stimmchen sang: »*Auf der Mauer, auf der Lauer ...*«, und zwei Erzieherinnen guckten sehnsüchtig wie Zootiere über den Zaun in die kinderlose Freiheit da draußen, wo jetzt ein Rotkreuzwagen angehalten hatte und hoffentlich etwas Action in den drögen Nachmittag bringen würde.

Tina fand, dass es kein guter Zeitpunkt war, um aus dem Auto zu steigen. Hier kannten doch garantiert alle Oskar und seine Familie, und entweder hatten die unmittelbaren Nachbarn die Nachrichten gehört oder einer von den zahllosen Eltern, die sich ein Stück weiter vorn erschöpft vom Arbeitstag aus ihren Autos zwängten, um ihren Nachwuchs in Empfang zu nehmen.

»Wir sollten da jetzt nicht raus«, warnte sie leise. »Die Dicke dort drüben guckt schon so neugierig.«

»Und was machen wir mit deiner Tochter und deinem Schwiegersohn?«, erkundigte sich Markus bei Oskar. »Du hast gesagt, der hockt den ganzen Tag zu Hause herum und schießt Aliens tot. Der kann doch eins und eins zusammenzählen, und dann haben wir kein Fluchtauto, sondern noch mehr Ärger und …«

»Auf Roboter schießt er. Und er ist nicht da«, schnitt Oskar ihm das Wort ab. »Das weiß ich. Und jetzt mach mal dein Fenster auf und rede mit dem Hausdrachen, der da zum Fenster raushängt.«

»Was soll ich denn mit der reden?« Markus schielte unschlüssig an der Hausfassade hoch.

»Frag sie, ob sie unterschreiben würde, dass du die beiden alten Damen von den Zeugen Jehovas bei ihr gelassen hast, weil vorn im Altersheim keiner aufmacht.«

»Welche beiden alten Damen?« Markus blinzelte konfus und kapierte mal wieder nichts, sodass Tina sich an Markus vorbeizwängte und aus dem Wagen hinausrief: »Entschuldigung? Hallo, Sie da!«

»Ja?« Die Frau im Fenster plusterte sich interessiert auf.

»Könnten Sie uns vielleicht helfen? Wir haben hier

die beiden alten Damen von den Zeugen Jehovas im Auto, und vorn im Altersheim macht keiner auf. Könnten wir die hier bei Ihnen lassen? Es kommt dann in ein paar Stunden bestimmt jemand und holt sie ab, Sie müssten uns nur was unterschreiben. Also, für den Fall, dass den Damen in Ihrer Wohnung was passiert, vor allem der Frau Maier, das ist die mit der Blasenschwäche. Die andere, die Frau Werner, hat nur das Tourettesyndrom, die schlägt höchstens ab und zu mal um sich, ist aber sonst ganz harmlos, jedenfalls solange man ihr nur zuhört, wenn sie redet, und das tut sie eigentlich dauernd und ...«

»Also, was sind denn das für neumodische Maßnahmen, das wird ja immer schöner«, empörte sich die Frau. »Auf gar keinen Fall unterschreibe ich das!«

»Sie würden uns wirklich sehr helfen, wir sind ziemlich unter Zeitdruck, warten Sie, ich komme mal raus, dann kann ich Ihnen das genau erkl...«

Die Frau verschwand und knallte das Fenster zu.

»Bravo.« Oskar klatschte und kicherte. »Wusste ich doch, dass ihr es draufhabt. Nur der Marko, der muss noch ein bisschen lockerer werden.«

»Mensch, Markus heiße ich«, stöhnte Markus.

»Weiß ich doch, weiß ich doch, war nur ein Test, ob du auch richtig zuhörst. Und jetzt los, die Alte ist weg, und die Kinderchen gehen gerade ins Haus. Rollt mich raus.«

Tina sprang flink aus dem Krankenwagen und checkte kurz die Straße. Der Kindergarten hatte seine Aktivitäten auf die Vorderseite des Gebäudes verlagert, wo jetzt jemand »Überraschung!« rief, die Straße selbst war leer. Markus öffnete die Tür des Krankenwagens, löste die Gurte, und gemeinsam rollten und schoben sie Oskar über die Straße. Das alles geschah so schnell und professionell, dass Tina wirklich einen Moment lang versucht war zu glauben, Teil einer kleinen, feinen, ja geradezu aristokratischen Ganovenbande zu sein. Nur das gestreifte Freizeithemd von Markus und seine verrutschte Brille wollten nicht so recht ins Bild passen. Und dass sie nervös hin und her trippelte, weil sie so dringend mal musste.

»Unter der Schildkröte liegt der Schlüssel«, verriet Oskar und deutete auf eine kleine Steinschildkröte im Vorgarten seines Hauses. »Der goldene ist für die Garage, der silberne fürs Haus.«

Tina nahm die Schlüssel rasch an sich, kontrollierte ein letztes Mal die Umgebung und schloss die Garage auf. Sie schlüpfte hinein, gefolgt von Markus, der Oskar vor sich herschob. Es roch unglaublich muffig dadrin, und als Tina das Licht anknipste, bot sich ihr ein wüster Anblick. In der Mitte der Garage thronte wie ein weißer Elefant ein älterer VW-Bus, umgeben von einem Dschungel aus leeren Bierflaschen, Müll und Kabeln. Die Wände der Garage waren nahezu lückenlos mit Heavy-Metal-Postern und *Playmates des Monats* dekoriert.

»Du meine Güte«, rutschte es Tina heraus. »Und das macht deine Tochter mit?«

»Ja, hab ich doch gesagt, dass der Volker ein Idiot ist. Und jetzt guck mal, ob die Schlüssel stecken.«

Markus nickte und öffnet die Tür des VW. »Jep. Sind drin. Soll ich den Wagen rausfahren?«

»Moment.« Tina hielt es nicht länger aus. »Ich muss wirklich ganz dringend mal auf die Toilette. Oskar, meinst du, ich könnte oben mal schnell ...?«

»Nur zu. Willkommen im Klub der schwachen Blasen. Jeder Nieser ein Gießer, was?« Oskar lachte kollernd. »Aber nicht oben das gute Tafelsilber klauen!« Sein Lachen verfolgte Tina die dunkle Treppe hinauf bis hoch in den Wohnbereich. Es roch schrecklich in dem Haus. Außerdem hatte Tina noch nie so viele Fotos und Plakate von nackten Frauen gesehen, die sich auf Motorrädern, Formel-1-Wagen, Baukränen und sonstigen Fahrzeugen räkelten. Oskars Tochter musste wirklich ziemlich dämlich sein, dass sie sich das bieten ließ.

Tina öffnete eine Tür und fand sich in einem zugemüllten Wohnzimmer wieder, in dem die Luft geschwängert von kaltem Rauch und dem Aroma alter Pizzareste vor sich hin müffelte. An den Wänden hingen die üblichen Nackedeis und dazu noch zwei Stillleben in Goldrahmen – einmal Rebhuhn mit Weintrauben, einmal Weintrauben mit Blumen. Erdbraune Vorhänge, graue Netzgardinen, eine ramponierte Kord-Couch in der Farbe nikotingelber Fingernägel. Ganz offensichtlich hatte Oskars Schwiegersohn das Einrichtungstalent eines kurzsichtigen Gorillas. Auf dem Couchtisch stand neben vollen Aschenbechern ein seltsames Gebilde, das sich bei näherer Betrachtung als Glasskulptur entpuppte. Eine Harley Davidson aus Kristall – was es nicht alles gab. Eine kleine

Inschrift befand sich an ihrem Sockel. Tina vergaß einen Moment lang ihre Blase und beugte sich vor, um sie zu lesen. Ohne Vorwarnung kippte das Teil um und zerbrach auf dem Boden in tausend Stücke.

»*Shit!* Oh, mein ... Oh, verdammte ...« Tina wurde es eiskalt vor Schreck, sie lief hektisch um den Tisch herum, trat dabei auf die Scherben und konnte doch nichts mehr retten. Das Knirschen von Glassplittern kratzte sich in ihr Trommelfell und hallte in dem Raum laut scheppernd nach. Was, wenn doch jemand zu Hause war? Sie lauschte, und in die Stille hinein klingelte das Telefon. Sie verharrte regungslos mitten im Zimmer. Wer rief hier an? Der Schwiegersohn persönlich? Die Tochter von Oskar? Es klingelte und klingelte, dann sprang der Anrufbeantworter an.

»*Wissen Sie, was Sie mich können? Sie können mich nicht erreichen. Piep!*«

Der unbekannte Anrufer beschloss offenbar, nach dieser charmanten Begrüßung keine Nachricht zu hinterlassen, und Tina erwachte aus ihrer Starre und suchte hastig nach dem Bad. Sie taumelte dabei durch ein chaotisches Schlafzimmer, in dem ein ungemachtes Bett den deprimierenden Mittelpunkt bildete, seltsamerweise lag darauf nur eine einzige Decke und ein Kissen. Wahrscheinlich hatten die beiden getrennte Schlafzimmer, eine Entscheidung, die Tina, nach allem, was sie von Oskars Schwiegersohn gehört und gesehen hatte, nur begrüßen konnte. Sie entdeckte allerdings kein weiteres Bett, dafür endlich eine Toilette, wenn auch ohne Klopapier. Sie ließ sich erleichtert darauf nieder, nur um wenige Sekunden später festzustellen, dass die Spülung nicht funktionierte.

»Verdammt noch mal!« Tina drückte wütend auf dem Hebel herum, etwas knackte, dann floss das Wasser, lief aber nicht ab, sondern stieg höher und höher und höher, bis es zu ihrem grenzenlosen Entsetzen über den Toilettenrand floss und auf den Boden plätscherte.

»Markus?«, rief sie panisch. »Markus?« Niemand antwortete. Wahrscheinlich hörten die beiden sie nicht, denn unten in der Garage röhrte jetzt der Motor eines Autos, und so floh Tina Hals über Kopf zurück in den Keller.

»Markus, ich hab die Klospülung kaputt gemacht, da läuft das ganze Wasser über.«

»Großartig!« Oskar schlug sich in seinem Rollstuhl begeistert auf die Schenkel. »Du bist ja richtig kreativ, mein Mädchen.«

»Was?«, fragte Tina verwirrt. »Wieso ist das großartig?«

»Na, ich stell mir jetzt gerade das Gesicht von dem vor.« Oskar räusperte sich. »Von meinem Schwiegersohn, meine ich.«

»Aber das gibt eine totale Überschwemmung!«

»Eben, eben.« Oskar grinste diabolisch.

Er war offenbar noch verwirrter, als sie angenommen hatte. Tina wandte sich an ihren Mann. »Markus, du musst da hoch, das reparieren.«

»So weit kommt's noch«, wehrte sich Markus. »Wir hauen hier ab, so schnell es geht. Ich bin doch nicht der Klempner.«

»Der Klempner!« Oskar brüllte vor Lachen, und zu Tinas Ärger lachte Markus jetzt sogar mit. Dieser Tag wurde von Minute zu Minute schrecklicher, und außerdem hatte sie dieses Glasdingens zertrümmert, dieses blöde Motorrad. Von genau so einer Harley träumte Paul doch immer. Überhaupt – Paul. Den musste sie endlich anrufen und ihm sagen, dass ... Ja, was eigentlich?

»Los, komm.« Markus zog sie am Arm. »Hilf mir, Oskar in den Bus zu bugsieren.«

Sie hievten den alten Mann hoch in den VW-Bus, wo er es sich sofort auf der Rückbank gemütlich machte, klappten den Rollstuhl zusammen und verstauten ihn in den Kofferraum.

»Und jetzt nichts wie weg hier.« Markus schickte sich an, einzusteigen. »Du gehst raus auf die Straße und guckst, ob jemand kommt.«

»Was machen wir denn mit dem Krankenwagen?«, erkundigte sich Tina.

»Stehen lassen«, befahl Oskar. »Den brauchen wir nicht mehr.«

Tina huschte hinaus auf die Straße. Weiter vorn war nur ein Mann zu sehen, der seinen Hund ausführte, und von irgendwoher wehte der Duft von frisch gebackenem Kuchen zu ihr. Ihr Magen zog sich zusammen. Sie hatte seit einer Scheibe Knäckebrot am Morgen nichts gegessen oder getrunken, wenn man mal von einem Kaffee bei *Fashion World* absah, aber genau genommen konnte man das nicht als Kaffee bezeichnen, sondern eher als Heißgetränk, das ein bisschen wie das Spülwasser nach dem Haarefärben aussah und auch so schmeckte. Sie hätte sich im Haus von Oskars Tochter etwas zu essen mitnehmen sollen, dachte Tina. Allerdings hatte sie dort überhaupt nichts zu essen entdeckt. Und sie hatte im Übrigen, wie ihr im Nachhinein auffiel, auch nirgendwo ein Foto von Oskars Tochter gesehen. Oder überhaupt etwas, das auf einen weiblichen Mitbewohner hinwies. Und auch keinen Computer. Das war merkwürdig – hatte Oskar nicht von einem Schwiegersohn berichtet, der den ganzen Tag am Computer saß und herumdaddelte?

Doch Tina hatte keine Zeit, genauer darüber nachzudenken, denn in der Ferne ertönte schwach der Klang einer Polizeisirene. Vor dem Kindergarten bildete sich nun eine Traube aufgeregt schwatzender Mütter mit Luftballons, es konnte also jeden Moment hier jemand die Straße entlangkommen. Tina signalisierte Markus, dass er herausfahren konnte, schloss die Garage hinter ihm ab und kletterte mit furchtbar schlechtem Gewissen auf den Beifahrersitz des VW-Busses. Sie bildete sich ein, im Haus immer noch das Wasser rauschen zu hören. »Markus, sollten wir nicht doch die Klospülung ...?«

»Mann, Tina, jetzt lass doch die Klospülung! Glaubst du, Al Capone hat hinterher immer noch den Abwasch gemacht und den verstopften Abfluss repariert, wenn er irgendwo ein paar Morde und Geldwäsche-Geschäfte erledigt hatte?«

»Also, wie du redest ... Bist du jetzt Al Capone, oder was?«

»Sorry.« Markus hob kurz entschuldigend die

Hände und fuhr dann los. »Natürlich bin ich nicht Al Capone.«

»Noch nicht«, verkündete Oskar kichernd von hinten. »Aber das wird schon noch, keine Bange. Man wird ja auch nicht von heute auf morgen Abteilungsleiter oder so was. Nicht dass ich je einer gewesen wäre. Gottbewahre!«

Das glaubte Tina ihm unbesehen. Oskar als Abteilungsleiter in einem feldgrauen Kittel und mit Klemmbrett unter dem Arm, das passte nicht. Was genau zu Oskar passte, konnte sie allerdings auch nicht sagen. Ein gurgelndes Geräusch unterbrach ihre Gedanken, und etwas zu spät bemerkte sie, dass es aus ihrem eigenen Bauch kam.

»Sorry«, murmelte sie. »Ich habe totalen Hunger. Ich war ja gerade dabei, mir was zum Mittagessen zu besorgen, als … tja, den Rest kennt ihr ja.« Das galt Markus, aber der tat, als habe er nichts gehört, und pfiff eine Melodie vor sich hin. Jetzt, wo er sich unauffällig in einem VW-Bus in den Feierabendverkehr mischen konnte, schien er wesentlich entspannter.

»Vielleicht können wir ja irgendwo anhalten und was zu essen und zu trinken kaufen?«, schlug sie vor. »Oder gibt es hier irgendeinen Schokoriegel oder so was?« Warum hatte sie die geklauten Erdnüsse nicht wenigstens noch gegessen? Sie öffnete das Handschuhfach, und sofort quollen Papiere und leere Zigarettenpackungen heraus. Tina wollte gerade alles wieder zurückstopfen, als ihr Blick an etwas hängen blieb. Der Fahrzeugbrief für den VW-Bus, ausgestellt auf den Namen Ralf Kirchmeier.

»Oskar?«, fragte sie langsam. »Wie heißt noch mal dein Schwiegersohn?«

»Volker«, antwortete Oskar. »Oder auch Blödmann, Lusche, Penner. Such dir was aus.«

»Und wer ist dann Ralf Kirchmeier?« Tina hielt den Fahrzeugbrief hoch und drehte sich zu Oskar um.

Oskar vermied ihren Blick und fing an, unruhig auf dem Sitz hin und her zu rutschen.

»Oskar?«

»Der Kirchmeier ist auch ein Idiot. Also, noch ein größerer als mein Schwiegersohn, obwohl der ja schon schwer zu toppen ist.«

Tina verstand überhaupt nichts mehr. »Wer ist das, der Ralf Kirchmeier? Gehört dem etwa das Auto?«

»Ja. Und auch das Haus, in dem jetzt das Wasser so schön sprudelt.« Bei der Erinnerung daran kicherte Oskar wieder vergnügt.

»Markus? Halt sofort an.« Tina tippte ihren Mann an.

Markus steuerte den Parkplatz vor einer kleinen Sparkasse an, hielt dort und wechselte einen Das-ist-aber-jetzt-nicht-meine-Schuld-Blick mit Tina. Er drehte sich zu Oskar um. »Wer ist Ralf Kirchmeier?«

»Ein Pfleger aus dem Heim am Sonnenberg und das größte Arschloch vor dem Herrn. Entschuldigt bitte meine Ausdrucksweise, aber für den gibt es kein besseres Wort. Sein Hobby ist es, alte Leute zu ärgern. Zum Beispiel die Frau Heidner. Die kann ja nur ganz leise reden, weil sie eine Kehlkopferkrankung hat, und da tut der immer so, als ob er sie nicht hören würde. Oder der Herr Pfalz. Der hat Angst vor Chinesen, ich weiß auch nicht, warum. Er ist halt auf dem Land aufgewachsen und ein bisschen einfach gestrickt und verwirrt, und da verkündet der Kirchmeier jeden Tag ganz schadenfroh, dass ins Zimmer von Herrn Pfalz jetzt fünf Chinesen gelegt werden. Und der Pfalz heult und tobt und schreit, und der Kirchmeier lacht sich halb kaputt.«

»Das gibt's ja wohl nicht«, meinte Tina. »Und dagegen macht keiner was?«

»Was denn? Wer denn? Das kann ja niemand beweisen.« Oskar war noch lange nicht fertig. »Und Duschen fällt bei dem immer aus, weil er keine Lust hat. Er meint, die alten Leute stinken sowieso drei Minuten später wieder.«

»Das sagt er zu denen?« Markus schüttelte entsetzt den Kopf.

»Natürlich nicht direkt. Aber am Telefon. Oder zu anderen Pflegern. Besonders zu den neuen, damit die gar nicht erst auf dumme Gedanken kommen und etwa nett sein könnten. Außerdem denkt er sowieso, wir sind alle senil und schwerhörig und haben Alzheimer. Der tut sich keinen Zwang an. Und zur Not geht's bei ihm auch mit Gewalt.« Oskar lachte, wenn auch etwas bitter.

Der Bluterguss an Oskars Bein. Plötzlich verstand Tina. »Aber woher weißt du, wo er wohnt? Und wo er seinen Garagenschlüssel aufbewahrt?«

Oskar grinste schon wieder. »Der denkt, ich bin aus Holz, wie Pinocchio oder so, und kriege nichts mehr mit. Dabei hat er das neulich lautstark einem Kumpel am Telefon erzählt, der bei ihm übernachten wollte. Dass er immer einen Ersatzschlüssel unter der Schildkröte hat. Der Depp!« Oskar schüttelte amüsiert den Kopf.

»Und da hast du …?« Tina verschlug es einen Moment lang die Sprache.

»Und da hab ich.« Oskar zwinkerte ihr zu. »Ich war ja schon immer so ein Robin Hood. Nur von den gemeinen, fiesen Typen hab ich es genommen. Niemals von den guten.«

»Und was ist mit deinem Schwiegersohn?«, fragte Markus. Er startete den Wagen und fuhr wieder auf die Hauptstraße. »Gibt es den überhaupt?«

»Ja, natürlich gibt es den. Was soll mit dem sein? Der ist trotzdem ein Idiot. Will mein Haus am Meer verkaufen und mich am liebsten für unzurechnungsfähig erklären lassen. Leider hat er aber keinen VW-Bus, den man klauen könnte.«

Tina prustete los, Markus fiel mit ein und Oskar schließlich auch.

»Ich hab …«, setzte Tina an, kam aber nicht weiter, weil sie so lachen musste. »Ich hab dem … dem Kirchmeier nicht nur das Bad überschwemmt, sondern auch …« Wieder wurde sie von einem Lachkrampf geschüttelt, sie konnte sich gar nicht beruhigen. Es war, als ob sich der Stress der ganzen letzten Stunden in einer einzigen Lachorgie auflöste. »Ich hab dem Kirchmeier nicht nur eine Überschwemmung verursacht, sondern auch noch seine Glasskulptur zertrümmert! Eine Harl… Harl…«, sie holte tief

Luft, »... ein Motorrad aus Glas! Ich wollte es nur kurz angucken, und da ist es runtergefallen. Und in tausend Teile zersplittert.«

Der VW-Bus schlingerte kurz hin und her, weil Markus vor Lachen beinahe die Kontrolle über das Fahrzeug verlor.

»Oh Gott, ich sterbe«, schnaufte Tina. »Wenn der nach Hause kommt ...«

»... sind wir schon lange in Richtung Nordsee unterwegs.« Markus ließ den Motor aufheulen.

»Ich muss aber endlich mal was essen und trinken«, verlangte Tina. »Und was ist mit Paul?«

»Ich hab auch Hunger«, erklärte Oskar. »Es gibt sonst immer um 17.30 Uhr Abendessen. Jetzt ist es schon 17.00 Uhr.«

»Wir sollten Paul anrufen«, sagte Tina. Bei dem Gedanken an ihren Sohn verpuffte ihre Lachlust sofort wieder. Was sollte sie zu Paul sagen? Wie ihm das alles erklären? *Mama und Papa machen ein bisschen Urlaub ohne dich, es kann länger dauern? Mama und Papa fahren mit Onkel Oskar, einem entfernten Verwandten, ein paar Tage an die Nordsee? Ja, du hast noch nie was von ihm gehört, er ist ziemlich störrisch und mag keine Teenager, und deshalb darfst du auch nicht mit? Mama und Papa sind bundesweit gesuchte Verbrecher, die heute in der Mittagspause einen kleinen Raubüberfall auf die Tanke unternommen haben? Ach, und auch ein bisschen Kidnapping, aber sonst ist alles okay – wie war's in der Schule? Abendessen steht im Kühlschrank. Ach, Moment, der Kühlschrank ist ja leer.*

Tina hatte eine Idee.»Komm, lass uns schnell zu Hause vorbeifahren. Vielleicht ist er ja schon da, und dann können wir ihm alles direkt erklären. Ans Handy geht er eh nie ran, wenn er sieht, dass wir es sind.«

»Was, wenn uns die Nachbarn beobachten?«, gab Markus zu bedenken.

»Was soll da schon sein? Die wissen doch nicht, dass wir das an der Tankstelle waren. Den Krankenwagen sind wir los. Schlimmstenfalls denken sie, die Michels haben sich ein neues Auto gekauft.«

»Neu ist was anderes«, murmelte Markus, aber zu Tinas Erleichterung bog er in Richtung Stadtrand ab, um zu ihrem Wohnviertel zu fahren.

Der Wohnblock sah noch genauso aus wie am Morgen, als Tina ihn verlassen hatte, voll und ganz in der Annahme, einen weiteren quälend langweiligen und ereignislosen Arbeitstag vor sich zu haben. Jetzt kam es ihr vor, als ob seit diesem Moment hundert Jahre vergangen wären, und sie fragte sich kurz, ob sie wohl je wieder auf ihrem Balkon da oben sitzen, dem Gestreite der Nachbarn zuhören und den rostigen Wäscheständer aufstellen würde.

Im Sonnenlicht des späten Nachmittags sah der Block richtig heimelig aus. Ein paar Kinder spielten auf der Wiese hinterm Haus, ein paar Jugendliche lungerten in der Nähe des Eingangs herum und rauchten, aber Paul war nicht dabei.

»Halt an«, sagte Tina. Sie zog ihr Handy heraus und rief Pauls Nummer an. Er antwortete nicht.

»Ich gehe hoch zu ihm«, erklärte sie und stieg aus. »Ihr wartet hier.«

»Beeil dich«, rief Markus ihr leise hinterher. »Und bring was zu trinken mit. Und was zu essen. Und mein blaues T-Shirt.«

Tina hörte ihm gar nicht mehr zu, sie war viel zu sehr damit beschäftigt, so unauffällig wie möglich in das Haus zu kommen, ohne mit irgendjemandem zusammenzutreffen. Die Jugendlichen bildeten keine Gefahr. Tina wusste aus eigener Erfahrung nur zu gut, dass sie eine Frau über vierzig so detailliert wahrnahmen wie Staubflusen unter dem Bett oder Warnschilder am Straßenrand. Sie huschte ins Treppenhaus und atmete tief durch. Keiner zu sehen. Beherzt hetzte sie die Treppe hoch. Gott sei Dank wohnte sie gleich im ersten Stock und lief daher kaum Gefahr, auf irgendwelche neugierigen und klatschwütigen Nachbarn zu stoßen.

Sie nahm die letzten beiden Treppenstufen mit einem großen Schritt und prallte erschrocken zurück. Genau vor ihrer Wohnungstür stand eine Polizistin, die gerade dort klingelte. Tina blieb stehen wie ein Reh im Scheinwerferlicht, unfähig, irgendeinen klaren Gedanken zu fassen. Die Polizistin drehte sich um.

»Tag«, piepste Tina.

»Wohnen Sie hier?«, fragte die Beamtin. »Sind Sie Frau Michel?«

»Nein«, rutschte es Tina automatisch heraus. »Bin ich nicht. Die kenne ich gar nicht. Ich glaube, ich bin auch im falschen Haus.« Meine Güte, was faselte sie da nur?

In diesem Moment ging die Tür bei ihrem Nachbarn, Herrn Ottwald, auf, und da stand er auch schon höchstpersönlich im Flur – mit froschgrünen Trainingshosen und einem WM-T-Shirt bekleidet und zwei Mülltüten in der Hand. Er glotzte Tina stumm an, wie immer, wenn sie ihn traf. Sie kommunizierten nicht mehr miteinander, seit sich der Ottwald mal über Pauls laute Musik bei ihr beschwert hatte. Tinas damaligen Einwand, dass sie ihrerseits ja gar keinen Fernseher bräuchten, weil sein Fernseher laut genug für zwei Wohnungen röhrte, hatte der Ottwald mit einer Anzweifelung von Tinas allgemeiner Intelligenz abgeschmettert, woraufhin Tina sich dazu hatte hinreißen lassen, ihn als Assiklops zu bezeichnen, dessen Gequalme das ganze Haus verpestete. Jetzt huschten seine Augen zu der Polizistin und dann wieder zu Tina zurück. Sie schoss ihm einen flehenden Blick zu. *Halt bitte die Klappe. Sag nichts. Ich nenne dich auch nie wieder Assiklops, versprochen. Bleib einfach stumm und miesepetrig wie immer, okay?*

»Äh ...« Der Ottwald räusperte sich. »Frau ...«

»Ich bin unschuldig«, konnte Tina sich nicht länger zurückhalten. »Ich habe nichts mit der Sache zu tun, ich wollte nur zum Bäcker, ich schwöre es!«

Die Polizistin musterte sie erstaunt. »Hören Sie, es ist mir schon klar, dass nicht Sie den Keller voller Graffiti gesprüht haben.« Sie klang leicht gereizt. »Aber es würde meine Arbeit wirklich sehr erleichtern, wenn ich jemanden finden könnte, der mir den Keller aufschließt, damit ich mir das überhaupt mal ansehen kann. Haben Sie einen Kellerschlüssel?«, wandte sie sich an den Ottwald.

Der räusperte sich erneut. »Frau Polizistin – was ich gerade sagen wollte, im Hof lässt immer jemand die Luft von meinem Fahrrad raus. Garantiert feindliche Nachbarn.« Das galt offenbar Tina. »Um so was sollte sich die Polizei mal kümmern, nicht um irgendwelche Graferittis.« Er unterstrich sein Anliegen mit heftigem Mülltütenschwenken und stapfte grimmig die Treppe hinunter.

Die Polizistin sah ihm erstaunt hinterher.

»Männer. Was soll man dazu noch sagen. Haha!« Tina lachte künstlich. Vor Erleichterung hätte sie fast laut auf das Treppengeländer getrommelt. Die wollte ja gar nichts von ihr! Am liebsten wäre Tina sofort davongestürmt, aber wie würde das denn aussehen?

Die Polizistin holte jetzt entnervt ihr Funkgerät heraus. »Holger, ich brauche hier mal jemanden, der mir eine Tür aufmacht.«

Warum ging die nicht weg? Die Polizistin stand wie festgenagelt vor der Wohnungstür, die Tina jetzt natürlich unmöglich aufschließen konnte.

»Tschüssi dann«, sagte sie daher und griff nach dem Geländer. *Tschüssi dann?* War sie von allen guten Geistern verlassen?

Die Polizistin würdigte sie keines Blickes.

»Ich geh dann jetzt mal«, sagte Tina und machte einen kleinen Schritt rückwärts.

Die Polizistin bewegte sich nicht vom Fleck, guckte aber wieder in Tinas Richtung, das Funkgerät immer noch am Ohr. »Holger, nun mach doch mal«, hörte Tina sie nuscheln. »Und sag mal, ist das hier irgendwie ein Haus für betreutes Wohnen oder so? Hier gibt es lauter solche ... ach egal, vergiss es. Komm einfach her.«

Tina glitt wie eine Katze die Treppe hinunter. Von dort kam jetzt schlurfend der Ottwald von seinem Ausflug zu den Mülltonnen zurück. Nichts wie weg hier.

»Was soll das heißen, du warst nicht in der Wohnung? Wo warst du denn dann die ganze Zeit?« Markus sah sie ungläubig an.

»Da war auf einmal eine Polizistin im Treppenhaus und hat bei uns geklingelt, und dann kam der Ottwald raus und hätte mich beinahe verraten, aber die wollte gar nicht zu uns und dann ging die nicht weg und ich hatte doch schon gesagt, dass ich nicht Frau Michel bin, und ... Ach, frag einfach nicht, okay?« Tina presste wütend die Lippen zusammen. Wegen dieser blöden Polizistin hatte sie sich nun mal nicht in ihre Wohnung getraut, und überhaupt war das alles nur die Schuld von Markus. Ihr lag so viel auf der Zunge, was sie ihm an den Kopf schmeißen wollte, aber wegen Oskar riss sie sich zusammen und bellte nur ein »Ich habe immer noch Hunger!« in Richtung ihres Mannes, der den VW-Bus kopfschüttelnd zurück zur Stadtmitte lenkte.

»Okay, ich halte hier mal an.« Markus deutete auf einen kleinen Döner-Imbiss, der zwischen einem Sanitätshaus und einem Blumengeschäft kaum zu sehen war. »Da ist keiner drin, und wir können schnell was essen und trinken und es noch mal mit dem Handy bei Paul versuchen.«

»Ui, Döner«, freute sich Oskar. »Endlich mal kein Bayrisch Kraut mit Kartoffelbrei.«

Sie hielten an, halfen Oskar in seinen Rollstuhl und betraten den menschenleeren Imbiss, dessen Besitzer kaum aufblickte, sondern die ganze Zeit nebenher telefonierte, während sie ihre Bestellung aufgaben. Sie setzten sich auf kleine Plastikstühlchen in einer Ecke und warteten auf ihr Essen, während Tina gierig eine ganze Wasserflasche austrank. Über ihnen hing ein Fernseher, auf dessen Bildschirm ein Zeichentrickfilm flimmerte. Der Typ hinter dem Verkaufstresen schnitt Fleisch von dem Dönerbatzen, dann legte er drei Fladenbrote auf den Grill und griff nach der Fernbedienung, um auf einen anderen Kanal umzuschalten. Ein Nachrichtensprecher erschien, und plötzlich erblickte Tina ihr eigenes Foto im Fernsehen. Auch noch das ganz besonders scheußliche von ihrem Ausweis, auf dem sie aussah wie eine Wasserleiche. Das Bild wechselte dann zu einem gräulichen Video der Sicherheitskamera in der Tankstelle, in dem Markus mit der Pistole vor der Verkäuferin herumfuchtelte. Von diesem Aufnahmewinkel her sah er fast aus wie der Räuber Hotzenplotz, der gerade dem armen Seppel eins mit der Pistole überzog.

»Was zum …?« Tina rutschte die Plastikflasche aus der Hand und knallte auf den Boden. Das Telefon klingelte wieder und der Döner-Mann ließ erneut einen Monolog in einer unbekannten Sprache auf den Anrufer los, während Tina und Markus atemlos den Nachrichten lauschten und auf den Bildschirm starrten, auf dem nun der Amselweg zu sehen war, wo eine Traube gaffender Nachbarn sich vor dem Haus von Ralf Kirchmeier versammelt hatte.

»Die Polizei fahndet immer noch nach dem Verbrecherpaar, das mittlerweile als Markus und Tina Michel identifiziert wurde. Die beiden haben heute Mittag eine Tankstelle überfallen, einen Krankenwagen-Fahrer verletzt und einen pflegebedürftigen, herzkranken Mann gekidnappt, der nach Angaben des Pflegeheims am Sonnenberg in Lebensgefahr schwebt. Gerade erreichte uns eine neue Nachricht, nach der das Ehepaar Michel im Laufe des Nachmittags einen weiteren Einbruch durchgeführt hat, diesmal in einem privaten Wohnhaus eines Pflegers aus dem Heim am Sonnenberg. Vermutlich haben die beiden Informationen über den Zugang zu seinem Haus von dem neunzigjährigen Oskar K. erpresst. Unser Reporter Lutz Köhler befindet sich am Tatort, um mit einem der Einbruchsopfer zu sprechen.«

Im Bild erschien ein bulliger Mann mit kleinen Schweinsäuglein und einem *Metallica*-T-Shirt. Tina ging schwer davon aus, dass es sich hierbei um Ralf Kirchmeier, den Pfleger und das fieseste Arschloch vor dem Herrn, handelte.

»Die haben mein Haus komplett verwüstet und mein Auto geklaut«, beklagte sich der Mann. »Sehen Sie nur!« Damit deutete er hinter sich, und die Kamera glitt über die Garage, die noch genauso aussah, wie Tina und Markus sie an diesem Nachmittag vorgefunden hatten.

»Ein unglaubliches Bild von Vandalismus und Zerstörung bietet sich uns hier, werte Zuschauer«, ließ sich die Stimme des Reporters namens Lutz Köhler vernehmen, ein Mann mit Mikro und Lederjacke. »Und wie wir erfahren haben, ist das nur der Anfang. Im oberen Wohnbereich herrschte eine massive Überschwemmung, weil die kriminelle Bande, denn von einer solchen geht die Polizei mittlerweile aus, offenbar absichtlich einen Wasserrohrbruch verursacht hat. Außerdem wurde ein wertvoller Pokal des Harley-Davidson-Klubs Ernsgaden mutwillig zerstört.«

Das Bild wechselte wieder ins Fernsehstudio, wo der Nachrichtensprecher gerade fassungslos den Kopf schüttelte.

»Herr Köhler, man hat ja fast das Gefühl, dass diese Kriminellen hier Spaß daran haben, ihre Opfer zu quälen, oder sehe ich das falsch?«

Der Lederjackenreporter erschien erneut auf dem Bildschirm. »Das ist absolut richtig. Wir haben es hier mit einer ganz besonders raffinierten Bande zu tun. Experten bei der Polizei vermuten inzwischen, dass die Michels jahrelang undercover gelebt und diesen Coup akribisch geplant haben. Dahinter steckt eine größere Organisation, so viel ist sicher. Augenzeugen sprachen von zwei weiteren gekidnappten alten Frauen, vermutlich von den Zeugen Jehovas. Es wäre möglich, dass es sich hier um einen illegalen Organhandelring handelt. Natürlich hoffen wir aber weiterhin, dass Oskar K. noch am Leben ist. Aus Ingolstadt für Sie, liebe Zuschauer.« Er nickte salbungsvoll, als wäre er am Ende einer Grabrede angelangt, und die Nachrichten zeigten als Nächstes einen Beitrag über einen bevorstehenden Streik der Müllabfuhr.

»Esse fettig«, rief der Mann hinter der Theke.

»Essen ist fertig«, sagte Oskar gut gelaunt. »Könnt ihr es holen? Ist ein bisschen schwierig für mich, mit dem Rollstuhl. Auch wenn ich erst siebenundachtzig bin, und nicht neunzig, wie diese Dummdödel dauernd behaupten. Passt auf, morgen bin ich dann wohl schon fünfundneunzig und übermorgen hundert. Und was bin ich danach? Eine Mumie?«

In diesem Moment klingelte Tinas Handy. Paul! Endlich. Sie drückte hastig auf den grünen Knopf.

»Mum?«, hörte sie seine Stimme. »Mum, hier sind ein paar Bullen, ich meine, ein paar Leute von der Polizei, und … Das stimmt doch alles nicht, was die sagen, oder? Bist du noch auf der Arbeit? Kommt ihr bald nach Hause? Mum?«

6

Als Tina Pauls Stimme hörte, schossen ihr Tränen in die Augen. Was machte sie eigentlich hier? Wie hatte sich ihr Leben in so kurzer Zeit so komplett ändern können? Sie könnte jetzt zu Hause sein, die Beine hochlegen, ein paar Nudeln vom Vortag aufbraten, ein bisschen fernsehen und Paul durch die Haare wuscheln, auch wenn er dabei immer die Augen verdrehte – kurz, sie könnte einen stinknormalen, stinklangweiligen Abend verbringen wie schon zahllose andere Abende zuvor in ihrem Leben, die ihr plötzlich paradiesisch und friedlich erschienen, weil sie unerreichbar waren. Ab heute würde nichts je wieder so sein wie vorher, das wurde ihr schlagartig bewusst.

»Mum?«

Paul ist dran, signalisierte Tina hektisch ihrem Mann. »Paulchen, mein Schatz«, flüsterte sie. »Es ist nicht so, wie du denkst, es …«

»Mum, die wollen mit euch reden. Die Bu… die Polizisten.«

Im Hintergrund hörte Tina verschiedene Stimmen, die diskutierten. Jemand sagte: »Geben Sie mir das mal«, und Paul, der auf einmal ganz kindlich klang, fragte: »Muss ich jetzt mit zum Verhör?«

»Paul?«, rief Tina in ihr Handy. »Paulchen? Hallo?«

Jemand nahm ihr das Telefon aus der Hand und schaltete es aus. Tina fuhr wütend herum und blickte in Oskars runzliges Gesicht und seine Augen, in denen immer so ein kleines fröhliches Funkeln zu finden war. Jetzt allerdings sah Oskar ein wenig bekümmert aus.

»Tut mir leid«, sagte der alte Mann. »Aber du weißt schon, dass die gerade versuchen, dich zu orten? Je länger du mit deinem Sohn sprichst, umso größer ist die Wahrscheinlichkeit, dass sie euch finden. Dass sie *uns* finden.«

Tina sah sich hilflos in dem Döner-Imbiss um, als ob sie sich von dem Besitzer des Ladens irgendeine Eingebung erhoffte. Der hatte sich jetzt das Telefon zwischen Kinn und Schulter geklemmt, lauschte jemandem und hobelte dabei an einem neuen Stück Fleisch herum. »Aber ich muss doch mit Paul reden. Das ist unser Sohn, wer weiß, was der jetzt durchmacht! Markus, nun sag doch auch mal was. Immerhin ist das alles deine Schuld!«

Sie biss sich auf die Unterlippe. Das war ihr jetzt so rausgerutscht, aber irgendwie verspürte sie in diesem Moment eine unglaubliche Wut auf Markus. Es *war* seine Schuld. Nie im Leben wäre sie auf die Idee gekommen, eine Tankstelle zu überfallen. So etwas kam nur Männern in den Sinn. Kurzsichtigen, testosterongesteuerten, impulsiven, dämlichen Männern, die in Stresssituationen nur noch Teilbereiche ihres ohnehin eingeschränkten Primatengehirns benutzten. Okay, und vielleicht auch verzweifelten Männern. Wie Markus so dasaß und auf seinen Döner starrte, wirkte er völlig am Ende.

Erschöpft schob er den Teigfladen auf dem Teller hin und her. »Ja, es ist meine Schuld. Und es tut mir furchtbar leid, Tina, wie das alles gelaufen ist. Ehrlich. Wenn du willst, dann nehme ich auch vor allen anderen die ganze Schuld auf mich und stelle mich der Polizei, und du kannst ... du kannst ...«

»Sie kann dich im Gefängnis besuchen?« Oskar schüttelte energisch den Kopf und wischte seine Hände sorgfältig mit einer Papierserviette ab, die er anschließend zerknüllte und auf seinen Teller fallen ließ. »Nee, bloß nicht. Aber nun ist mal wieder gut mit der Jammerstunde. Hier stellt sich niemand der Polizei. Die Bullen freuen sich doch ein zweites Loch in den Hintern, wenn sie einen Dummen haben, der freiwillig ins Revier spaziert. Dann hängen sie dir gleich noch zehn andere Sachen an, die sie nicht aufklären konnten. Nur keinen Stress.« Dabei tätschelte Oskar Tinas Arm. »Am besten, ihr schmeißt die Dinger hier weg, dann findet euch niemand. Früher hatten wir auch keine Handys und haben trotzdem überlebt.« Er schickte sich an, Tinas Handy in hohem Bogen in den überquellenden Mülleimer zwischen Fladenreste und Kraut zu werfen, doch Markus konnte ihn gerade noch stoppen.

»Nicht das ganze Telefon, Oskar. Nur die SIM-Karte. Die Handys waren ziemlich teuer.« Er holte aus seinem und Tinas Handy die SIM-Karten heraus und warf sie in den Müll.

Oskar rollte die zwei Schritte zum Mülleimer und schickte die Reste seines Fladenbrotes und die Serviette gleich hinterher. »Ja, ja, teuer, du sagst es. Dabei ist das nur völlig unnötiger Schnickschnack. Da verschulden sich die Leute, um diese teuren Dinger zu kaufen, und dann verbringen sie den Rest ihres Lebens damit, ständig hineinzustarren und nachzulesen, wie sie die Schulden wieder abstottern können.«

Oskar brummelte noch etwas anderes, aber das konnte Tina nicht mehr verstehen. Sie schob ihr nun völlig nutzloses Handy auf dem Schoß hin und her und stopfte es schließlich in ihre Handtasche. Wie sollten sie jetzt Paul erreichen? Plötzlich war ihr der Appetit vergangen, außerdem guckte der Döner-Mann jetzt immer wieder zu ihnen herüber. Hatte er mitbekommen, was da im Fernsehen gerade abgelaufen war?

»Wir sollten los«, sagte sie leise. »Die suchen nun garantiert auch nach dem VW-Bus. Was machen wir denn jetzt bloß, wir müssen endlich so schnell wie möglich hier weg! Zug fahren?«

»Auf gar keinen Fall. Ich möchte schließlich noch vor meinem neunzigsten Geburtstag an der Nordsee ankommen. Nein, wir suchen uns einfach ein anderes Auto«, meinte Oskar leichthin.

»Du meinst – wir klauen noch eins?« Tinas Stimme schallte schrill durch den Raum, der Döner-Verkäufer sah auf und kam zu ihnen an den Tisch.

»Alle gut?«, erkundigte er sich. »Esse nix schmecke?« Er deutete auf Tinas vollen Teller. »Is nix Gammelfleisch.«

»Natürlich nicht«, beeilte sich Tina zu sagen. »Ich hab nur keinen Hunger. Wir müssen leider los, unseren Sohn ... abholen. Äh, ja.«

Zwei Männer betraten jetzt das Lokal und starrten ebenfalls zu ihnen herüber. Tina senkte den Kopf, schnappte sich die grässliche Aldi-Tüte mit ihrer Barschaft und stand auf.

»Komm, Opa, die Oma wartet«, rief sie laut und schob Oskar zum Ausgang.

»Wir könnten Paul kidnappen«, überlegte Tina, sobald sie wieder mit Oskar und Markus im VW-Bus saß. »Ich meine, darauf kommt es nun auch nicht mehr an. Er ist immerhin unser Sohn. Eltern kidnappen ständig ihre Kinder.«

»Und wie willst du das anstellen?«, fragte Markus. »Dich verkleiden, klingeln, ›*Guten Abend allerseits!*‹ rufen und mit ihm seinen Rucksack packen? So, wie das klang, ist die Polizei gerade dort.«

»Wie alt ist er denn, euer Paul?«, erkundigte sich Oskar.

»Gerade achtzehn geworden.«

»Na, fantastisch«, jubelte Oskar. »Dann kann ihm doch keiner was. Dann hat er endlich mal sturmfreie Bude und kann seine Freundin nach Hause mitbringen.«

»Paul hat noch keine Freundin«, erklärte Markus würdevoll. Er startete das Auto und ließ das Fenster runter. »Das wüsste ich.«

Oskar lachte laut auf und konnte sich gar nicht mehr beruhigen. Von draußen wehte wie ein Echo das Gelächter junger Leute herein, die vorn an der Straßenecke zusammenstanden.

»Was ist denn? Was hab ich denn so Lustiges gesagt?«, zischte Markus zu Tina.

»Ich glaube, Oskar will dir zu verstehen geben, dass Paul ganz bestimmt eine Freundin hat.« Tina musste gegen ihren Willen lächeln. »Sie heißt übrigens Amelie.«

»Also, woher …?«, setzte Markus an, aber Tina unterbrach ihn.

»Das ist doch jetzt egal. Wir müssen irgendwie mit ihm Kontakt aufnehmen. Und wir brauchen dringend ein neues Auto. Und wo übernachten wir? Bis an die Nordsee schaffen wir das heute jedenfalls nicht.«

Sie einigten sich darauf, wenigstens ein Stück der Strecke an diesem Abend noch zurückzulegen, dann in irgendeinem Dorf unterwegs anzuhalten und Paul von der Telefonzelle aus anzurufen, im Schutz der Dunkelheit ein neues Auto zu »besorgen« (hier wurde es Tina ganz mulmig zumute) und anschließend wie ein normales Ehepaar mit gehbehindertem Opa in einer kleinen Pension abzusteigen. Irgendwo, wo sich die Füchse Gute Nacht sagten und das Internet noch nicht richtig angekommen war.

Sie fuhren ein Stück Landstraße, dann Autobahn, und Markus schaltete nach einer Weile das Radio an. Einen Oldie-Sender. Die Dire Straits schmetterten *So far away* und danach besang Bruce Springsteen sein *Hungry Heart*. Eine schläfrige Ruhe breitete sich im Auto aus. Oskar war eingenickt, die immer noch heiße Sonne strahlte am wolkenlosen Himmel, und jedes Mal, wenn sie einen Campingwagen überholten, überkam Tina fast so etwas wie ein Urlaubsgefühl, was natürlich völlig idiotisch war, schließlich befanden sie sich auf der Flucht. Sie waren schon ewig nirgendwohin mehr gefahren, auch nicht spontan und schon gar nicht ans Meer. Und seit sie Markus vor fünfundzwanzig Jahren beim Zelten an der Nordsee kennengelernt hatte, waren sie nie wieder dort gewesen. Warum eigentlich nicht? Tina betrachtete ihren Mann verstohlen von der Seite, wie er angespannt auf die Fahrbahn blickte, und legte ihm spontan die Hand aufs Bein.

»Hey«, sagte Tina. »Nordsee. Weißt du noch?«

»Klar weiß ich noch. Du hattest lila Hosen an und so ein Dreieck im Ohr baumeln. Und die ... wie hieß sie doch gleich, deine Freundin? ... Ihr habt es damals echt nicht geschafft, euer albernes Zelt aufzubauen.«

»Susi.« Tina grinste. »Die ist inzwischen bei der Kripo und schon zum zweiten Mal geschieden.«

»Genau, Susi. Na, Zelt aufbauen kann sie hoffentlich mittlerweile. Wie hab ich mir gewünscht, dass die endlich mal von deiner Seite verschwindet. Man kam gar nicht an dich ran, immer saß Susi bis oben hin zugeknöpft daneben und hat auf dich eingeredet, dieses oder jenes nicht zu tun. Die totale Spaßbremse. Wieso warst du überhaupt mit so einer spießigen Tussi befreundet?«

»So spießig war die gar nicht«, rutschte es Tina heraus. Gleich darauf biss sie sich auf die Zunge, denn eigentlich hatte sie Susi damals geschworen, niemandem etwas von der ... Abmachung zu verraten, die sie beide getroffen hatten. Und Tina war eine Frau, die ihr Wort hielt, auch wenn die ganze Angelegenheit sicher längst verjährt war und sie mit Susi nur noch gelegentlich Kontakt hatte. Das letzte Mal miteinander geredet hatten sie vor drei Jahren, als sie sich zufällig im Baumarkt über den Weg gelaufen waren.

»Aha, und was meinst du da jetzt genau?«, fragte Markus verwundert. Er wechselte die Spur, um einen holländischen Wohnwagen zu überholen, an dessen Rückseite Fahrräder für eine ganze Großfamilie befestigt waren.

»Ach, nichts. Jedenfalls hast du es irgendwann ja doch geschafft, mit mir zu reden«, wich Tina aus. Sie sah den Markus von damals mit einem Mal wieder vor sich – Haare bis auf die Schultern und eine Gitarre umgeschnallt, dazu ausgewaschene Jeans, er ließ eine witzige Bemerkung nach der anderen los, sodass ihr nach zwei Tagen schon klar war, dass sie ihn unbedingt nach diesem Urlaub wiedersehen musste. Er hatte so etwas Unbekümmertes an sich, lebte in den Tag hinein und machte sich überhaupt keine Gedanken um die Zukunft. Das fand sie damals total charmant und bewundernswert. Fünfundzwanzig Jahre später hatte die Bewunderung jedoch ziemlich nachgelassen, und seine Spontaneität ging Tina eher auf die Nerven. Markus hatte es in keinem Job lange ausgehalten, hatte immer große Pläne, aus denen nie etwas wurde, und bei dem chronischen Geldmangel ging auch die beste Beziehung irgendwann den Bach runter. Man musste sich nur vor Augen halten, in welche Situation er sie heute gebracht hatte. Tina seufzte leise. Trotzdem – rückblickend waren das damals die besten Wochen ihres Lebens gewesen. Abends saßen sie am Lagerfeuer, tranken Rotwein, Markus spielte Gitarre, und Tina versuchte vergeblich, Susi mit Matze, dem Kumpel von Markus, zu verkuppeln, aber Matze hatte ihr zugeflüstert, dass er nicht auf Spießerschnallen stand, und Susi hatte das gehört und war für den Rest des Urlaubs beleidigt gewesen.

Wo war eigentlich die Gitarre abgeblieben? Paul hatte nie Interesse am Gitarrenspiel gezeigt, er war völlig unmusikalisch, und irgendwann, so fiel es Tina jetzt ein, hatte Markus das Ding auf den Dachboden geschafft. Sie hatten die Gitarre – stellvertretend für ihre eigene Jugend – zwischen Kisten voller Klamotten, die nicht mehr passten, und Tagebüchern voller Ideen und Träume, die niemanden mehr interessierten, in eine dunkle Kammer gestopft, die niemand mehr betrat. Außer vielleicht, um den Weihnachtsbaumständer herauszukramen.

»*I wanna live, I wanna give, I've been a miner for a heart of gold*«, sang jetzt Neil Young aus dem Lautsprecher. Markus grölte laut mit, und Tina fiel mit ein – viel zu tief und falsch, aber egal. »*Keep me searching for a heart of gold ...*«

»Da müsst ihr aber noch ein bisschen üben«, meldete sich Oskar aus dem hinteren Teil des Wagens. »Marianne und Michael seid ihr zwei nicht gerade.«

»Na, Gott sei Dank«, sagte Markus. Er ließ einen

BMW vor sich in die Spur rutschen, der in letzter Sekunde die Autobahnausfahrt nehmen wollte.

»Da bin ich auch lieber Sonny und Cher«, meinte Tina.

»Ach? Die kennt ihr noch?« Oskar schien überrascht.

»Natürlich. Die waren zwar lange vor unserer Zeit, aber zu Cher haben wir auch noch rumgerockt, stimmt's, Markus?«

»Du vielleicht. Ich bin nie zu der alten Cher rumgehopst. Wer Popmusik hörte, beging bei meinen Kumpels damals sozialen Selbstmord.«

»So alt ist die doch noch gar nicht. Ende fünfzig, oder?«

»Neunundsechzig«, sagte Oskar wie aus der Pistole geschossen.

»Wow. Dafür sieht sie aber noch gut aus.« Tina fragte sich kurz, wie sie selbst wohl mit neunundsechzig aussehen würde, stellte dann aber fest, dass sie die Antwort lieber nicht wissen wollte.

»Alles nur geliftet und auseinandergezogen und abgeschnippelt und neu zusammengeklebt.« Markus winkte ab. »Ein menschliches Puzzle. Wie die meisten Promis. Die Frauen sehen irgendwann alle aus wie Miezekatzen, nur in Blond.«

Tina musste lachen, dann stutzte sie. »Sag mal, woher weißt du das eigentlich, Oskar? Wie alt Cher ist, meine ich.«

»Ich hab sie mal getroffen.«

»Was?« Markus fuhr vor Überraschung beinahe in einen polnischen LKW hinein, der vor ihm hertuckerte. »Du hast Cher getroffen? Wann denn? Wie denn?«

»In den sechziger Jahren. Das war 1966, glaube ich. Nachdem sie erfolgreich geworden waren. Also, Sonny und sie.«

»Wo hast du die getroffen? Auf einem Konzert? Hast du dir ein Autogramm geholt?«

»Nein, ich hab sie fotografiert.«

»Wie?« Tina glaubte, sich verhört zu haben.

»Mit einer Kamera, Schätzchen. Nicht mit dem Telefon wie heutzutage. Wenn mir damals jemand gesagt hätte, dass die Leute sich in fünfzig Jahren mal ununterbrochen mit ihrem Telefon fotografieren würden, dann hätte ich denjenigen in die Klapse einweisen lassen. – Was ist denn?«, fragte er Tina, die ihn mit offenem Mund anstarrte. »Damals waren die Telefone nämlich noch so groß wie ein Fußball. Das hätte ich dann dauernd mit mir rumschleppen müssen und …«

»Ich meinte nicht, *wie* du sie fotografiert hast«, unterbrach ihn Tina. »Ich meinte – *wieso?* Wie kommt ein Rentner aus Ingolstadt dazu, Sonny und Cher zu fotografieren?«

»Also erstens war ich damals noch kein Rentner, schönen Dank auch. Und zweitens komme ich von der Nordsee, das hab ich euch doch gesagt. Und ich bin nur hier gelandet, weil … nun, das ist eine lange Geschichte. Ich war Fotograf und hab eben viel fotografiert … Das war mein Job, bevor … nun ja.«

»Bevor du als Robin Hood angefangen hast?«, fragte Tina langsam. »Das hast du doch heute gesagt, als wir vom Kirchmeier-Haus abgehauen sind, stimmt's? Was genau hast du damit eigentlich gemeint? Und welchen *fiesen Typen* hast du was weggenommen? Und was überhaupt?«

Oskar brummelte irgendetwas.

»Autos vielleicht?«, hakte sie nach, als Oskar beharrlich schwieg.

»Unter anderem. Autos, Motorräder, später auch Fernseher. Einmal auch ein Boot. Bisschen Koks und Hasch. Bargeld. Eben dies und das.«

Tina verschlug es fast die Sprache, dass Oskar das so einfach zugab. »Du warst ein *Gangster?*«

»Gangster?«, fragte Oskar zurück. »Also, ich finde, das ist immer eine Frage der Perspektive. Ich war in erster Linie ein Gentleman.«

»Er *war* ein Gangster«, erklärte Markus. »Wie wir im Übrigen jetzt auch, Tina.«

Darauf gab es nichts zu erwidern. Tina war sprachlos und starrte in die vorbeiziehende Landschaft hinaus. Draußen Felder, drinnen Kriminelle.

»Der Sonny war übrigens ein Kotzbrocken«, sagte Oskar. »Nur falls es euch interessiert. Oh, da vorn ist die Ausfahrt nach Nürnberg. Die sollten wir nehmen.«

»Ich dachte, wir wollten zur Nordsee.« Markus verlangsamte das Tempo.

»Klar, aber mir ist eingefallen, dass in Nürnberg ja die Magda wohnt. Meine alte Freundin. Bei der können wir bestimmt heute Nacht unterschlüpfen. Vielleicht hat sie sogar ein Auto für uns.«

Tina zögerte kurz, aber die Aussicht, den blöden

VW-Bus vom Pfleger Kirchmeier wieder loszuwerden, war ausgesprochen verlockend. Außerdem wollte sie sich endlich mal irgendwo in Ruhe hinsetzen und nicht mehr herumhetzen und ständig fliehen, um über alles nachzudenken, was heute auf sie eingestürzt war. Sie waren ja gar nicht richtig zur Besinnung gekommen. Und sie wollte Paul anrufen.

»Hat diese Magda ein Telefon?«, fragte sie.

»Na, das will ich doch schwer hoffen«, erwiderte Oskar. »Früher stand das jedenfalls nie still.« Er lachte eigentümlich.

Was meinte er damit? Egal. In einer größeren Stadt wie Nürnberg fiel man weniger auf als in irgendeinem Dorf, so viel war sicher. Und genügend Autos zum Klauen standen dort auch zur Verfügung. Im nächsten Moment schämte Tina sich schrecklich. Wie konnte sie so etwas auch nur denken? Und überhaupt – weder sie noch Markus hatten je ein Auto geknackt. Wie sollte das überhaupt vor sich gehen?

»Okay, lass uns nach Nürnberg reinfahren, Tina. Ich will aus diesem Bus raus.« Markus wechselte die Spur, nahm die Ausfahrt und fuhr an Baumärkten und Einrichtungshäusern vorbei in Richtung Innenstadt. »Benzin ist auch kaum noch drin.«

Tina verstand sofort. Sie würden mit *diesem* VW-Bus an einer Tankstelle vorfahren müssen. Die zweite Tankstelle heute mit Sicherheitskamera und allem Drum und Dran. Niemals!

»Am besten, ich rufe die Magda mal an«, meinte Oskar. »Halt mal da vorn an der Kneipe an, da gibt es bestimmt ein Telefon.«

Sie hielten vor dem »Goldenen Krug«, einem unscheinbaren Vorstadtgasthof, dessen schmutzig weiße Fassade sich nahtlos in das triste Gewerbegebiet einfügte.

Markus gab sich locker, klopfte auf den Tresen und verschwand dann in Richtung Toilette, während Tina nervös und mit Herzflattern eine Limo bestellte, um ihren Aufenthalt zu rechtfertigen.

»Limo«, wiederholte den Gastwirt und musterte sie verächtlich. »Und der Opa hier?«, wandte er sich an Oskar. »Kamillentee?« Er verzog leicht den Mund.

»Nee, den trink mal lieber selber«, sagte Oskar entrüstet. »Ich nehme ein Bier. Und dann würde ich gerne mal telefonieren.«

»Telefon steht da drüben«, brummte der Mann, allerdings schien er durch Oskars Bestellung etwas besänftigt zu sein.

Tina sah sich nervös um, während Oskar zum Tresen rollte, wo das Telefon stand. Außer ihnen saßen nur zwei schweigende Männer an einem Ecktisch, die sie unverhohlen anstarrten. Tina drehte schnell ihr Gesicht weg. Wo blieb Markus denn?

»Magda, altes Leder«, hörte sie Oskar begeistert vom Tresen her rufen. »Alles klärchen?«

Gott sei Dank war diese Magda wenigstens zu Hause, dachte Tina. Sie nippte an ihrer Limo, schielte kurz nach links, wo die zwei Männer sich immer noch über ihrem Bier anschwiegen. Sofort guckte der eine wieder zu ihr hin, er schien eine Art Radar zu haben. Herrgott noch mal! Gab es so wenig Abwechslung hier, dass der sie so penetrant anglotzen musste? Endlich kam Markus von der Toilette zurück.

»Na, du weißt doch, im Alter kriecht die Schönheit nach innen«, trompetete Oskar jetzt vorn am Tresen in das Telefon. »Haha. Aha? Ach, sag bloß?« Er trank sein Bier mit einem Ruck halb aus.

Tina trommelte ungeduldig auf den Tisch. Jetzt stand einer der Glotzer auf und lief an ihnen vorbei. Dann blieb er stehen und sah sich noch einmal um. »Sagen Sie mal – kennen wir uns von irgendwoher?«, fragte er. Tina wurde es vor Schreck ganz übel. Ihr Konterfei flimmerte garantiert in diesem Moment über jeden Bildschirm im ganzen Land. Dass der Mann sie aufgrund ihres Wasserleichenfotos erkannte, war allerdings absolut deprimierend.

»Nein, ich glaube nicht«, antwortete jetzt Markus für sie. Er stand auf und zog sie mit sich hoch. »Osk... Opa? Bist du dann so weit?«

»Flüssiges Viagra, was du nicht sagst!«, plauderte Oskar unbekümmert weiter. »Und das soll den Alten intravenös verabreicht werden? Hahaha, Magda, du bist mir ja eine!«

»Opa!«, rief Tina mit schriller Stimme.

»Sie sind die Sabine Kunz, nicht wahr?«, sagte der Mann jetzt zu ihr. »Die früher hier um die Ecke gewohnt hat!«

»Nein«, krächzte Tina. »Bin ich nicht. Ich bin ... die Frau Krauß.« Warum hatte sie das jetzt gesagt? Sie war offenbar schon völlig daneben. »Krauß mit

Eszett«, fügte sie noch lahm hinzu, als ob es den leisesten Unterschied machte. Der Mann schielte sie misstrauisch an.

Oskar hatte endlich aufgehört zu telefonieren, rollte ein kleines Stückchen nach hinten und schmiss aus Versehen sein Bierglas auf dem Tresen um. »Ach, herrje«, rief er. »Das tut mir aber jetzt leid!«

Der Wirt verdrehte die Augen. »Lass gut sein, Opa.« Dann brummte er noch leise irgendetwas. Es klang wie: »Kamillentee wär wohl besser gewesen.«

»Nein, nein, warten Sie, ich wisch das schon auf«, rief Oskar eifrig. Er langte über den Tresen und fing an, dort herumzuhantieren.

»Opa, jetzt komm endlich«, zischte Tina, aber Oskar wischte und fummelte merkwürdig hartnäckig auf dem Tresen herum, bis sie ihn regelrecht davon wegzerrte.

Sie hetzten mit dem Rollstuhl nach draußen, während die zwei Biertrinker mit dem Wirt am Fenster standen und aufgeregt gestikulierten.

»*Shit,* ich glaube, die haben uns erkannt«, flüsterte Tina und versuchte, die blöde Aldi-Tüte irgendwie mit ihrem Arm zu verdecken. Das Geklimper der Münzen darin kam ihr penetrant laut vor.

Sie verstauten Oskar samt Rollstuhl hinten im Wagen, dann startete Markus rasch den Motor und wendete mit quietschenden Reifen. »Wohin?«, presste er heraus. »Wo wohnt diese Magda?«

»Immer mit der Ruhe«, sagte Oskar. »Lass mich erst mal mein Geld zählen. Fahr einfach weiter die Landstraße entlang.«

»Hast du denn ihre Adresse?«, wollte Tina wissen. »Der Markus weiß doch sonst nicht ... Moment mal, welches Geld denn, bitte?«

»Das Geld von dem Kasper aus der Kneipe dadrin«, erklärte Oskar. »Kamillentee ... Der hat sie ja wohl nicht mehr alle.«

»Du hast sein Geld geklaut?« Tina drehte sich fassungslos nach dem alten Mann um.

»Die Kasse war offen. Also, so halb. Ich hätte noch mehr nehmen können, wenn du nicht so an mir gezogen hättest, meine Liebe. Vollpfosten wie der da haben es nicht anders verdient.«

Tina schüttelte ungläubig den Kopf. »Oh Gott, ich glaube es ja nicht. Markus, hörst du das? Bist du wahnsinnig, Oskar? Die hetzen uns die Polizei auf den Hals!«

»Die Polizei ist bereits hinter uns her«, bemerkte Oskar nüchtern. »Da kommt es auf das bisschen Cash auch nicht mehr an. Vierhundertdreißig Euro, na, nicht schlecht, Herr Specht. Hier, steck es in die Haushaltskasse da unten.« Oskar reichte Tina das Geld und deutete auf die Aldi-Tüte, die zwischen ihren Füßen auf dem Boden stand. »Zur Magda geht es an der nächsten Ampel rechts. Immer weiter bis nach Altenfurt, da wohnt sie gleich neben der Post, kann man gar nicht verfehlen. Ihr werdet euch mögen.«

»Werden wir das?«, fragte Tina schwach.

Magda hatte ungefähr Körbchengröße 68 K, tizianrot gefärbte Haare, die zu einem luftigen Gebilde aufgetürmt waren, ein breites Lächeln, bei dem sie die Zigarette im Mund behielt, war irgendwas zwischen sechzig und achtzig und trug einen pfirsichfarbenen Samtanzug.

»Der Oskar!«, freute sie sich und herzte den alten Mann. »Du altes Scheusal lebst also immer noch. Ich werd verrückt. Und furchtbar siehst du aus. Wie eine alte Backpflaume auf Rädern, haha.« Sie drückte Oskar erneut an ihre üppige Brust. »Und wen hast du da mitgebracht? Deine Familie? Deine Tochter mit Mann?« Sie betrachtete Tina und Markus neugierig und schüttelte ihnen zur Begrüßung die Hände.

»Nein, das sind … Geschäftspartner. Kannst du dich noch an den Fettsack erinnern, der immer so einen blöden gestreiften Anzug anhatte und Vertreter für Glückwunschkarten werden wollte?«

»Ja. Ist der gestorben oder im Gefängnis?«

»Viel schlimmer. Er hat meine Tochter geheiratet.«

»Ach du meine Güte. Und du konntest nichts dagegen unternehmen?«

»Nichts, Magda. Nichts.« Oskar strich sich kurz bekümmert über die Glatze.

»Ach herrje, das musst du mir alles genauer erzählen. Kommt erst mal rein. Likörchen?«

»Für mich ni…« Weiter kam Tina nicht, denn Oskar knuffte sie in den Rücken. »Für mich gern.« Oh Gott, wo waren sie hier hingeraten? Tina sah sich um. Magdas Wohnung war der Albtraum eines jeden Innenarchitekten. Jeder freie Platz war mit Strohblumen, geschnitzten Holzfiguren, Plüschkissen mit herzigen Inschriften, Samtvorhängen, Lampen mit Bommeln und Kunstobst vollgestopft. An den Wänden hingen Fotos von Magda als jüngerer Frau mit noch üppigerem Busen und blonden Haaren. Ein paar zeigten sie mit anderen jungen Frauen, die ihr irgendwie ähnlich sahen, wenn auch nur in der Art und Weise ihres Stylings.

»Mensch, Oskar, die Mädchen werden sich freuen, wenn ich ihnen erzähle, dass du mich besucht hast«, plapperte Magda. »Die sind ja jetzt überall in der Welt verstreut.«

Ach, diese Magda hatte wohl Töchter – na, wenigstens etwas, dachte Tina. Über die Kinder fand man ja immer eine Gemeinsamkeit und ein Gesprächsthema.

»Sind das Ihre Töchter?«, erkundigte sie sich interessiert und tippte auf eines der Fotos. »Wir haben ja auch einen Sohn, den Paul, der ist gerade achtzehn geworden.«

»Töchter?« Magda lachte. »Nee, Schätzchen. Ich hab keine Kinder. Ich habe gerade von meinen Nutten geredet.«

7

Das Likörchen war blutrot und quietschsüß und stellte eine Art Vorspeise dar, denn danach gab es pinkfarbenen Prosecco, den Magda großzügig als Schampus bezeichnete und noch großzügiger ausschenkte. Tina rutschte auf ihrem Plüschsessel hin und her und wusste nicht so recht, was sie sagen sollte, außer »Danke, aber eigentlich möchte ich nicht ... also gut, noch ein kleines Schlückchen ... uh, nicht so viel ...«. Dann gab sie es auf und ließ sich von Magda abfüllen und betrachtete dabei die rosa Gardinen mit Blumenranken, die sich leise im Wind bewegten, oder vielleicht war es auch nur der Alkohol, der sie vor Tinas Augen hin und her schob. Sie lauschte den Erinnerungen von Magda und Oskar, während Markus eine nach der anderen rauchte. Er rauchte zwar offiziell seit einem Jahr nicht mehr, aber heute waren sowieso alle Regeln außer Kraft gesetzt, und ob er nun rauchte oder auf dem Tisch Schuhplattler tanzte oder am Kronleuchter schaukelte, das war Tina mittlerweile egal. Sie war einfach nur froh über die Verschnaufpause.

»Und die Elke, du weißt doch, die mit den roten

Haaren, also, im Klub hieß sie ja immer Coco, die ist nach Bulgarien gezogen und hat da eine Strandbar aufgemacht. Ja, ich weiß auch nicht, warum gerade Bulgarien. Steckt bestimmt ein Mann dahinter, was sonst. Und *Magic Mimi*, also, die Gerlinde, die hat jetzt einen Blumenladen in Köln. Und Rosita hat einen ihrer Freier geheiratet, erinnerst du dich noch an den dünnen kleinen Kerl, der so verhuscht war und immer eine Aktentasche unterm Arm hatte? Und dann stellte sich raus, dass der ziemlich reich war. Hätte man nie von dem gedacht, der war ja geizig wie ein Schotte. Der hat die Rosita schließlich geheiratet, damit er nicht dauernd für sie bezahlen musste, und dann ist er ein halbes Jahr später gestorben und sie hat alles geerbt.« Magda schlug sich begeistert auf die Schenkel, und ihr Busen wackelte wie bei einem mittelschweren Erdbeben.

Oskar spitzte bewundernd die Lippen. »Die Rosita war schon immer geschäftstüchtig«, meinte er. »Ich gehe mal davon aus, dass sie ein bisschen nachgeholfen hat?«

»Aber hallo. Und ob!«

Tina drückte Markus schockiert mit dem Ellbogen in die Seite. Die redeten hier von Mord!

»Sie hat ihn zu Tode gevögelt«, erklärte Magda sachlich, die wohl Tinas Entsetzen bemerkt hatte. »Der hatte einen Herzfehler und durfte sich nicht aufregen. Aber jede Nacht mit der Rosita das Bett zu teilen und sich dabei nicht aufzuregen, das ging ja wohl schlecht.« Magda und Oskar lachten brüllend los, und dann schenkte Magda allen noch eine Runde

Schampus ein, ohne auf Tinas schwachen Protest zu hören.

»Dachte schon, sie hat ihn mit ihren dicken Möpsen erstickt«, meinte Oskar, worauf Magda gleich wieder losgackerte und sogar Markus mit einfiel.

»Das ist sehr nett von Ihnen, dass wir hier übernachten dürfen«, ging Tina dazwischen. »Wir machen Ihnen hoffentlich keine Umstände, und vor Sonnenaufgang sind wir auch schon wieder verschwunden, damit wir Oskar nach Husum bringen können, und danach ...« Sie räusperte sich unsicher. Denn was danach passieren sollte, wusste sie ja selber nicht, bisher hatte sie jeden Gedanken daran erfolgreich abgewürgt. Es hing alles davon ab, was die Polizei jetzt unternehmen würde und ob sie Paul noch einmal erreichen konnten. »Dürfte ich vielleicht mal telefonieren?«, erkundigte sie sich zaghaft bei Magda.

»Ja natürlich.« Magda deutete auf das Telefon an der Wand und schenkte allen noch einmal nach, während Tina mit zitternden Fingern ihre Nummer zu Hause wählte.

Es wurde sofort abgenommen. Eine fremde Männerstimme schallte durch Magdas Wohnzimmer, sie hatte das Telefon offenbar permanent auf laut gestellt. »Ja? Bei Michel.«

Tina erstarrte. Sie kannte die Stimme nicht. Wer war das? Die Polizei? Wo war Paul? Was sollte sie jetzt tun? Hilfesuchend sah sie zu Markus hinüber, der sich gerade die nächste Zigarette anstecken wollte und jetzt erschrocken innehielt. »*Wer ist das?*«, formte sie mit den Lippen und presste dabei die Hand auf den Hörer.

»Leg auf«, signalisierte ihr Markus so hektisch, dass seine Brille wieder verrutschte, aber Tina stand da wie gelähmt.

»Hallo?«, fragte die Stimme. »Wer spricht?«

»Ist Paul ...?«, krächzte Tina, dann brach sie ab.

»Frau Michel? Sind Sie das?«

In diesem Moment stand Magda auf und nahm Tina den Hörer aus der Hand. »Spreche ich mit Paul Michel?«, flötete sie. »Hier ist Andrea Letzow von der Firma *Paper-Mac,* dem führenden Hersteller von Kopierpapier, bei dem Sie schon mehrfach online eingekauft haben. Wir haben im Moment eine Aktion für Kopierpapier, die ich Ihnen gern unverbindlich anbieten möchte. Sie haben doch sicher Interesse daran, ihr Kopierpapier in der Zukunft noch günstiger einzukaufen?« Magda gelang es auf geheimnisvolle Weise, das Wort »Kopierpapier« immer wieder wie »Klopapier« klingen zu lassen. Sie zwinkerte Tina zu, denn am anderen Ende herrschte jetzt Schweigen. »Der ist nicht zu sprechen, bitte rufen Sie nicht noch einmal an, Sie blockieren uns nur die Leitung«, sagte die Stimme und dann wurde aufgelegt.

»Die Bullen sind noch genauso dämlich wie früher«, stellte Magda zufrieden fest.

»Aber wie können wir denn jetzt Paul erreichen?« Tina hätte am liebsten geheult. Die Situation war völlig ausweglos.

»E-Mail?«, schlug Markus zögerlich vor.

»Da guckt er nie rein.«

»Wo guckt er denn rein?«, erkundigte sich Oskar.

»Was weiß ich? Facebook und so was.«

»Dann nehmen wir doch einfach Facebook«, schlug Magda vor.

»Ich bin nicht sein Freund bei Facebook«, murmelte Tina. »Markus auch nicht. Wir sind ihm peinlich.« Sie seufzte. »Ich könnte ihm eine WhatsApp schicken. Aber ich habe keine SIM-Karte mehr.«

»Pass auf, ich mach das.« Magda holte ihr Handy aus der Tasche, das in einer goldenen Hülle steckte. »Wie ist seine Handynummer?«

»Aber wenn eine Magda ... wie heißen Sie eigentlich mit Nachnamen?«

»Kowalski. Magda Kowalski«, sprang Oskar ihr bei.

»Danke. Wenn eine Magda Kowalski ihm schreibt, dann antwortet er bestimmt nicht. Das weiß ich. Da müsste schon *ich* ihm schreiben. Und was passiert, wenn die Polizei seine Nachrichten checkt? Ich weiß überhaupt nicht mehr, was wir tun sollen.« Sie ließ sich frustriert auf Magdas plüschige Couch fallen.

Magda verdrehte die Augen. »Meine Güte, denkst du vielleicht, ich bin von vorgestern? Ich habe bis voriges Jahr noch einen Sex-Chat und einen SMS-Sex-Service gemanagt, als kleinen Nebenverdienst sozusagen. Wie heißt seine Schule? Gib mir irgendeinen Anhaltspunkt.«

»Ebert-Gymnasium«, antwortete Tina verwirrt. »Wieso?«

»Okay.« Magda fing an zu tippen und zwar erstaunlich flink für eine Frau ihres Alters. »So.« Sie hielt Tina und Markus ihr Handy hin.

»*Hi, Süßer, gehe auch ins Ebert-Gymnasium. IBIFLILA.*«

»Was bedeutet IBIFLILA?«, erkundigte sich Markus. »Irgendeine Gartenbau-Messe?«

»*Ich bin in Flirtlaune*«, übersetzte Magda.

»Man kann alt werden wie 'ne Kuh und lernt immer noch dazu«, kommentierte Oskar. Er hatte inzwischen seine Schuhe ausgezogen und die Füße in den Wollsocken gemütlich auf Magdas Couch gelegt. »Ach, endlich mal wieder in einem Zimmer sitzen, das nicht nach alten Leuten müffelt!«

»Ich bin ja auch noch jung und knackig«, erwiderte Magda lächelnd. Sie tippte jetzt, ohne aufzusehen. »Erst fünfundsiebzig. Guckt mal, er hat geantwortet.« Sie hielt Tina das Handy hin. »*Wer bist du? FG*«

»FG?«

»Freches Grinsen.«

»Ach so.« Tina kam sich unsagbar blöd vor. Wie konnte es sein, dass eine ehemalige Bordellchefin Mitte siebzig per Handy besser mit ihrem Sohn kommunizieren konnte als Tina selbst?

»Okay«, murmelte Magda. »Jetzt wird es schwierig. Was genau soll ich ihm mitteilen?«

»Dass Mama und Papa keine Verbrecher sind und ihn liebhaben«, brach es aus Tina heraus.

»Nee – wir haben Scheiße gebaut, und er soll die Stellung halten, bis wir ihn rausholen«, sagte Markus.

»Ja, was denn nun?«, fragte Magda, während sie »*MUMIDIRE*« schrieb. »*Muss mit dir reden*«, dolmetschte sie für Tina.

»*R U HOT?*«, schrieb Paul zurück.

Magda quiekte begeistert. »Kein Kind von Traurigkeit, euer Kleiner, was?«, bemerkte sie zu Tina.

Tina versuchte sich zu konzentrieren. Darauf, wie sie Paul eine vernünftige Nachricht zukommen lassen könnte, etwas, das ihm weiterhalf und ihn beruhigte – aber wie sollte sie darüber nachdenken, wenn ihr Sohn, ihr Baby, mit einer knackigen fünfundsiebzigjährigen Frau per Handy Schweinkram austauschte?

»*TEM*«, schrieb Magda. »*Tierisch einsames Mädchen*«, sagte sie zu Tina.

Mädchen? »Markus, was du vorschlägst, schreiben wir nicht, sonst kriegt Paul noch Angst.« Stellung halten, bis sie ihn rausholten … Mann, sie waren doch hier nicht im Krieg. Was sollte Paul denn davon halten?

»*HUND*«, schrieb Magda jetzt und zündete sich eine Zigarette an.

»Hund?« Tina schüttelte irritiert den Kopf »Wieso denn jetzt Hund, Magda?«

»*HUND – Hab unten nichts drunter*«, erklärte Magda. Sie kicherte. »Jetzt haben wir definitiv seine Aufmerksamkeit. Also, macht endlich. Was soll ich ihm schreiben?«

»Okay.« Markus stand auf und lief ein paar Schritte im Zimmer herum wie ein nachdenklicher Philosoph. »Schreib ihm, dass es heute dumm gelaufen ist, dass wir uns hoffentlich bald melden und ...« Hier zögerte er kurz. »Dass wir hoffen, dass es ihm gut geht.«

»Er meint damit, dass wir Paul lieb haben«, übersetzte Tina. Warum tat sich Markus nur immer so schwer, wenn es darum ging, Paul gegenüber Gefühle zu zeigen?

»Okay.« Magda tippte und hielt dann das Handy hoch.

»*BG – LZ VON DM. DG heute. Handy GN, MEMIWI ASAP, HADU, BHB, TABU.*«

»Was ... heißt das alles?« Tina kapierte kein einziges Wort außer *heute* und *HANDY*.

»*Breites Grinsen – Lebenszeichen von deiner Mutter. Dumm gelaufen heute, Handy geht nicht, melde mich wieder so bald wie möglich, halte durch, bis bald hoffentlich. Tausend Bussis.*«

Die Antwort kam umgehend. »*np vc X.*«

»*No problem, voll cool, Kuss.*« Martha sah Tina und Markus zufrieden an. »Dann wäre das ja geklärt. Schampus? Likörchen? Zigarre?«

»Wow, das ist ja fast gespenstisch.« Markus saß auf der Couch wie ein erschöpfter Pudding und rieb sich die Augen. »Also, ich für meinen Teil nehme noch einen Schluck.«

»Ich gehe mich mal frisch machen«, verkündete Tina. Ihr schwirrte der Kopf. Aber immerhin hatte Paul ihnen einen Kuss geschickt. Das war ja ganz was Neues.

Tina stolperte durch Magdas plüschige kleine Bude, einer Art Vorhölle für japanische Minimalisten, vorbei an Sinnsprüchen (»*Wer den größten Pinsel besitzt, ist noch lange nicht der beste Maler*« und »*Genieße dein Leben ständig, du bist länger tot als lebendig*«) sowie Porzellanengeln, Spitzendeckchen und leeren goldenen Vogelkäfigen. Das Bad war in Rosa gehalten, ein süßlicher Duft entströmte mehreren Schälchen mit getrocknetem Rosen-Potpourri, und die Klopapierrolle steckte in einem cremefarbigen Häkelkleid. Tina öffnete neugierig ein Badschränkchen. Gurgellotion, Tabletten, Medizinfläschchen, Rheumasalbe, Mundwasser, Zahncreme, Haarspray, Kosmetikproben aus der Drogerie. Sofort schämte sie sich, dass sie Magda so hinterherspionierte. Was hatte sie denn erwartet? Handschellen und Gleitcreme? Die Frau war Mitte siebzig! Trotzdem fragte sich Tina, wie das damals so gewesen war mit Magda und ihren ... Mädchen. Ob Oskar wohl damals dort Stammkunde war? Alles, was Tina über Bordelle wusste, hatte sie aus Klatschzeitungen erfahren, meist in Form einer brüllenden Schlagzeile: *Sündenbabel in der Neustadt ausgehoben!* Oder aus dem »Tatort«, wenn mal wieder irgendein Kommissar mit schütterem Haar und Lederjacke in einen schummerigen Laden mit Schmusemusik stürmte, Gläser umschmiss und seine Pistole zog, während im Hintergrund eine junge ambitionierte Schauspielerin einen Strip hinlegte.

Vor etlichen Jahren war sie gemeinsam mit Markus und ein paar Freunden nach Amsterdam gefahren und dort durch das Rotlichtviertel geschlendert. Tina erinnerte sich an Frauen in Reizwäsche, die wie Sonderangebote in Schaufenstern gesessen und gestrickt hatten, während die Touristen albern grinsend draußen an ihnen vorbeigetorkelt waren. Irgendwie hatten die Frauen alle genauso ausgesehen wie früher die *Exquisit*-Verkäuferinnen in der DDR, die Tina mal bei einem Besuch beobachtet hatte – zu stark geschminkt, gelangweilt und genervt. Sie waren nur knapper bekleidet. Aber nichts davon traf auf Magda zu, fand Tina.

Im Flur betrachtete sie die Fotos an der Wand erneut. Jetzt fiel ihr ein Mann auf, der auf vielen Bildern mit einer deutlich jüngeren und dünneren Magda zu sehen war. Ihr Zuhälter vielleicht? Wo war der Typ jetzt? Hatte sie da auch ein bisschen »nachgeholfen«?

Zurück im Wohnzimmer fand sie Oskar vor, der eine Zigarre rauchte. Markus war auf der Couch eingenickt, kein Wunder eigentlich, um die Zeit schlief er auch zu Hause meistens vor dem Fernseher ein.

»Magda macht euch jetzt euer Zimmer fertig«, informierte Oskar sie.

»Danke.« Tina setzte sich. »Wer ist denn der Typ auf den Fotos da draußen?«, fragte sie. »Magdas Zuhälter?«

»Das ist der Ludwig. Ihr Mann. Der ist schon lange tot.«

»Ach. Hat sie den auch umge…?«

Oskar sah sie entrüstet an. »Natürlich nicht. Ludwig war ihre große Liebe. Er ist schon seit über vierzig Jahren tot, ist damals ganz plötzlich an einem Schlaganfall gestorben. Deswegen musste sie sich fix was einfallen lassen, um Geld zu verdienen. Magda geht jeden Tag auf den Friedhof und redet mit ihm. Sie vermisst ihn immer noch schrecklich.« Er streichelte gedankenverloren eins von Magdas Plüschkissen.

»Hat sie denn nie wieder geheiratet?«

»Nein. Sie hat noch nicht mal was mit einem anderen Mann angefangen. Die beiden haben eben zusammengepasst wie zwei alte Hausschuhe. So was findet man nur einmal im Leben.« Oskar lächelte.

Tina wand sich verlegen auf ihrem Sessel. Sie immer mit ihren blöden Vorurteilen. Warum sollte Magda denn nicht in der Lage sein, echte Liebe zu empfinden? Und dann auch noch so lange und bis über den Tod hinaus. Wahnsinn eigentlich. Sie betrachtete Markus, der jetzt mit offenem Mund ein wenig röchelte. Liebte sie ihn denn überhaupt noch? Es war schwer zu sagen, weil sie zwischen der ständigen Streiterei ums Geld und dem hektischen Alltag und den wenigen Urlaubstagen nie Zeit füreinander fanden. Und wenn sie ehrlich war, hatte sie sich schon mehr als einmal vorgestellt, wie es wäre, noch mal einen anderen Mann kennenzulernen. Plötzlich verspürte sie fast so etwas wie Neid auf Magda, die eben wieder ins Zimmer kam.

»Ich hab der Tina gerade von deinem Ludwig erzählt«, sagte Oskar.

Magdas Gesicht wurde auf einmal ganz weich,

von der schlagfertigen Bordellchefin war nichts mehr darin zu sehen. »Mein Ludwig«, sagte sie sanft. »Das war der beste Mann der Welt.« Sie deutete ein Nicken in Richtung des schlafenden Markus an. »Sei froh, dass du deinen noch hast, Schätzchen.«

Tina schluckte. Froh? War sie das? Sie weckte Markus und zog ihren schlaftrunkenen Mann in Magdas Gästezimmer, wo sie sich erschöpft auf das Bett fallen ließ und die Augen schloss. Als sie sie kurz darauf wieder öffnete, zuckte sie erschrocken zusammen, musste dann aber lächeln.

»Ich glaube es ja nicht, Markus«, sagte sie. »Guck mal hoch an die Decke. Da hängt ein riesiger Spiegel über dem Bett.« Sie kicherte. »Was meinst du wohl, warum?«

Aber von Markus kam nur noch ein gleichmäßiges Schnorcheln. Tina drehte sich auf die Seite und schlief ebenfalls ein. Aber kurz bevor sie wegdriftete, fragte sie sich, was eigentlich mit Oskars Frau war. Er hatte sie noch mit keiner Silbe erwähnt, aber immerhin hatte er ja eine Tochter, also musste es auch eine Mutter geben. Seltsam.

8

»Oskar, das ist nicht dein Ernst!« Markus ging um das Auto herum, das wie eine vergessene Zeitmaschine in Magdas Schuppen stand. »Das ist nicht dein Ernst«, wiederholte er, diesmal mit unverhohlener Panik in der Stimme.

Tina sagte gar nichts, sondern hielt nur schlaff die schreckliche Aldi-Tüte mit der lächerlichen Beute in der Hand. Sie war todmüde. Nach ein paar Stunden Tiefschlaf war sie in einen wirren Traum eingetaucht, in dem sie verzweifelt versucht hatte, die Bestellung von *Herrn* Scheller aufzunehmen, ihn aber nicht verstehen konnte, weil im Hintergrund die ganze Zeit eine Polizeisirene nervend gejault hatte. *Herr* Scheller war am Telefon immer wütender geworden, während Magda dauernd von irgendwoher gerufen hatte: »Aber da ist doch nichts dabei, Schätzchen!« Völlig durch den Wind war Tina aufgewacht, hatte ihr Spiegelbild an der Decke schweben sehen und im Halbschlaf einen Moment lang geglaubt, sie hätten einen Autounfall gehabt und sie läge deshalb im Koma und schwebte als körperlose Seele über einem Krankenbett. Doch dann war ihr alles wieder eingefallen – die Tankstelle, der Überfall, Oskar, das Haus von Ralf Kirchmeier und Magda. Danach war es Tina einfach nicht gelungen, wieder einzuschlafen, die unmöglichsten Gedanken waren wild durch ihren Kopf galoppiert wie durchgegangene Pferde, und sie hatte den Rest der Nacht wach gelegen und sich Sorgen gemacht, während Markus neben ihr gurgelte, pfiff, sägte, nach Luft schnappte und einmal sogar im Schlaf kicherte. Da hatte sie ihm voller Wut das Kissen an den Kopf gehauen. Was fiel ihm ein, im Traum blöd zu lachen, wenn sie vor lauter Kummer nicht schlafen konnte?

Deswegen war sie jetzt viel zu müde, um sich über das Auto in Magdas Garage aufzuregen, obwohl es zugegebenermaßen absolut scheußlich aussah. Ein Volvo 850, fast zwanzig Jahre alt, pink und mit den schwarzen Silhouetten von Go-go-Girls bedruckt sowie der Aufschrift: »*Tutti Frutti – die heißesten Früchtchen der Stadt!*«

»Damit kann ich doch nicht herumfahren.« Markus schüttelte entsetzt den Kopf.

»Natürlich kannst du das«, sagte Oskar. »Da passt der Rollstuhl prima hinten rein und die Telefonnummer dadrauf stimmt sowieso nicht mehr.«

»Aber ... damit komme ich mir ja vor wie ein ...« Markus spürte Magdas Blick im Nacken und verschluckte den Rest. »Wir wollen doch kein Aufsehen erregen«, schob er noch lahm hinterher.

Oskar wischte seine Bedenken mit einer großzügigen Handbewegung weg. »Werden wir auch nicht. Was ist denn schon dabei? Schaut mal, das Auto hat außerdem noch eine Hamburger Nummer, es stammt wohl aus Magdas Zeiten da oben. Aber jetzt fährt sie es nicht mehr und überlässt es uns großzügigerweise. Und du kannst sicher sein, dass die Polizei nicht danach sucht.«

Da war sich Tina allerdings weniger sicher, aber was blieb ihnen anderes übrig? Den VW-Bus würde Magda in ihrem Schuppen verstecken, wo kein Mensch ihn je finden würde. »Danke, Magda«, sagte sie daher und stieß Markus heimlich in die Seite. »Wir werden dafür sorgen, dass du das Auto irgendwie zurückbekommst, sobald wir am Ziel sind.«

Welches wäre?, höhnte eine kleine Stimme in ihrem Kopf.

»Lass mal gut sein.« Magda winkte edelmütig ab. »Ich brauch die olle Karosse nicht mehr. Und jetzt macht, dass ihr fortkommt, es wird langsam hell.« Sie stand fröstelnd im lachsfarbenen Morgenmantel vor ihrem Haus, am Horizont zogen erste rosige Schimmer auf, es war morgens kurz vor halb fünf. Wenn sie sich ranhielten, dann waren sie am späten Nachmittag an der Nordsee in diesem Bullerbü oder wie immer das Nest hieß, wohin Oskar wollte.

»Danke, Magda«, sagte Tina noch mal, und dann zog sie aus einem Impuls heraus die überraschte Magda zu sich heran und umarmte sie. »Für das Auto und die Übernachtung und … alles.« Tina sprach nicht aus, was genau sie mit »alles« noch meinte, aber sie hatte das Gefühl, dass Magda es ohnehin ganz genau wusste. Die kniff kurz ein Auge zu, drückte Tina, und dann halfen sie Oskar dabei, ins Auto zu steigen. Sie verstauten den Rollstuhl im

Kofferraum und fuhren los, diesmal mit Tina auf der Rückbank, damit Oskar es bequemer hatte.

Das Auto roch innen ein bisschen eigenartig, süßlich und modrig gleichzeitig, auf dem Polster hinten befand sich ein verdächtiger Fleck, den Tina zu berühren vermied, und als sie fuhren, kam ein seltsames Klappern von irgendwoher aus den Tiefen des Wagens.

»Mensch, die Magda, die ist ein Kracher, was?«, bemerkte Oskar kopfschüttelnd.

»Du sagst es.« Markus hielt an einer Ampel an, wo eine Gruppe Fußgänger wartete. Sturzbetrunkene Fußgänger, wie sich sogleich herausstellte. Eine Horde junger Männer, die offenbar einen Junggesellenabschied feierten und im Morgengrauen aus irgendeinem Nachtklub kamen. Der zukünftige Bräutigam trug eine Baseballkappe mit der Aufschrift »*Ehesklave*« sowie einen hellgrünen Stringtanga und hatte sich eine Schürze umgebunden, auf der »*Ich hätte sie alle haben können, aber ich will nur Melanie*« stand. In der Hand hielt er ein Füllhorn, aus dem Bier schwappte. Die anderen trugen schwarze T-Shirts mit gelbem Aufdruck *(»Tobis Junggesellenabschied«)*, waren mit blonden Zöpfchenperücken und Tirolerhütchen ausgestattet und befanden sich in unterschiedlichen Stadien des alkoholischen Vor-Komas.

Plötzlich stierte einer der Männer mit blutunterlaufenen Augen zu dem pinkfarbenen Volvo und entzifferte mühsam den Slogan an der Karosserie. Ein seliges Lächeln glitt über sein Gesicht. »Tobi!«, brüllte er und machte ein paar unsichere Tanzschritte auf das Auto zu. »Ein fahrender Puff! Wie geil ist das denn?«

Sofort fuhren die Köpfe der anderen herum, und wenige Sekunden später fand sich Tina von volltrunkenen Männern umrundet, die an ihre Scheibe klopften, hineinstarrten und blöde Sprüche von sich gaben.

»Ist das eins von den heißen Früchtchen dahinten?«

»Alter, was kostet die?«

»Schon ein bisschen reifer, das Früchtchen, was?«

»Hahaha!«

Tinas Wangen brannten vor Scham, Markus hupte wie verrückt, aber der Junggesellen-Mob wich nicht von der Stelle. Ganz im Gegenteil – der Bräutigam versuchte jetzt, vorn auf das Auto zu klettern, und verlor dabei sein Füllhorn, ein Typ mit Zopfperücke leckte die Scheibe von außen ab und grinste Tina dabei an, ein paar andere riefen: »*Aus-ziehn, aus-ziehn, aus-ziehn!*«

»Fahr endlich«, zischte Tina Markus zu.

»Wie denn? Ich kann die doch nicht umfahren.«

Bei dem ständigen Hupen öffneten sich jetzt ein paar Fenster in der Umgebung, und eine Stimme rief: »Ruhe, verdammt noch mal!«

Da nahm Tina plötzlich den Streifenwagen wahr, der gemächlich ein Stück weiter vorn über die Straße glitt. In wenigen Sekunden würde er vom Lärm angelockt ihre Richtung einschlagen.

»Markus, fahr endlich, da vorn sind die Bullen!«, rief Tina. Warum fuhr er nicht los, es war doch längst Grün?

Oskar öffnete jetzt das Handschuhfach und holte etwas heraus. Im ersten panischen Moment glaubte Tina, dass es sich dabei um eine Pistole handelte, doch es war nur ein Packen schwarzer Flyer mit rosa Schrift. Oskar öffnete sein Fenster einen Spaltbreit und schob dem wilden Mob die Flyer hinaus. »Wir sind nur die Werbetruppe, Jungs«, erklärte er freundlich. »Aber mit dem Flyer hier könnt ihr alle kostenlos 'ne Runde … na, ihr wisst schon.« Er grinste. »Sommer-Special vom Club.«

Die Männer rissen ihm gierig die Zettel aus der Hand, der Bräutigam rollte vom Auto herunter, was Markus erlaubte, endlich Gas zu geben und loszufahren, und das Letzte, was Tina hörte, war ein wütender Aufschrei: »Mann, die scheiß Flyer sind ja für 'nen Klub aus Hamburg vor zwanzig Jahren!«

Oskar schloss sein Fenster wieder. »Diese Melanie ist ein richtiger Glückspilz, dass sie den Tobi da abgekriegt hat, was?«

Unter schallendem Gelächter fuhren sie zu dritt aus Nürnberg hinaus.

Oskar schlug vor, die B 8 und nicht die Autobahn zu nehmen, damit ihnen jederzeit der Fluchtweg durch kleine Dörfer offenstand. Sie kamen bis kurz vor Würzburg, dann wurde aus dem seltsamen Klappern im Auto ein übles Rumpeln. Tina blickte aus dem Fenster und sah weißen Qualm, der von irgendwo hinten aus dem Auto kam. »Markus, halt an!«, rief sie erschrocken.

Markus fuhr rechts ran, kämpfte noch ein paar Sekunden mit dem jaulenden Motor, der sich schließlich kurz aufbäumte und dann mit einem leisen Hüsteln abstarb. »Mist, verfluchter«, schimpfte Markus leise. »Aber das haben wir gleich, keine Sorge.« Er stieg aus, trat vor das Auto, öffnete die Motorhaube und starrte eine Weile lang hinein. Dann lief er mit grimmigem Gesichtsausdruck hinter den Wagen und starrte dort eine Weile auf den Auspuff. Schließlich setzte er sich wieder hinter das Steuer. »Scheißkarre«, murmelte er.

»Hey. Einem geschenkten Gaul guckt man nicht ins Maul«, wies Oskar ihn zurecht.

»Das mag ja sein. Aber einem geschenkten Auto muss man wohl oder übel in den Zylinderkopf gucken, wenn der kaputt ist.«

Tina verstand nur Bahnhof. »Ist das schlimm?«, erkundigte sie sich. »Zylinderkopf?« Sie wusste nicht mal genau, was das war.

»Ja, das ist schlimm. Deshalb geht der Motor nicht mehr.« Markus schien sich auf wundersame Weise damit auszukennen. Es steckten tatsächlich verborgene Talente in ihm.

»Kannst du das reparieren?«

Er seufzte. »Nein, leider nicht.«

»Wir könnten den ADAC ...« Tina stockte. Wie blöd von ihr. »Sorry. Wir sind ja gar keine Mitglieder mehr.«

»Sind wir nicht«, bestätigte Markus müde. »Wir sind überhaupt keine Mitglieder mehr in irgendeinem tollen Klub, weder bei der Bank noch sonst irgendwo, wir sind ...«

»Ihr seid Mitglieder in meinem Klub.« Oskar tippte sich fröhlich an die Brust. »Und in meinem Klub ist ein kaputtes Auto kein Beinbruch.« Er deutete aus dem Fenster auf ein gelbes Schild. »*Biebelried 1 km*«. »Bis dahin können wir laufen. In Biebelried gibt es garantiert ein neues Auto. Wenn ihr versteht, was ich meine. Es ist noch früh genug am Morgen, dass man da gut zu Werke gehen kann.«

»Klar, man kann zu Werke gehen«, stieß Markus hervor. »Aber wen genau meinst du mit ›man‹?«

»Mich.«

»Okay«, stimmte Markus sofort zu. »Dann mach das. Geh zu Werke. Ich wüsste nämlich nicht, was wir sonst tun könnten.«

Tina öffnete den Mund, um zu protestieren, einfach weil Markus so schnell klein beigab und sie das aufregte, aber dann musste sie sich eingestehen, dass sie selbst keine bessere Lösung wusste. Außer, eine Bushaltestelle zu suchen – aber was dann?

Der Weg über die Landstraße nach Biebelried hatte etwas von einer friedlichen Pilgerreise, auch wenn er nur einen Kilometer lang war. Markus schob Oskar im Rollstuhl, Tina lief hinterher und verfluchte die Tatsache, dass sie gestern Schuhe mit Absatz ins Büro angezogen hatte. Wozu eigentlich? Kein Mensch kam je bei *Fashion World* zu Besuch, sie und Marion und all die anderen Kolleginnen hockten dort alle in ihren grauen Verschlägen wie Laborratten und nahmen blöde Bestellungen entgegen oder ließen sich am Telefon anschreien, warum dieses oder jenes noch nicht angekommen war. Es war völlig egal, was sie anhatten. Sie hätten genauso gut im Schlafanzug, im Clownskostüm oder in eine Rheumadecke eingehüllt dort sitzen können. Wie war sie eigentlich bei so einem sinnlosen Job gelandet? Wann war ihr das Leben so entglitten, dass sie ihre Tage zwischen Pappwänden in einer grauen Box verbrachte, sich anschnauzen ließ, den Mindestlohn erhielt und dafür auch noch dankbar sein musste?

Tina atmete die frische Morgenluft ein, bewunderte die Sonne, die jetzt schon rund und prall am Himmel stand, und ließ ihren Blick über die Weizenfelder gleiten. Irgendwo rief ein Kuckuck, kein einziges Auto kam vorbei. Was für ein schöner Morgen. Wie friedlich die Welt um diese Tageszeit war. Das bekam sie normalerweise überhaupt nicht mit, wenn sie morgens zur Straßenbahn hetzte und in Gedanken schon die Liste durchratterte, die sie nach der Arbeit noch erledigen wollte, genervt von der Hitze, genervt von allem. Und als ihr klar wurde, dass sie, wie immer das hier auch ausging, nie wieder zu *Fashion World* zurückkehren würde, überkam sie ein absolutes Hochgefühl. Sie war frei. Vogelfrei und frei wie ein Vogel, wenigstens jetzt in diesem Moment. Großartig. Sie sollten den Tag genießen und nicht so hetzen. Und gleich noch mal Marion anrufen.

»Wisst ihr was?«, rief sie nach vorn zu den anderen. »Wir sollten irgendwo schön frühstücken gehen. So richtig gut, meine ich. Nicht nur ein schnelles Brötchen und einen Kaffee im Pappbecher. Wir haben doch die Haushaltskasse mit.« Sie schwenkte frech die Aldi-Tüte.

»Exzellente Idee«, freute sich Oskar. »Die Brötchen im Haus am Sonnenberg sind immer einen Tag zu alt. Von dem ekligen Haferbrei ganz zu schweigen. Haferbrei ... Als ob wir da alles alte Ackergäule wären, die Hafer malmen wollen. Nee, ich will Rührei und Lachs und Meerrettich und Schweizer Käse und knusprige Brötchen.«

Das Restaurant *La Boulangerie* hatte die Sonnenterrasse für Frühstücksgäste bereits geöffnet. Ein feiner Duft nach Kaffee und Gebäck hing in der Luft, Kellner mit schwarzen Schürzen huschten zwischen den Gästen herum, die die Aussicht auf den Park genossen. Das Café war so vornehm, dass die üppigen Blumensträuße auf den Tischen echt, das Besteck silbrig schwer und der Kaffee stark war.

»Ach, ist das schön!« Tina lehnte sich entspannt zurück, den Bauch voller Croissants und frischem Obst.

»Und wie sie den gequält haben! Schlimm!«, erklang es da vom Nachbartisch, wo zwei ältere Damen im sportlich maritimen Look ihr Frühstück einnahmen. »Er hat es ja mit dem Herzen und da haben sie ihm wohl die Medizin verweigert, stand in der Zeitung. Diese Kannibalen!«

»Banausen meinst du«, sagte die andere. »Der arme alte Mann. Schrecklich so etwas. Da darf man gar nicht dran denken, was einem alles passieren kann.« Sie biss genüsslich von ihrem dick mit Honig bestrichenen Brötchen ab.

Tina spitzte alarmiert die Ohren.

»Ich habe ja jetzt immer ein Pfefferspray dabei«, erklärte die erste. »Und wenn sie mich kidnappen wollen – dann gibt es eine Ladung ins Gesicht.«

»Wer soll dich denn kidnappen wollen?«, fragte die zweite kauend.

»Ja, was weiß ich denn? Denen geht es doch nur um deine Organe. Die verkaufen sie dann nach China, und da werden Handtaschen draus gemacht, so sieht's aus.«

»Meine Handtasche ist nicht aus China. Die ist von *Gucci*. Außerdem gehen die immer zu zweit vor. Da kannst du mit deinem Pfefferspray gar nichts ausrichten. Ein Mann und eine Frau. Die Frau soll eine richtige Bestie sein, hab ich gehört.«

Tina öffnete rasch ihren Zopf und ließ die Haare über ihr Gesicht fallen. Dann pikste sie Markus leicht mit der Gabel in die Hand. Markus aß schon die dritte Portion vom Buffet und hatte ganz glasige Augen vor Glück. Er kriegte mal wieder nichts mit.

»Hoffentlich schnappen sie die bald«, ging es am Nachbartisch weiter. »Damit sie den armen alten Mann befreien können.«

»Ach, der ist doch schon längst tot, was glaubst du denn. Den haben sie irgendwo im Wald verscharrt.«

»Zahlen, bitte!«, flüsterte Tina dem Kellner zu, der gerade vorbeilief. Der hörte sie zum Glück und kam mit elegantem Schwung zurück.

»Stimmt so.« Mit hochrotem Kopf zerrte Tina ein

paar Scheine aus der Aldi-Tüte, viel zu viel, sodass der Kellner augenblicklich überfreundlich wurde.

»Da freut man sich doch glatt, dass man noch am Leben ist, nicht wahr?«, mischte sich Oskar zu ihrem Entsetzen nun in die Unterhaltung am Nachbartisch ein. »Und dass man liebe Kinder hat, die sich um einen kümmern und einen nicht ins Heim stecken.«

»Sie sagen es«, quiekte die Frau mit dem Brötchen begeistert. »Und die einen auch noch in ein schönes Frühstücksrestaurant ausführen.« Sie lächelte Markus zu, der verwirrt aufhörte zu kauen.

»Los, kommt!«, zischte Tina.

»Na, dann lassen Sie es sich noch schmecken.« Oskar war nicht aus der Ruhe zu bringen. »Wir haben noch was zu erledigen. Schönen Tag auch!«

»Ebenso«, krähten die beiden Damen im Chor, und dann setzten sie ihr Gespräch fort.

Tina schob Oskars Rollstuhl so schnell, dass sie außer Atem geriet. Ab um die Ecke in eine Nebenstraße, den betrübten Markus im Schlepptau, der seinem Frühstück hinterherjammerte. Hier in der Nebenstraße befand sich eine kleine Kirche mit einem schattigen Friedhof, umringt von einer kleinen Mauer. Tina blieb stehen und schnappte nach Luft. Ein Knirschen erklang von unten. Sie stutzte und sah nach, woher das Geräusch kam.

»Was zum …?« Oskars Rollstuhl kippte auf einmal zur Seite, wie in Zeitlupe löste sich das große rechte Hinterrad, und Tina konnte Oskar gerade noch festhalten, sonst wäre er auf dem Boden gelandet. »Ich glaub es ja nicht. Ich glaube es einfach nicht! Was ist denn das für eine Mistkrücke?«

»Ich bin Kassenpatient, was erwartest du?« Oskar betrachtete resigniert das abgefallene Rad. »Aber wie ich sehe, hat Gott Mitleid mit uns. Er hat uns geradewegs vor eine Kirche geführt – und was sehen meine stargrauen Augen davorstehen?« Er deutete nach vorn. Tatsache, genau vor der Kirche stand ein Auto. Nichts Besonderes, nichts Auffälliges, ein silbergrauer VW, schon ein paar Jahre alt. »Perfekt für unsere Zwecke. Die graue Maus unter den Autos. Alt genug, dass er keine komplizierten Sicherheitsvorrichtungen hat, aber dafür, wenn mich nicht alles täuscht, ein Fenster, das sogar ein Stückchen geöffnet ist.« Oskar rappelte sich aus dem schiefen Rollstuhl hoch und schlurfte langsam zu dem Auto hinüber. Dort stützte er sich ab und sah sich kurz um. Dann fuhr Oskars rechte Hand flink in den freien Spalt am Fenster. »Hab's gleich auf«, krächzte er zu Tina und Markus, die ihm gebannt zusahen.

»Kann ich Ihnen irgendwie behilflich sein?« Aus dem Nichts war der Kopf eines Mannes über der kleinen Kirchenmauer aufgetaucht. Er trug ein ganz normales graues Jackett, darunter ein schwarzes Hemd, an dem am Kragen ein kleines weißes Viereck leuchtete. Der Pfarrer! Tina wurde es vor Schreck ganz kalt.

»Ach, ich lehne mich hier nur mal kurz an«, antwortete Oskar, ohne mit der Wimper zu zucken. »Mein Rollstuhl ist gerade kaputtgegangen. Ich wollte mich nicht genau vor Ihrer Kirche auf die

Straße legen, wie würde das denn aussehen? Als ob meine Lieben ihren pestkranken alten Vater vor dem Gotteshaus ausgesetzt hätten, was? Haha. Wir leben ja nicht mehr zu Luthers Zeiten oder so.« Unauffällig zog er seine Hand aus dem Fenster heraus.

Der Pfarrer schwieg und betrachtete sie alle drei nachdenklich. In diesem Moment war Tina sich sicher, dass er sie gehört und beobachtet hatte und genau wusste, was Oskar da tun wollte.

Verdammt. Sie holte tief Luft. Aus der Traum. Oder?

Der Pfarrer räusperte sich.

9

Was der Pfarrer sagte, war das Letzte, was Tina erwartet hätte.

»Warten Sie mal, ich habe noch einen Rollstuhl drüben im Gemeindehaus stehen.« Er nickte mit dem Kopf in Richtung des weißen Hauses in unmittelbarer Nachbarschaft der Kirche. »Wenn Sie wollen, können Sie sich den borgen. So lange, bis Sie einen neuen haben.«

»Also, das wäre wirklich unglaublich hilfreich«, rutschte es Tina heraus. Wie sprach man gleich noch mal einen Pfarrer an? »Hochwürden«, schob sie etwas lahm hinterher.

Der Pfarrer zuckte kurz belustigt mit dem Mund. »Pfarrer Georg Schröder reicht völlig. Die meisten sagen sowieso nur Georg zu mir. Wohnen Sie hier in der Nähe? Ich kann mich nicht erinnern, Sie schon mal bei uns gesehen zu haben.«

»Wir sind Touristen. Sozusagen, äh … auf der Durchreise.« Markus vermied es, den Pfarrer bei diesen Worten anzusehen, und kratzte demonstrativ interessiert an der bröseligen Kirchenmauer herum, als ob er sich eine Gesteinsprobe als Souvenir davon mitnehmen wollte.

»Auf der Durchreise«, wiederholte der Pfarrer. »Aha. Wo soll es denn hingehen?«

»Wir wollen nach ...«, setzte Markus an.

Tina stieß ihn an. »Also, unser Auto ist auch kaputtgegangen«, fuhr sie schnell dazwischen, bevor wieder etwas Idiotisches aus Markus' Mund herausflatterte. Langsam wurde das hier ungemütlich. Vielleicht sollten sie auf den angebotenen Rollstuhl verzichten und Oskar doch lieber tragen. Aber wie? Huckepack wie in der Schulzeit? Damals hatten sie das immer in Sport machen müssen, aber das war ja schon fast dreißig Jahre her, und Tina konnte sich nur noch daran erinnern, wie sie ihre Mitschülerin Sabine Walter tragen sollte und bereits nach zwei Schritten beinahe zusammengebrochen wäre, weil die blöde Walter mindestens achtzig Kilo wog, in Tinas Haare atmete und sich an sie klammerte wie ein ausgewachsener Berggorilla, nebenbei bemerkt auch so roch, und Tina fast erwürgt hätte.

Oskar unterbrach die etwas verlegene Pause. »Der Rollstuhl und unser Auto stammen offensichtlich vom gleichen Hersteller. Und ich verrate Ihnen was – es war nicht Mercedes.«

Zu Tinas Erleichterung lachte der Pfarrer. »Na, dann kommen Sie mal mit«, sagte er. »Schaffen Sie das?«, wandte er sich an Oskar. »Es ist gleich da vorn.«

»Ach, kein Problem.« Oskar winkte großspurig ab, aber Tina konnte sehen, dass ihm das Laufen ganz schön zu schaffen machte. Sie bewegten sich im Schneckentempo in Richtung Gemeindehaus. Markus griff nach Oskars Arm und stützte ihn diskret. Tina warf ihrem Mann einen dankbaren Blick zu. Jetzt erst ging ihr auf, was für eine völlig bekloppte Schnapsidee dieses ganze Unterfangen tatsächlich war. Oskar konnte kaum noch laufen, und wenn sie nicht den netten Pfarrer getroffen hätten, wäre ihr Trip hier an dieser Kirche zu Ende gewesen. Was er im Übrigen wahrscheinlich ohnehin bald war. Mit den paar erbeuteten Euros von der Tankstelle konnten sie keinen neuen Rollstuhl und kein neues Auto kaufen. Und eins auf andere Art und Weise zu »besorgen«, war ja nun offensichtlich doch nicht so einfach.

»Geht es wirklich? Ich habe sonst auch noch ein paar Krücken im Auto. Die sind noch von meinem Bänderriss vor ein paar Monaten.« Der Pfarrer war stehen geblieben und deutete zurück auf den silbernen VW.

Tina schoss die Schamröte ins Gesicht. Sie hätten beinahe das Auto des Pfarrers geklaut! Bestimmt würde in wenigen Sekunden Gottes Zorn auf sie niedergehen, ihnen ein Dachziegel auf den Kopf fallen oder ein faustgroßes Stück von einem Kometen oder ein Fäkalien-Niederschlag aus einer undichten Flugzeugtoilette.

Vor dem Gemeindehaus angekommen, setzten sie Oskar vorsichtig auf der kleinen Bank neben dem Eingang ab. Efeu rankte sich an dem Haus hoch, ein Türklopfer aus Messing beschwor vergangene Zeiten herauf, ein Schaukasten neben dem Eingang lud zu verschiedenen Veranstaltungen ein. Pfarrer Georg schloss auf, holte die Zeitung aus dem Briefkasten und legte sie achtlos auf eine geschnitzte Kommode gleich neben der Tür. Dann begab er sich auf die Suche nach dem Rollstuhl. »Steht wahrscheinlich hinten im Gemeindesaal an der Wand«, rief er über die Schulter zurück.

»Danke noch mal«, rief Tina, dann streifte ihr Blick die Zeitung. »*Verbrecherpaar Michel offenbar untergetaucht. Noch keine Spur von Oskar K. Ist er* überhaupt *noch am Leben?*« Darunter prangte wieder ihr scheußliches Foto, in dem grobkörnigen Schwarz-Weiß-Druck der Zeitung wirkte Tina wie eine Kreuzung aus Schneewittchens böser Königin und einer obdachlosen Schnapsleiche. Daneben war ein Foto von Markus abgebildet, sein Lächeln darauf wirkte irgendwie diabolisch, und dann hatte die Zeitung noch ein Bild von Oskar aufgestöbert, auf dem er zwischen lauter alten Leuten an einem Tisch saß, vor ihnen ein Adventskranz und ein paar Kaffeetassen. Die Mehrzahl der Leute grinste auf eine Art und Weise, die zu verstehen gab, dass sie immer so grinsten – egal, ob sich auf dem Tisch vor ihnen ein Adventskranz, der japanische Außenminister oder Helene Fischer befanden. Zwei der alten Leute dämmerten mit offenem Mund vor sich hin, und Oskar selbst hatte die Arme vor der Brust verschränkt und sah einfach nur wütend aus.

»Markus!« Tina hielt ihrem Mann schockiert die Zeitung hin.

Der schnappte nach Luft. »Mist!«

»Hier ist er ja«, erklang die Stimme von Pfarrer

Georg. Etwas klapperte, Schritte näherten sich, er kam zurück.

Geistesgegenwärtig griff Markus nach der Zeitung und faltete sie so, dass man nur noch die Rückseite mit dem Wetterbericht lesen konnte. Er legte sie in dem Moment wieder auf die Kommode zurück, als Georg mit dem Rollstuhl um die Ecke bog.

»So. Der ist nicht mehr ganz neu, aber er wird schon noch gehen. Besser als gar nichts.«

»Ach, das ist doch ein Feuerstuhl, verglichen mit meiner alten Kiste«, freute sich Oskar. Er stand auf und setzte sich gleich hinein, allerdings wischte er dabei aus Versehen die Zeitung von der Kommode, die nun auf den Boden segelte, sich dort hinterlistig wieder ausbreitete und erneut Tinas scheußliches Foto offenbarte.

»Was sind wir Ihnen für das Ausleihen schuldig?«, presste Tina heraus. Sie funkelte Markus an, der sich bückte, um seinen Schnürsenkel zu binden und die Zeitung unauffällig wieder zusammenzufalten.

»Ach, nichts, das geht schon in Ordnung. Den bringen Sie einfach wieder zurück. Auf dem Rückweg oder so.«

Genau das war ja das Problem, dachte Tina. Es gab keinen Rückweg. Es gab nicht einmal die leiseste Ahnung von einem Rückweg – Herrgott noch mal –, es gab ja nicht einmal die leiseste Ahnung von einem *Hinweg*, wenn man mal von diesem albernen Wobbenbüll absah.

»Ich weiß nicht, ob wir hier so schnell wieder vorbeikommen werden«, sagte sie. »Was kostet so ein

Rollstuhl denn?« Sie wühlte in der Aldi-Tüte. Etwas flatterte an ihrem Bein vorbei, und zu ihrem Entsetzen rutschten Banknoten unten aus der Tüte heraus, die offenbar jetzt ein Loch hatte. Im Nu formte sich ein kleiner Geldhaufen unter Tina auf dem Fußboden, als wäre sie eine Art Dukatenesel.

Georg musterte erst den Haufen und dann Tina, und erneut hätte sie schwören können, dass er mehr wusste, als er zeigte. Diese idiotische Aldi-Tüte. Die hatten sie doch garantiert in den Nachrichten gezeigt. Wie blöd war sie nur?

»Meine Tochter hat Angst vor Kreditkarten und hasst Banken jeglicher Art.« Oskar schaltete wirklich schnell. »Die schleppt immer ihr gesamtes Bargeld mit sich herum. Skurrile Angewohnheit, ich weiß, aber das hat sie von mir. Ich hab den Banken auch noch nie vertraut. Wissen Sie, warum es dort keine Toiletten gibt?« Er beugte sich vertraulich vor. »Weil jeder jeden bescheißt.« Oskar grölte los, Pfarrer Georg lachte leicht verwirrt mit, Tina drehte die leere Tüte in ihren Händen zu einer Wurst und Markus legte beruhigend den Arm um sie.

»Ah, Kreditkartenphobie. Meine Tante hatte eine Aulophobie, auch als Angst vor Flöten bekannt. Bei Mozarts Flötenkonzert hat sie immer angefangen zu zittern. Das konnte ich nie verstehen. Wie kann man nur Angst vor Flöten haben, die tun doch niemandem was?« Falls der Pfarrer der Meinung war, dass Tina einen Dachschaden hatte und dringend in Therapie gehörte, so ließ er es sich zumindest nicht anmerken. »Den Rollstuhl kriegen wir bestimmt irgendwie wieder zurück. Haben Sie denn schon gefrühstückt?«, fuhr er im Plauderton fort. »Wollen Sie noch einen Kaffee mit mir trinken?«

»Na ja, also einen Kaffee könnten wir noch, oder ... Opa? Papa, meine ich.« Markus verhaspelte sich. »Was meinst du, Schatz?«

Tina schluckte. Es kam ihr irgendwie unhöflich vor, die Einladung einfach auszuschlagen. »Ja, warum nicht?«

»Na, wunderbar. Kommen Sie. Und vergessen Sie Ihr Geld nicht. Ach, und bringen Sie doch gleich die Zeitung mit rein.«

Markus wechselte einen bestürzten Blick mit Tina, dann griff er mit spitzen Fingern nach der Zeitung, als müsste er eine tote Ratte aufheben. Tina bückte sich rasch und stopfte die Geldscheine in ihre kleine Handtasche. Es passte nur die Hälfte hinein, und aus einem Impuls heraus steckte sie den Rest in eine Holzkiste auf der Konsole. War das nicht die Box, in die man immer Geld nach der Andacht steckte? Egal. Sollte der Pfarrer damit ein paar neue Butzenscheiben für seine Kirche kaufen oder eine hübsche Altardecke oder eine besonders melodische Glocke. Sie wollte dieses blöde Geld doch gar nicht haben. Dieses ... Blutgeld. Hatte der Pfarrer sie vorhin erkannt? Was, wenn er jetzt nach seiner Zeitung verlangte?

»Wir kommen gleich!«, rief sie laut zu Georg, der Oskar im Rollstuhl in die Küche schob.

»Markus, wie soll das weitergehen?«, flüsterte sie.
»Der hat so komisch geguckt. Der ahnt was, der ist

doch nicht blöd. Vielleicht hat er ja schon längst die Polizei informiert.«

»Wann denn?«, flüsterte Markus zurück. »Wir waren doch die ganze Zeit bei ihm. Jetzt reg dich nicht auf. Das wird schon.«

»Wird es das?«

»Milch und Zucker?«, fragte die Stimme von Georg aus der Küche.

»Nur Milch, bitte, für mich«, rief Markus zurück. »Und schwarz für T... für meine Frau.« Er strich Tina eine Haarsträhne aus dem Gesicht. »Tina – ich schwöre dir, dass ich eine Lösung finden werde. Ich schwöre es. Dieses Mal finde ich wirklich eine. Jetzt fahren wir erst mal Oskar an die Nordsee. Und vielleicht stimmt das ja sogar mit seinem Geld.«

Tina verzog den Mund. »Das glaubst du doch selber nicht. Natürlich stimmt das nicht. Klar erzählt der uns irgendwas von Geld – was soll er denn sonst sagen? Oskar ist schlau. Hätten wir uns sonst überreden lassen, mit ihm dort hinzufahren, hm? Sei doch mal ehrlich.«

Die Zeitung lag auf dem Küchentisch wie eine Bombe, die jeden Moment hochgehen konnte. Georg beachtete sie zwar nicht, sondern hantierte gemütlich mit Kaffeefilter und Milchkännchen herum, aber es war nur eine Frage der Zeit, bis er die Fotos entdecken würde. Markus brachte Oskar zur Toilette, und Tina fand sich alleine mit dem Pfarrer wieder. Sie parkte entschlossen ihre mit Geldscheinen prall gefüllte Handtasche auf der Zeitung.

»Wo wollen Sie denn nun eigentlich hin?«, fragte Georg, ohne sich umzudrehen.

»Ach, wir sind da eher spontan. Also, mein Mann ist spontan«, murmelte Tina. »Richtung Norden wohl erst mal oder so.«

»Klingt nicht, als ob Sie da unbedingt hinwollten.« Der Pfarrer drehte sich immer noch nicht um.

»Ich mache das meinem Mann zuliebe. Mitzukommen in Richtung Norden, meine ich. Er ist manchmal wie ein Kind, aber er meint das alles nicht so, und dann baut er irgendwelchen Mist ... also, im übertragenen Sinne, meine ich jetzt, und deshalb muss ich mit, wir gehören doch schließlich zusammen.« Genau das war es, dachte Tina. Sie gehörten zusammen, und sie konnte ihn jetzt nicht einfach hängen lassen. »Wie das eben so ist, wenn man jemanden liebt.« Was redete sie denn da nur? Weil der Pfarrer ihr den Rücken zuwandte, platzte alles aus ihr heraus, was ihr durch den Kopf spukte. Sie war doch hier nicht bei der Beichte. Herrgott noch mal, sie sollte ihren Mund halten, sie plapperte sich immer tiefer in ein Gewirr aus Ungereimtheiten hinein. Und überhaupt, was verstand so ein Pfarrer schon von Liebe?

Georg stellte ein paar Tassen auf den Tisch, Tina nahm eine in die Hand und betrachtete das filigrane Muster darauf. »Hübsches Design«, versuchte sie vom Thema abzulenken.

»Und was hat Ihr Vater so für gesundheitliche Probleme?«

»Mein Vater? Der ist vor ein paar Jahren gesto...«

Tina ließ vor Schreck die Kaffeetasse fallen, die auf dem Steinboden der Küche in tausend Stücke zersprang. »Oh, heilige Scheiße, also, ich meine, Entschuldigung.« Dieser Pfarrer machte sie ganz wuschig mit seinen Fragen. »Ich hoffe, das war kein Erbstück oder so?«

»IKEA«, sagte der Pfarrer und grinste.

Tina atmete auf. »Mein Vater hat sich gestoßen, meine ich, vor ein paar Jahren. Ziemlich dumme Sache, seitdem sitzt er im Rollstuhl.« Dämlicher ging es ja kaum noch. Sie stand auf. »Ich geh mir mal die Hände waschen. Meine Handtasche lasse ich hier liegen, ja?« Sie deutete demonstrativ auf die Tasche, die in ihrer geradezu obszönen Prallheit die Zeitung blockierte. Vielleicht würde der Pfarrer es ja nicht wagen, sie beiseitezuschieben.

»Natürlich, machen Sie nur. Hier wird nichts geklaut.«

Hier wird nichts geklaut. War das eine versteckte Warnung an sie? Eine Anspielung? Sie wurde langsam paranoid.

Im Flur entdeckte sie Oskar, der sich an einen Bücherschrank lehnte und gerade etwas in seine Hosentasche gleiten ließ.

»Oskar«, zischte sie entsetzt. »Du kannst hier nichts klauen. Auf gar keinen Fall!«

»Natürlich nicht. Was denkst du denn von mir? Ich hab dir doch erklärt, dass ich nur von Idioten klaue. Ich gucke mir nur seine Bücher an.«

»Und was hast du eben in deine Tasche gesteckt?«

»Ein Papiertaschentuch. Meine Nase läuft. Du

willst ja sicher nicht, dass ich später im Auto ständig die Nase hochziehe, oder?«

»Wir haben gar kein Auto mehr«, erinnerte Tina ihn flüsternd.

»Das kriegen wir schon noch hin. Keine Sorge. Guck mal.« Er kicherte und streckte Tina ein Buch entgegen, auf dem die Silhouette eines Mannes mit Hut zu sehen war, von dessen Händen Blut tropfte. »Unser Herr Pfarrer liest gern Thriller.«

»Echt?« Tina ergriff wahllos das nächste Buch im Regal. *Die schönsten Liebesgedichte aller Zeiten.*

»Nicht nur.« Sie schlug das Buch auf. Auf die erste Seite hatte jemand eine Widmung geschrieben.

Es waren zwei Königskinder,
die hatten einander so lieb.
Sie konnten zusammen nicht kommen,
das Wasser war viel zu tief.

Für meinen Georg, für immer.
In Liebe, C.

Hastig schlug Tina das Buch zu und sah sich um. Nicht auszudenken, wenn dieser Pfarrer sie dabei erwischte, wie sie seine Privatsachen durchstöberten, nachdem sie schon versucht hatten, sein Auto zu knacken, ihr Beutegeld in seiner Kollekte verschwinden zu lassen, und sein Geschirr zertrümmerten. Das ging sie nichts an und sie sollten schleunigst hier verschwinden. Markus kam aus der Toilette und dachte offenbar dasselbe.

»Komm, Oskar«, sagte er. »Wir sollten aufbrechen. Dann sind wir vielleicht heute Abend schon in Bullerbü.«

»Wobbenbüll«, verbesserte Oskar.

»Weiß ich doch. Wollte nur checken, ob du auch richtig zuhörst.« Markus kniff ein Auge zu und Oskar boxte ihn begeistert an die Schulter.

»Marko, du fängst an, mir zu gefallen!« Oskar strauchelte dabei ein bisschen und Tina fing ihn auf. Eine Sekunde lang hielt sie den alten Mann im Arm und widerstand der Versuchung, ihn an sich zu drücken, als wäre er wirklich ihr alter Vater. Was hätten sie eigentlich, fiel es ihr jetzt ein, ohne Oskar gemacht? Würden sie immer noch wie aufgescheuchte Hühner in diesem Rotkreuzwagen durch die Gegend kurven? Oder hätte man sie schon längst geschnappt? Irgendwo tief in ihrem Inneren wusste sie die deprimierende Antwort.

Ein Räuspern ertönte hinter ihr und sie fuhr herum. Pfarrer Georg stand im Türrahmen und betrachtete das nahezu beschauliche Bild, das sie ihm boten – ein literaturinteressiertes Ehepaar auf der Durchreise, die Frau drückte gerade ihren kränkelnden alten Vater liebevoll ans Herz.

»Ich wollte nur fragen, wie Sie denn jetzt weiterkommen«, erkundigte sich Georg. »Ist Ihr Wagen in der Reparatur?«

»Nein«, stotterte Tina und spürte, wie sie rot wurde. »Der war nicht mehr zu reparieren. Glaube ich. Stimmt's?«, wandte sie sich Hilfe suchend an die beiden Männer.

»Wir werden wohl mit dem Zug weiterfahren«, meinte Markus. Er knetete nervös seine Hände.

Oskar nickte zustimmend. »Sie wissen doch – bei der Bahn kann man das Leben in vollen Zügen genießen. Haha.«

Markus lachte mit, wenn auch etwas zu laut. »Genau. Und da sieht man auch mehr von der Landschaft und kommt entspannt am Zielort an. Vorausgesetzt, man kommt überhaupt an, haha. Äh, ja. Wo ist denn hier der Bahnhof?«

»Bahnhof?« Pfarrer Georg schüttelte amüsiert den Kopf. »Der nützt Ihnen nichts. Die Bahn streikt ab heute, haben Sie das nicht mitbekommen?« Er nickte in Richtung Fenster, wohl um auf die durch fehlende Züge verursachte Stille da draußen hinzuweisen. »Na, so was«, sagte Markus. »Dann müssen wir wohl den Bus nehmen.«

»Die Busse streiken auch. Der gesamte Nahverkehr liegt brach. Gemeinsam erreichen die Gewerkschaften wahrscheinlich mehr.«

»Na, so was«, krächzte Markus erneut, diesmal mit deutlich weniger Enthusiasmus. »Tja.«

Er sollte am besten gar nichts mehr sagen, fand Tina. Dann konnten sie gehen, und dann würden sie, also Oskar, eben ein neues Auto »organisieren« müssen und …

»Wenn Sie wollen, können Sie mit dem Kleinbus der Gemeinde nach Würzburg fahren«, schlug der Pfarrer auf einmal vor. »Von dort kommen Sie besser weg. Sie müssten den Wagen nur vorm Gemeindehaus Süd abstellen, da holt ihn dann mein Kollege ab. Die Schlüssel können Sie ihm in den Briefkasten stecken. Ich hätte den Bus heute sowieso noch dort hinfahren müssen.«

Fassungslos starrte Tina ihn an. Meinte er das ernst? Oder würde er gleich in ein heiseres Gelächter ausbrechen, die Tür aufreißen und ein geheimes Handzeichen an das mobile Spezialeinsatzkommando geben, das schon mit schwarz gekleideten Scharfschützen hinter der Hecke lauerte? Sie konnte sehen, dass Markus und Oskar genauso verblüfft waren, selbst Oskar hatte es die Sprache verschlagen.

»Wirklich?«, entfuhr es ihr.

»Warum nicht?«, sagte der Pfarrer. »Ich gehe doch mal davon aus, dass Sie keine Kriminellen sind, oder?« Er lachte herzlich bei dieser Vorstellung.

Tina, Markus und Oskar lachten hysterisch mit.

»Nein«, sagte Oskar und wischte sich eine Träne aus den Augenwinkeln. »Das sind wir tatsächlich nicht. Nicht wahr, mein Kind?« Er zwinkerte Tina zu.

»Na, wunderbar. Dann ist ja alles bestens. Den Rollstuhl können Sie gleich dortlassen. Aber nur, wenn Sie bis dahin einen neuen haben. Ich rufe meinen Kollegen an und sage ihm Bescheid, dass er den Bus bald bekommt. Die wollen nämlich heute Nachmittag einen Ausflug mit der Jungen Gemeinde machen.«

»Junge Gemeinde, wie schön.« Tinas Stimme klang, als hätte jemand ihre Luftröhre mit dem Käsehobel bearbeitet. Sie konnte ihr Glück immer noch nicht fassen und nahm wie ferngesteuert die Autoschlüssel entgegen, die der Pfarrer ihr überreichte.

»Na dann – auf Wiedersehen«, sagte er und gab ihr noch etwas. Ihre Handtasche. Tina schoss das Blut in den Kopf, denn in der anderen Hand hielt er die verfluchte Zeitung. Er wedelte damit in der Luft herum. »Und ich werde jetzt erst mal studieren, was es Neues in der Welt gibt. Obwohl, meistens steht da eh nur Mist drin. Die Hälfte kann man sowieso nicht glauben.«

»Sie sagen es«, stammelte Markus und schoss Tina einen fragenden Blick zu.

»Ach, wie schade, jetzt regnet es ja«, stellte Georg fest, als er die Haustür für sie alle öffnete. »Hat es denn in Ingolstadt auch so geregnet?«

»Nein, da war es knallig heiß«, antwortete Tina automatisch. Im nächsten Moment hätte sie sich ohrfeigen können. Oskar räusperte sich warnend und Markus quetschte ihre Hand. Sie hatten doch mit keiner Silbe erwähnt, dass sie aus Ingolstadt gekommen waren!

Der Pfarrer sah ihr jetzt direkt in die Augen. »Dann gute Weiterreise und viel Glück«, sagte er. »Und alles Gute für Ihren Vater.« Dann kniff er leicht das linke Auge zu. Oder bildete Tina sich das nur ein?

10

Draußen zog die sommerliche Landschaft vorbei – Felder, Wiesen, Hochspannungsmasten. Der Himmel war strahlend blau, über ihnen kreiste ein Schwarm Vögel. Krähen vielleicht? Irgendwelche schwarzen Vögel eben, die Tina sich außerstande sah zu identifizieren, weil sie größere Vögel irgendwie heimtückisch und beängstigend fand, mit ihren verschlagenen Augen, den knochigen Füßen und dem heiseren Gekrächze, das immer wie Schimpftiraden frustrierter alter Frauen klang.

Der kurze Regen war schon wieder vorüber und sein letzter Rest verdampfte auf der Landstraße in der Morgensonne. Ein paar Kühe dösten auf der Wiese, aber Tina nahm sie kaum wahr. Warum hatte dieser Georg ihnen geholfen? Er wusste doch definitiv, wer sie waren, das stand ganz außer Zweifel. Es gab zwar ein Beichtgeheimnis, aber gebeichtet hatte ja keiner von ihnen, außerdem wusste Tina nicht mal, ob der Pfarrer katholisch oder evangelisch gewesen war, sie kannte sich da überhaupt nicht aus. Ihre Erfahrungen mit der Kirche beschränkten sich auf ein Krippenspiel zu Kinderzeiten, bei dem sie einer Freundin zuliebe mitgemacht, eine Stunde lang als Esel verkleidet auf der Bühne geschwitzt und mit ihrem unförmigen Kostüm zum Entsetzen aller Anwesenden die Krippe mit dem Jesusbaby aus Plastik niedergewalzt hatte.

Auf jeden Fall war irgendwann mal irgendwer in diesen Georg verliebt gewesen, davon zeugte die Widmung in seinem Buch. Eine Frau – oder gar ein Mann? Entgegen Tinas anfänglichen Vermutungen verstand Georg also durchaus etwas von Liebe, auch wenn die seine offenbar nicht glücklich geendet hatte. War das der Grund, warum er ihnen geholfen hatte? Um wenigstens einem anderen Paar zum Glück zu verhelfen?

Oder war es die Tatsache, dass die Zeitungen heutzutage immer so einen Mist schrieben und er sich mit eigenen Augen davon hatte überzeugen können, dass Oskar nicht nur wohlauf war, sondern sogar gemocht wurde? Was immer es gewesen war, sie würde es nie erfahren. Aber der Gedanke an die Widmung erinnerte sie an etwas.

»Oskar?«, fragte sie zögerlich und hielt den zusammengeklappten Rollstuhl fest, den sie neben sich verstaut hatte. »Was ist eigentlich mit deiner Frau? Der Mutter deiner Tochter, meine ich.« Vielleicht waren die beiden ja gar nicht verheiratet. »Ist sie noch ... ich meine ...« Sie stockte.

Oskar, der es sich auf dem Beifahrersitz bequem gemacht hatte, zwinkerte ihr im Rückspiegel zu. »Musst nicht so einen feierlichen Ton auflegen, wir sind nicht auf dem Friedhof, meine Liebe. Und die gute Erika lebt noch, falls du das wissen willst. Wahrscheinlich scheucht sie gerade ihren Mann mit einer Einkaufsliste durch den Supermarkt. Unkraut vergeht nicht, und Erika ist die Brennnesselkönigin unter allen Unkräutern dieser Welt.«

»Ihren Mann?«, fragte Markus. Er rückte seine Brille gerade.

»Ihren zweiten. Wir sind schon seit über dreißig Jahren geschieden. Das sind, Moment mal … über zehntausend Tage ohne Erika. Eigentlich ein Grund zum Feiern. Aber ich gehe mal davon aus, dass der Herr Pfarrer kein Likörchen in seinem Bus versteckt hat.« Oskar öffnete das Handschuhfach und wühlte darin herum. »Nee, schade. Nur Eukalyptusbonbons.«

Tina schwieg verwirrt.

»Wir waren nur ein paar Jahre lang verheiratet«, erklärte Oskar ihnen. »Eigentlich nur, weil Erika schwanger war. Da konnte ich sie ja nicht einfach sitzen lassen. Sie war ja so viel jünger als ich. Sah auch ganz gut aus, obwohl ich zugeben muss, dass ihre Stimme schon damals so erotisch wie ein Zahnarztbohrer klang, besonders wenn sie über irgendwas rumgenörgelt hat. Was ziemlich häufig der Fall war.« Er grinste übers ganze Gesicht. »Und das ging natürlich auf die Dauer nicht gut, war ja klar. Hinterher habe ich jahrelang versucht, den Kontakt zu meiner Tochter zu halten, aber so richtig warm sind wir nie miteinander geworden. Sie ist mittlerweile genauso drauf wie ihre Mutter – nie zufrieden, geldgierig und immer ein bisschen zänkisch. Doch sie hat ein Recht auf ihr Erbe, ich weiß schließlich, was sich gehört.

Aber seit sie diesen Trottel geheiratet hat, hätten die beiden dieses Erbe am liebsten schon übermorgen, der wollte mich vor einiger Zeit doch glatt entmündigen lassen. Aber ohne mich!« Oskar tippte sich an den Kopf. »Solange die Schaltzentrale hier oben noch keinen Kurzschluss hat, wird ihm das nicht gelingen.« Oskar seufzte. »Ich hätte die Erika eben nie heiraten sollen, aber hinterher ist man immer schlauer. Und außerdem ...« Er brach ab.

»Was außerdem?« Tina beugte sich interessiert vor.

»Außerdem gehörte mein Herz sowieso immer einer anderen. Aber die hab ich nicht gekriegt, da war nichts zu machen. So ist das Leben.«

»Und warum hast du sie nicht gekriegt? Die andere, meine ich?«, erkundigte sich Markus. Offenbar kitzelte ihn nun auch die Neugier. Er ruckelte hin und her und zog kurz den Bauch ein, weil ihn wohl der Gurt quetschte.

»Ach, das ist doch jetzt egal. Es ist alles so lange her. Und die Elise – wer weiß, wo die inzwischen ist.«

»Elise?«, bohrte Tina nach. Das interessierte sie jetzt wirklich, warum ließ er sich alles so aus der Nase ziehen?

»Das Auto fährt nicht schlecht«, lenkte Oskar ab. Ganz offensichtlich wollte er nicht weiter darüber reden. »Benzin ist auch ziemlich viel im Tank. Also, rein theoretisch könnten wir damit bis ...«

»Nein«, unterbrach Tina ihn energisch.

»Vielleicht gibt es ja auch in Husum eine Zweigstelle von dieser Kirche«, wandte Markus zaghaft ein.

»Blödsinn. Auf keinen Fall.« Tina zupfte an ihrer schwarzen Bluse herum. Das Teil fing an zu müffeln und ihr auf die Nerven zu gehen. »Das könnt ihr vergessen. Der Mann hat uns geholfen, und außerdem sind wir keine Kriminellen.«

Oskar prustete leise. Markus auch.

»Das meine ich ernst.«

»Sorry, Tina, aber du musst doch selber zugeben, dass dein letzter Kommentar ein bisschen fehl am Platz war.« Markus zwinkerte ihr im Rückspiegel zu und gegen ihren Willen musste sie lachen.

»Okay. Ja. Aber trotzdem schaffen wir das Auto dorthin, wo es hingehört.«

»Wir würden es ja auch nicht stehlen«, gab Oskar zu bedenken. »Wir würden es zurückgeben. Nur an einem anderen Ort, sozusagen.«

»Nein. Der Mann hat uns vertraut und das werden wir nicht ausnutzen. Es gibt ohnehin kaum noch Leute heutzutage, die selbstlos sind. Ich finde sogar, wir sollten in Erinnerung an den Pfarrer auch mal was Gutes tun.«

»Ich gründe keinen Wohltätigkeitsverein und trete auch nicht als Mönch ins Kloster ein«, wehrte Oskar sich entschieden. »Die schlafen da in ganz harten Betten, und wahrscheinlich haben sie noch nicht mal Kabelfernsehen und warmes Wasser und stattdessen so einen kahlen Hubschrauberlandeplatz auf dem Kopf. Na gut, wenn man's genau nimmt, habe ich den auch, aber das könnt ihr trotzdem vergessen. Das hab ich neunzig Jahre lang verhindern können.«

»Ich dachte, du bist erst siebenundachtzig?«, gab Markus schlagfertig zurück.

»Bin ich ja auch«, murrte Oskar.

»Aber so was meinte ich doch sowieso nicht. Nein, ganz simpel, wir könnten zum Beispiel ...« Tina spähte suchend aus dem Fenster, um etwas zu finden, womit sie ihre Idee besser verständlich machen konnte. Da vorn waren schon wieder ein paar Kühe. Guckten die nicht traurig, einsam und flehend, von Fliegen belästigt und von der Fleischindustrie in den Rinderwahnsinn getrieben? Sie hatte in den letzten vierundzwanzig Stunden so viel Irrsinn erlebt, dass sie nichts mehr schockieren konnte. Warum also nicht etwas völlig Abgedrehtes tun? »Wir könnten zum Beispiel ein paar Kühe aus der Massentierhaltung befreien.« Sie lachte, wenn auch mit einem Anflug von Hysterie. »Vielleicht die da.«

»Die da?« Markus grunzte belustigt. »Die drei Kühe auf der Wiese da vorn? Die da glücklich ihr Gras malmen?«

»Die werden sich bedanken«, sagte Oskar. »Und was willst du dann mit denen machen? Sollen sie in der dritten Sitzreihe Platz nehmen? Und sich über die Mitfahrgelegenheit freuen?« Er verstellte die Stimme zu einer Art Muhen. »Ich bin die Uschi, das ist die Lore und das ist die Ilse. Wir sind schottische Hochlandrinder, danke, dass ihr uns befreit habt. Uschi, rutsch doch mal 'n Stück, meine Güte, du wirst auch immer breiter, und quetsch mein Euter nicht so sehr, sonst gibt es hier gleich 'ne Überschwemmung.«

Tina prustete los. »Nein, also ... Okay, dann

eben ...« Sie entdeckte etwas anderes. »Da! Schaut mal! Wir könnten die Tramper da vorn mitnehmen.« Triumphierend lehnte sie sich zurück. Nicht weit entfernt standen tatsächlich zwei Leute am Straßenrand und streckten den Daumen raus. Dass es so was in der heutigen Zeit überhaupt noch gab? Zwei junge Leute, wie sie beim Näherkommen feststellte. Ein Pärchen, wenige Jahre jünger als Paul, Tina schätzte sie auf fünfzehn oder sechzehn. Du meine Güte, das waren ja noch halbe Kinder! Zu ihrer tiefen Befriedigung verringerte Markus das Tempo.

»Die sehen ziemlich jung aus«, meinte er misstrauisch.

»Dann müssen wir sie erst recht mitnehmen.«

Markus schmunzelte und hielt vor dem Pärchen an.

»Na, dann hoffen wir mal, dass das keine übereifrigen Pfadfindergören auf Verbrecherjagd sind«, murmelte Oskar.

Mist. Daran hatte Tina vor lauter Gutmenschentum überhaupt nicht gedacht. Aber als die beiden näher kamen, beruhigte sie sich etwas. Die sahen nicht aus, als ob sie jeden Tag unermüdlich die Nachrichten guckten. Der Junge hatte mehrere Piercings und eine Art Muster in seine Haare geschoren, das Mädchen trug eine hennarote Frisur, hatte verweinte Augen und einen großen Fleck auf ihrem T-Shirt.

»Ey, Mann, danke, wir stehen hier schon voll ewig und keiner hält an«, begrüßte sie der Junge. »Jule hat 'ne Blase am Fuß und kann einfach nicht mehr laufen. Wo fahrt ihr hin?«

»Nach Würzburg«, antwortete Markus. Er klang leicht überrumpelt, dass sie gleich so geduzt wurden.

»Ja, voll geil, da wollen wir doch hin, stimmt's, Jule?«

»Danke.« Das Mädchen namens Jule wischte sich rasch über das Gesicht, dann stiegen die beiden in den Gemeindebus ein und setzten sich neben Tina.

»Oh, Mann, das brennt wie verrückt.« Jule hielt ihren Fuß hoch, und Tina konnte eine riesige rote Blase an der Ferse erkennen.

»Uh«, stieß sie erschrocken aus. »Das glaube ich, dass das weh tut.«

»Guckt mal, was Opa Oskar im Handschuhfach gefunden hat«, sagte Oskar. Er hielt eine Packung Heftpflaster in der Hand und reichte sie nach hinten.

»Danke, Mann. Ey, super, dass wir euch getroffen haben.« Der Junge riss die Packung auf, holte ein Pflaster heraus und verarztete vorsichtig den Fuß seiner Freundin. Dann legte er den Arm um sie, zog sie an sich, küsste ihr die Haare und murmelte ihr irgendwas Beruhigendes ins Ohr.

Tina konnte den Blick kaum von den beiden lassen. Sie waren so jung und so … verliebt. Sie waren noch so verliebt, dass sie sich ungeniert und ständig küssten, kaum die Finger voneinander lassen konnten und wie siamesische Zwillinge zusammenklebten. Tina konnte sich an diesen Zustand nur noch vage erinnern. Im Rückspiegel trafen sich ihre Augen und die von Markus. Er hatte es auch gesehen. Sie wandte rasch den Blick ab.

»Wie seid ihr denn hier auf der Landstraße gelandet?«, fragte sie die beiden Jugendlichen. Eigentlich interessierte es sie nicht, aber das verliebte Getuschel war überraschend schwer zu ertragen.

»Ach, lange Geschichte«, murmelte der Junge. »Wir sind schon zwei Tage unterwegs.«

»Von zu Hause abgehauen, was?«, riet Oskar.

»So was in der Art.« Jule klang trotzig und kuschelte sich noch enger an ihren Freund.

»Na, keine Sorge, wir verraten euch schon nicht.« Oskar zwinkerte den beiden zu. »Ich bin nämlich auch abgehauen. Allerdings nicht von meinen Eltern.«

Ein Lächeln huschte über das Gesicht des Mädchens.

»Die waren nämlich gar nicht so übel«, fuhr Oskar fort. »Irgendwann haben sie sogar eingesehen, dass ich nicht bei der Versicherung arbeiten wollte wie mein Vater, sondern lieber fotografieren.«

»Da haben Sie's aber gut gehabt«, sagte das Mädchen. »Meine Eltern sind die vollen Spießer, die können Roman nicht leiden, wegen seiner Haare und weil er nicht so gut in der Schule ist und so. Aber was ist denn da so schlimm dran?«

»Mein Alter ist genauso spießig.« Der Junge winkte ab. »Mach dieses nicht, mach das nicht. Aber wir lassen uns nichts mehr vorschreiben.«

»In welcher Klasse seid ihr denn?«, wandte Tina sich an das Mädchen.

»Ich bin in der zehnten. Gymnasium. Aber es fällt mir echt schwer. Und meine Eltern wollen tausend Sachen, die ich mal studieren soll, dauernd kommen sie mit was Neuem an, und ins Ausland gehen soll ich und den ganzen Quatsch. Voll nervig.«

»Was willst du denn selbst?«, erkundigte sich Tina vorsichtig. Sie hatte auf einmal ein Déjà-vu – hatte sie nicht neulich erst mit Paul ein ähnliches Gespräch geführt? Und darauf bestanden, dass er sein Abitur machte, obwohl es ihm unendlich schwerfiel?

»Was mit Tieren. Ein Tierheim aufmachen oder so. Roman könnte das ja dann bauen.« Die beiden lächelten sich an und hielten sich an den Händen.

»Unser Sohn kämpft auch mit dem Abi«, hörte Tina sich zu ihrer eigenen Überraschung sagen. »Er hat auch keine Lust zu studieren und will lieber Bootsbauer werden.«

»Was?« Markus fuhr herum und starrte Tina an. »Das höre ich ja zum ersten Mal.«

»Hey! Augen auf im Straßenverkehr, junger Mann.« Oskar griff ins Steuer, damit der Wagen nicht in den Straßengraben fuhr.

»Bootsbauer, wow, cool! Toll, dass Sie ihm das erlauben«, sagte Jule bewundernd.

»Äh ... danke«, murmelte Tina. Markus warf ihr im Rückspiegel einen entsetzten Blick zu. »Bootsbauer? Bist du noch zu retten?«, formte sein Mund lautlos.

»Ich wünschte, meine Eltern würden mich einfach in Ruhe lassen«, fuhr Jule fort und seufzte.

»Scheiß auf die, Jule«, sagte der Junge namens Roman. »Wir machen auch so unser Ding.«

»Mensch, bin ich froh, dass ich nicht mehr jung bin«, stellte Oskar fest. »Gut, ein paar meiner Körperteile könnten ruhig zwanzig Jahre weniger auf dem Buckel haben – und ich rede hier nicht von meiner Nase, Leute.« Er zwinkerte den beiden zu. »Aber der Stress, den ihr heute habt, der wäre nichts für mich. Die ganze Welt steht euch offen. Bei der riesigen Auswahl überall wird man ja ganz verrückt, dauernd hat man das Gefühl, sich für das Falsche entschieden zu haben.«

»Genau, Opa«, stimmte Jule ihm zu. Sie spielte mit dem türkisfarbenen Anhänger ihrer Kette. »Du sagst es.«

»Ich hab nicht das Gefühl, mich für das Falsche entschieden zu haben.« Roman schmiegte sich an Jule. »Auch wenn unseren Alten das nicht passt.«

Plötzlich hatte Tina wieder das Gesicht ihrer Mutter vor sich. »Was, den Markus willst du heiraten?«, hatte sie Tina so fassungslos gefragt, als hätte Tina ihr gerade eröffnet, dass sie den Indianerhäuptling Wildes Pferd vom Stamme der Irokesen ehelichen wollte. »Aber, Tina, so einen Mann heiratet man doch nicht!«

»Ach, findest du?« Tina war damals vor Wut fast geplatzt. So was Spießiges. So was Kleinkariertes! Nur weil Markus nicht der tolle Karrieretyp mit Schlips und Anzug war, der ihrer Mutter immer vorgeschwebt hatte. »Und ob man so einen Mann heiratet!« Und das tat sie dann auch. Zwei Wochen später, heimlich und alleine und auf dem Standesamt, in einem feuerroten Seidenkleid und mit einem Strauß weißem Flieder im Arm. Es war das Rebellischste, was Tina je in ihrem Leben getan hatte, weil sie tief in ihrem Inneren gespürt hatte, dass Markus und sie füreinander bestimmt waren und dass er einfach alles für sie tun würde.

Auf einmal wurde ihr klar, dass er den Überfall auf die Tankstelle aus purer Aussichtslosigkeit unternommen hatte. Aus Resignation und Wut darüber, dass er nichts in seinem Leben so richtig geschafft hatte. Er hatte sich ihr und Paul zuliebe diese blöde Spielzeugpistole besorgt und war in blinder Verzweiflung in die Tankstelle gestürmt.

Eine Weile lang fuhren sie schweigend dahin, Jule kuschelte sich an ihren Freund und blinzelte dabei in die Sonne, Markus konzentrierte sich aufs Fahren, Oskar suchte einen Radiosender, fand einen Beatles-Song und summte mit, und Tina hing ihren Gedanken nach, bis sie den Stadtrand von Würzburg erreichten. Würde sie sich denn ein zweites Mal für Markus entscheiden, überlegte sie, wenn sie die Zeit zurückdrehen könnte? Sie würde ...

»*Shit*«, fluchte Markus plötzlich. »Seht ihr das da vorne?«

»Umdrehen!«, befahl Oskar sofort.

»Wa...?«, setzte Tina an, aber dann sah sie es. In kaum fünfzig Meter Entfernung befand sich eine Verkehrskontrolle. Strategisch clever hinter der Kurve platziert, wo ahnungslose Raser den Polizisten wie dicke Karpfen ins Netz flutschten. Vor einem Einsatzfahrzeug wartete ein Beamter, der ihnen jetzt entgegenblickte.

»Zu spät«, zischte Markus. »Der winkt mir schon.«

In der Tat signalisierte der Polizist ihnen, näher zu kommen.

»Fahr ins Feld.« Tina beugte sich vor und hätte ihm am liebsten ins Steuer gegriffen. »Markus, hau ab. Das ist sonst das Ende!«

»In das Feld mit den Sonnenblumen, ja? Die ich dann alle wie ein Mähdrescher umniete? Da werden wir ziemlich weit kommen.« Markus klang zynisch und klammerte seine Hände um das Steuerrad. »*Shitshitshit*«, fluchte er leise. Dann waren sie auch schon bei dem Polizisten angelangt.

Tina warf einen letzten sehnsüchtigen Blick auf das Sonnenblumenfeld, auf die sommerliche Landschaft da draußen, atmete den Geruch nach Gras und Freiheit ein letztes Mal ein und betrachtete beinahe zärtlich das junge Paar, das sich jetzt aus seiner Umarmung schälte und erstaunt aufsah. Adieu, Freiheit – willkommen Frauenknast! Vielleicht bekam sie da wenigstens eine nette Zellennachbarin, eine robuste und kräftige Person, die ihr bei den unausweichlichen Prügeleien in der Dusche würde helfen können und der sie im Gegenzug dafür vielleicht Lesen und Schreiben beibringen konnte. Schon sah sich Tina in ihrem künftigen Leben vor sich, wie sie während der Gefängnisweihnachtsfeier gerührt dem ersten selbstverfassten Gedicht einer Frau mit kartoffelähnlichen Gesichtszügen lauschte:

»*Am Baum sieht man Lametta flittern, Alder, isch hock hinter Gittern …*«

»Guten Tag, die Fahrerlaubnis und Ihre Fahrzeugpapiere, bitte.«

Tina schreckte auf. Der Polizist hatte an das Fenster geklopft, Markus öffnete es fahrig, seine Hände zitterten dabei vor Nervosität. Er nickte dem Polizisten zu, dann tat er so, als ob er seine Brieftasche suchte.

»Tagchen«, grüßte Oskar freundlich. »Gibt's Probleme?«

Alles Zeitschinderei, dachte Tina resigniert. Der Polizist beugte sich jetzt etwas weiter vor und blickte in das Auto. Dann riss er überrascht die Augen auf. »Ich glaube es ja nicht«, sagte er. »Wen haben wir denn da?«

Tina öffnete ihren Mund, um in einem Anfall von irrwitzigem Heldentum alle Schuld auf sich zu nehmen, als ihr jemand anderes zuvorkam.

»Papa?«

»Roman? Was machst du denn hier in diesem Auto? Weißt du eigentlich, was die Mama sich für Sorgen macht?« Der Polizist riss jetzt die Tür auf und ignorierte den völlig verdutzten Markus, der immer noch wie ferngesteuert sein Hemd abklopfte, als ob er seine Fahrerlaubnis irgendwo zwischen dem ersten und dem dritten fehlenden Knopf vermutete.

»Papa, wir sind abgehauen, weil ihr alle dauernd auf uns rumhackt und uns nicht in Ruhe lasst. Und die Eltern von der Jule, die ...«

»Die Eltern von der Jule sind ganz außer sich vor Sorge. Die waren gestern Abend bei uns, und ich konnte sie nur schwer davon überzeugen, dass eine Fahndung nicht notwendig ist.«

»Na, wir haben die kleinen Ausreißerchen gerade aufgelesen und mitgenommen, die Jule konnte ja gar nicht mehr laufen, die hat eine Blase am Fuß.« Oskar zwinkerte dem Polizisten kumpelhaft zu. »Seien Sie nicht so streng mit den beiden. Wir waren doch alle mal jung und unschuldig. Ich bin es sogar heute noch.«

»Was? Ja. Danke.« Der Polizist streifte Oskar mit einem flüchtigen Blick, als nähme er ihn überhaupt nicht richtig wahr. »Nun steigt doch erst mal aus, ihr beiden«, sagte er, an seinen Sohn gewandt. »Dann rufen wir Jules Eltern an, und dann kommt ihr in Gottes Namen wieder mit nach Hause, wir tun euch doch nichts!«

Fast tat Tina der Mann leid, wie er da kopfschüttelnd und erschöpft in der Sommerhitze stand, Schweißtropfen an der Stirn, der Bauch ein bisschen zu prall und die Uniform ein bisschen zu eng. Es war eben überall auf der Welt das Gleiche mit den heranwachsenden Kindern. Roman und Jule schraubten sich jetzt betont langsam aus ihrem Sitz und kletterten, so lässig es ihnen möglich war, aus dem Kleinbus.

»Mensch, du!« Der Polizist drückte den Jungen an sich. »Mensch, Jule.« Er drückte auch noch das Mädchen an sich. Die beiden wanden sich verlegen in seinen Armen.

»Na, wir düsen dann mal weiter«, rief Oskar dem Polizisten zu. Er wedelte mit einem Blatt Papier, das er offenbar im Auto gefunden hatte. »Brauchen Sie noch die Fahrerlaubnis und die ganzen Papiere?«

»Nee, nee, ist schon gut. Gute Fahrt!« Der Polizist winkte ab und sah nicht mal hin.

»Fahr«, flüsterte Tina. »Fahr los.«

Markus hörte endlich auf, sein Freizeithemd abzuklopfen, und startete den Motor.

»Und jetzt noch schön winken«, murmelte Oskar. »Hey, Bulle – wer reitet so spät durch Nacht und Wind? Es ist der Oskar mit deinem Kind.« Er kicherte.

Tina und Markus winkten steif wie nordkoreanische Staatsbeamte aus dem Auto, während Oskar die »Fahrerlaubnis« auseinanderfaltete. »*Kaffeetrinken mit Jesus, jeden Mittwoch um 15.00 Uhr im Gemeindehaus Süd*«, las er vor. »Das haben wir ja nun leider verpasst.«

»Puuuh«, stöhnte Markus. »Ich fasse es ja nicht. Das war knapp.«

»Und alles nur, weil wir Romeo und Julia mitgenommen haben. Deine Idee, Tina. Respekt.« Oskar drehte sich ein letztes Mal nach den beiden jungen Leuten um, die jetzt wie begossene Pudel vor Romans telefonierendem Vater standen, die Hände fest ineinander verhakelt. »Guckt sie euch an. Die erste Liebe ist doch die schönste. Und die letzte Liebe ist die wahre.«

»Und was ist mit denen dazwischen?«, platzte Tina heraus.

»Tja, das müsst ihr schon selber herausfinden.«

»Es gibt keine dazwischen«, sagte Markus. »Es gibt nur *eine* wahre Liebe.«

Tina spürte, wie sich etwas in ihr löste. Was hatte

Markus da gerade gesagt? Oder besser – wann hatte er das letzte Mal so was zu ihr gesagt? Es kam ihr gefühlt wie vor Jahrzehnten vor.

»Meinst du?« Ihre Blicke trafen sich wieder im Rückspiegel, und diesmal sah Tina nicht weg.

»Meine ich. Und da vorn beginnt Würzburg. Jetzt müssen wir nur noch das Gemeindehaus Süd finden. Und dann trinke ich höchstpersönlich mit Jesus Kaffee. Oder gleich ein Bier. Mann, war das ein Schreck!«

Sie durchquerten endlose Straßenzüge, bis sie in eine ruhigere Gegend kamen, die fast etwas Ländliches an sich hatte. Tina erkundigte sich bei einer Frau mit Dackel nach dem Gemeindehaus Süd, und wenig später erreichten sie ihr Ziel. Eine kleine weiße Kirche, davor ein Friedhof, das Gemeindehaus, ein Restaurant, eine Zahnarztpraxis, ein paar kleine Reihenhäuschen.

»So.« Markus parkte vor dem Gemeindehaus und zog den Zündschlüssel heraus. »Und nun?«

»Wir müssen uns ein neues Auto besorgen«, meinte Oskar. »Und ich sehe auch schon ganz genau, wo.« Er deutete lässig aus dem Fenster. »Da vorn gibt's reichlich Auswahl.«

Auf dem Parkplatz vor der Kirche standen unzählige Autos, deren Besitzer gerade einem Brautpaar zujubelten, das mit Reis beworfen ins Freie trat und verlegen lächelte.

»Du willst ein Auto auf einer Hochzeit klauen?«, fragte Tina entsetzt.

Oskar zuckte mit den Schultern. »Besser als auf

einer Beerdigung, würde ich mal sagen. Außerdem sind die in einer Stunde oder so ohnehin alle hackedicht und können nicht mehr fahren.«

Da hatte er auch wieder recht. »Na, dann.« Tina stieg aus. »Mir nach, ihr Kanaillen!«

11

Die Hochzeitsgesellschaft bestand aus mindestens hundert Leuten, die aufgeregt vor der Kirche herumwuselten. Niemand schenkte Tina, Oskar und Markus Beachtung, die sich jetzt zügig und mit prüfenden Blicken über den Parkplatz bewegten, ganz wie Leute, die ihr geparktes Auto suchen.

»Und? Findest du was?«, raunte Markus Oskar zu.

»Nee. Kein offenes Fenster, und alle abgeschlossen. Ist das hier 'ne Hochzeit von Versicherungsvertretern, oder was?« Oskar rollte leicht verärgert an einem dunkelblauen Audi vorbei und überprüfte unauffällig die Türen. Er schüttelte den Kopf. »Das müssen wir anders lösen.«

»Wie denn?«, wollte Tina wissen. Sie fühlte sich langsam unbehaglich, hatte nicht schon eben jemand misstrauisch zu ihnen herübergeblickt?

»Wir mischen uns unters Volk«, erklärte Oskar und deutete auf die Hochzeitsgäste. »Falls einer fragt – du bist die Andrea, die Cousine zweiten Grades von der dritten Frau vom Onkel Achim. Du und dein Mann freuen sich unglaublich, endlich mal alle kennenzulernen. Ihr habt ja schon so viel von den Verwandten gehört und so weiter.«

»Was?«, fragte Tina perplex. »Wer bin ich?«

»Eben.« Oskar zwinkerte ihr zu. »Das versteht kein Mensch, ist viel zu kompliziert und erstickt alle weiteren Fragen im Keim. Und ich bin der Onkel Heinrich. Auf geht's!«

»Aber wozu?« Tina verstand immer noch nicht, worauf er hinauswollte.

»Autoschlüssel.« Ein Leuchten glitt über Markus' Gesicht. »Oskar will Autoschlüssel klauen, stimmt's?«

»Herzlichen Glückwunsch, mein Junge.« Oskar schlug ihm auf die Schulter und ließ sich dann wieder in den Rollstuhl plumpsen. »Du bist gerade befördert worden. Vom Hilfskidnapper zum Komplizen. Gehaltserhöhung gibt es später. Und nun kommt, jetzt fotografieren sie gerade und stehen alle schön eng beieinander. 'ne bessere Gelegenheit gibt es nicht.«

Tina setzte ihr Pokergesicht auf, und dann schob sie Oskars Rollstuhl in die Hochzeitsgesellschaft hinein, Markus im Schlepptau. Sie kam sich mit ihrer bereits zwei Tage lang getragenen Bluse viel zu schmuddelig für so einen Anlass vor, und außerdem war ihr das Ganze hier nicht geheuer. Die kannten sich doch garantiert alle und würden sofort merken, dass Tina, Markus und Oskar nicht zur Familie gehörten. Kurz darauf musste sie allerdings feststellen, dass Oskar seine Sache großartig machte.

»Mensch, bist du groß geworden, Junge!«, rief er einem wildfremden Teenager zu, der verdrossen in einem steifen dunkelblauen Anzug dastand und in sein Handy starrte. »Ganz der Papa. Aber wo ist er denn, ich sehe ihn gar nicht?«

Tina hielt erschrocken die Luft an. Was, wenn der Junge keinen hier anwesenden Vater hatte? Wenn er ein Scheidungskind war, ein Waisenkind, ein aus Moldawien adoptiertes Kind? Oder wenn der unbekannte Erzeuger eine Nummer im Gefrierschrank der Abteilung »Künstliche Befruchtung« war? Heutzutage konnte doch alles möglich sein! Es war ein Spiel mit dem Feuer, was Oskar hier trieb.

Der Junge löste nur widerwillig den Blick von seinem Handy. »Der steht da drüben«, sagte er dann und zeigte auf einen dicken kleinen Mann mit Glatze, der dem Jungen absolut nicht ähnlich sah.

»Na, dein Papa wird auch nicht jünger, was?«, scherzte Oskar.

»Lass das den Harry bloß nicht hören«, rief eine korpulente Frau im fliederfarbenen Kostüm lachend. Sie war hinter dem Jungen aus der Menge aufgetaucht und hatte sich neben Oskar gestellt.

»Ach was, der Harry hat doch Humor. Was heißt Glatze auf Türkisch, Harry? Na? Hattemahaar! Haha! Hattemahaar heißt es!« Oskar schlug sich begeistert auf die Schenkel.

Ein paar Leute in der Nähe schmunzelten, und Oskar fuhr fort. »Der Harry und ich, wir kennen uns doch schon so lange, dem hab ich ja schon die Windeln gewechselt. Da hatte er übrigens auch schon 'ne Glatze.« Oskar wieherte los. »Na, ich muss dann mal weiter, den anderen Hallo sagen.« Er nickte irgendwelchen Leuten zu, die automatisch zurücknickten. »Jetzt schieb mich mal da drüben hin«, raunte er Tina zu. »Da können wir uns unauffällig dazugesellen.«

Vor einem üppig blühenden Rosenstrauch neben der Kirchentreppe hantierte ein Fotograf gerade mit seinem Stativ und seiner Kamera herum und versuchte, die Leute in ansehnlichen Grüppchen aufzustellen. Was einigermaßen schwer war, da eine Horde Kinder mit aufs Bild sollte, die bockte und zappelte. Der Fotograf trat einen Schritt zurück, um alle aufs Bild zu bekommen, er stand auf der obersten Treppenstufe, die Rosen im Rücken, als es plötzlich passierte. Es ging so schnell, dass keiner eingreifen konnte. Eins der Zappelkinder sauste wie der Blitz und ohne hinzusehen vorbei und rammte den Fotografen einfach, sodass er mit einem erschrockenen Japsen und dem verzweifelt hampelnden Versuch, die Balance zu halten, die Treppe hinunterstürzte.

Ein Aufschrei ging durch die Menge. Der Fotograf versuchte, sich unten an der Treppe hochzurappeln, gab es aber völlig benommen auf, blieb sitzen und hielt sich verwirrt den Kopf. Blut lief ihm über das Gesicht, und nun kam Bewegung in die Gesellschaft. Jemand rannte los, jemand holte eine Kompresse, und nach wenigen Minuten erschienen zwei Männer mit einer Trage, auf die man den Mann bettete und mit der man ihn irgendwohin schaffte. Als sich die Aufregung gelegt hatte, hörte man die Braut leise jammern.

»Ich habe dir doch gleich gesagt, dass ich lieber den Oliver Keilmann als Fotografen haben wollte, und nicht deinen komischen Kumpel«, schnauzte sie ihren frischgebackenen Ehemann an. »Der Oliver fotografiert die ganzen Promis und hat wenigstens Ahnung und fällt nicht mittendrin um!«

»Aber Hasi, der Michi ist doch gestolpert, das kann jedem mal …«, versuchte sich der neue Ehemann bestürzt zu verteidigen, aber er kam nicht zu Wort.

»An meinem Hochzeitstag wird nicht gestolpert.« Die Braut wurde immer fuchsiger. »Das soll der schönste Tag meines Lebens sein!«

»Na, nur keine Panik, macht mal Platz für Onkel Heinrich!«, rief Oskar beruhigend. Zu Tinas Entsetzen schraubte er sich aus dem Rollstuhl, tippelte zu dem umgefallenen Stativ und befestigte den Fotoapparat darauf. Tina konnte nicht glauben, was sie da sah. Oskar lief! War das noch der gebrechliche Herr Krauß mit Eszett von gestern?

»So, und nun mal die Kinderchen alle zusammengerückt, und wer nachher ein Eis will, ruft ganz laut ›Hier‹!«

»Hier«, kreischten die Kinder und lachten, und von diesem Moment an war Oskar wie ausgewechselt. Seine Bewegungen waren fließend, sein Auge scharf, er redete nonstop und brachte die Leute zum Lachen, er ließ Kinder vor Freude quieken und alte Tanten verschämt kichern, er schaffte es auf magische Weise, aus der bierbauchigen Trampelherde männlicher Hochzeitsgäste eine Reihe manierlicher Gentlemen zu machen, und selbst die maulende Braut strahlte und lächelte wieder, weil Oskar sie mit Komplimenten überhäufte und sie die verrücktesten Posen einnehmen ließ.

Tina beobachtete ihn nervös und hielt Markus'

Hand fest, während sie mechanisch nach allen Seiten hin lächelte und grüßte.

»Warum macht er das?«, fragte sie leise ihren Mann. »Jetzt werden die doch erst recht auf uns aufmerksam. Und Autoschlüssel klauen kann er so auch nicht.«

»Keine Ahnung«, gab Markus zurück. Er zögerte kurz. »Vielleicht ist er ja einfach glücklich, dass er mal wieder fotografieren kann?«

Tina schwieg. Natürlich, darauf hätte sie auch selbst kommen können. Nur weil Oskar nicht mehr als Fotograf arbeiten konnte, bedeutete das schließlich nicht, dass er sich damit abgefunden hatte. Und man konnte sehen, dass er voll in seinem Element war, er humpelte schon fast gar nicht mehr.

»Der Jonas von der Heidi ist wirklich ein kleiner Rabauke, was?«, ließ sich da eine Stimme neben Tina vernehmen.

Tina zuckte zusammen und blickte in das starre und faltenlose Gesicht einer Frau Ende vierzig, die Lippen lila geschminkt, die Haare platinblond gefärbt, obendrauf ein weißer, platter Hut mit Schleier. Mit ihrem Hut, dem gelben Kostüm und den weißen Handschuhen erinnerte sie Tina irgendwie an Dustin Hoffmann in seinem Schutzanzug in *Outbreak*. Neben der Frau stand ein durchtrainierter Mann, der eine SMS auf seinem Handy las und dabei genüsslich grinste. Die Frau zog missbilligend die Augenbrauen hoch, wohl um zu unterstreichen, dass sie mit *Rabauke* kein niedliches Bürschchen, sondern ein verwöhntes, nerviges Horrorkind meinte.

»Ja, klar. Der Jonas …«, wiederholte Tina, ohne die leiseste Ahnung zu haben, von wem hier die Rede war.

»Ich meine – die Heidi hat sich noch nicht mal bei dem armen Mann entschuldigt. Unter Umständen hat er sogar eine Gehirnerschütterung! Aber der Jonas wird ja frei erzogen …« Hier klimperte die Frau bedeutungsvoll mit ihren Wimpern, ohne dass sich dabei ihre Stirn bewegte. »Und wir wissen ja alle, was das bedeutet, nicht wahr, und die Heidi will natürlich nicht das kalte Buffet verpassen, dabei würde ihr das mal ganz guttun.«

Was für eine Gifthexe. Aber wenigstens wusste Tina jetzt, von wem die Frau redete.

»Ich bin die Kati, die Tante vom Bräutigam. Und ihr seid noch mal?«, erkundigte sich die Frau.

»Ich bin die Andrea, die Cousine zweiten Grades von der dritten Frau vom Onkel Achim. Und das ist mein Mann.« Tina wiederholte brav, was Oskar ihr eingetrichtert hatte. Trotzdem brach ihr jetzt der Schweiß aus. »Und das ist der Onkel Heinrich.« Sie zeigte auf Oskar.

Die Frau kniff ein Auge zu und musterte Oskar. »Ist das nicht der, dem die Frau gestorben ist? Was war es gleich, Heiner, war es nicht ein Schlaganfall?«

»Woher zum Geier soll ich das wissen?«, brummte ihr Mann neben ihr. Dann beäugte er Tina und Oskar nachdenklich. »Ihr kommt mir irgendwie bekannt vor.«

»Ist der Onkel Achim nicht der Bruder vom Jürgen?«, rätselte die Frau weiter.

»Ja, der Bruder vom Jürgen, ganz genau, der ... war ja ... ist ja ...« Tina geriet ins Stottern, aber zum Glück rief da jemand: »Champagner hier lang!«, und plötzlich fanden sich Tina und Markus in einem Pulk von Leuten wieder, die alle in das Restaurant neben der Kirche strömten.

»Was machen wir denn jetzt?«, raunte Tina Markus zu.

Der drehte sich suchend um. »Geh erst mal mit denen mit, ich kümmere mich um Oskar.«

Tina bezog unauffällig einen Platz an der Bar und nippte an einem Glas Sekt, das ihr jemand in die Hand gedrückt hatte, und jedes Mal, wenn sie in unmittelbarer Nähe einen weißen Hut wackeln sah, ging sie in Deckung. Endlich kam Markus zurück, er schob Oskar, der wieder im Rollstuhl saß, vor sich her.

»Habt ihr einen Autoschlüssel?«, fragte Tina leise. »Wir sollten besser hier abhauen.«

»Noch nicht. Und Oskar soll noch mehr Fotos schießen«, erklärte Markus.

»Ja, dann müssen sie eben jemand anders finden, wir ...«

»Oskar macht das aber am besten«, fiel Markus ihr mit Nachdruck ins Wort. Er warf ihr einen merkwürdigen Blick zu, den sie nicht deuten konnte.

Tina blinzelte ihn konfus an, doch dann verstand sie. Hier war Oskar der Profifotograf – und nicht der gehbehinderte senile Herr Krauß aus dem Pflegeheim am Sonnenberg. Oskar wollte noch bleiben. Wie egoistisch von ihr. Auf die eine Stunde kam es nun auch nicht mehr an.

»Okay«, sagte sie. »Aber haltet mir das Ekel mit dem weißen Hut vom Hals. Und ihren blöden Mann, der guckt immer so misstrauisch zu uns herüber.«

»Das haben wir gleich.« Oskar rieb sich die Hände. »Roll mich mal zu dem rüber, mein Junge.«

Während Oskar und Markus sich zu dem unangenehmen Typen begaben, ließ Tina ihren Blick zu dem Fernseher gleiten, der über der Bar hing. Sie erstarrte. Was da über den Bildschirm flackerte, war ihr eigenes Foto! Daneben das von Markus und das Wort *Gesucht*! Tina drehte sich hastig nach allen Seiten um. So eine verdammte Scheiße! Hatte das jemand bemerkt? Es sah nicht so aus, niemand schenkte der Nachrichtensendung auch nur die leiseste Beachtung.

Sie schielte wieder zum Fernseher hoch. Ihr Foto war verschwunden, aber stattdessen redete jetzt eine Frau vor der Kamera, die Tina nur allzu gut kannte. Das war doch Susi, ihre Jugendfreundin! Susi die Spießerschnalle und Spaßbremse, mit der steilen Karriere bei der Kripo. Hatte man Susi etwa mit diesem Fall beauftragt? Dann stand es wahrlich schlecht um sie alle, denn Susi war von beängstigender Gründlichkeit, sie kannte kein Pardon, und wenn es um ihre Arbeit ging, kannte sie auch keine guten Freunde. Tina beugte sich vor und lauschte.

»... *die Familie des Entführungsopfers heute ... später ... einen Appell an die Täter ... im Fernsehen ... um Mithilfe wird ...*«

»Noch was zu trinken?« Der Barkeeper riss sie aus ihrer Konzentration.

»Noch mal dasselbe«, antwortete Tina geistesgegenwärtig und schwenkte ihr Glas, um ihn abzulenken. Endlich verschwand Susi vom Bildschirm, Tina atmete auf und floh auf die Toilette. Sie stellte ihre Handtasche auf das Waschbecken und spritzte sich etwas Wasser ins Gesicht.

Hinter ihr klappte die Tür. Es war Kati, die Frau mit dem weißen Hut.

»Na?« Ihre Augen glitzerten mit einer Freude, die an Boshaftigkeit grenzte. »Amüsiert ihr euch gut?«

»Total.« Tina quetschte den armen Seifenspender so fest, als wollte sie ihn erwürgen. »Wirklich eine schöne Hochzeit.«

»Die Hannah war ja nur zweite Wahl«, vertraute die Frau Tina an.

»Aha.«

»Eigentlich wollte der Tim ja eine andere heiraten. Aber die hat er nicht gekriegt. Na ja, ein schönes Brautpaar sind sie ja trotzdem. Fragt sich nur, wie lange.« Die Frau hüstelte bedeutungsvoll.

»Hoffentlich für immer, Kati.« So eine blöde Kuh. »Das ist doch der Sinn der Ehe, oder nicht? Wie lange seid ihr denn schon verheiratet?«

Katis Augen verengten sich zu kleinen Schlitzen. »Ist der Onkel Achim denn auch da?«, fragte sie zurück. »Den musst du mir unbedingt mal vorstellen.«

Sie taxierten sich beide wie bei einem Duell vorm Western-Saloon.

»Der konnte leider nicht kommen«, versetzte Tina aalglatt. »Schwerer Diabetiker. Er verlässt nur noch selten das Haus. Aber dich hätte er sicher gern kennengelernt, wirklich zu schade.« Sie spülte ihre Hände ab und riss hastig ein mausgraues Papiertuch aus dem Spender.

»In der Tat. Aber der Onkel Jürgen ist doch bestimmt heute hier, oder?« Diese Kati trat einen unmerklichen Schritt auf Tina zu. Tina wich ebenso unmerklich zurück. In dem Moment ging die Tür auf und eine Traube Brautjungfern flatterte herein. Sie erfüllten den Raum sofort mit Lachen und zirpenden Bemerkungen, und Tina nutzte die Gunst der Stunde und schlüpfte aus dem Waschraum. Da vorn standen Oskar und Markus, Gott sei Dank.

»Alles klar?«, fragte sie nervös, als sie bei den beiden ankam.

»Alles bestens. Der Mann von Frau Schleierhut sucht jetzt erst mal sein Handy. Hier.« Oskar ließ etwas in Tinas Handtasche gleiten. »Jetzt kann er das letzte Foto von *Liebesperlchen1990* zwar nicht mehr sehen, aber die ist mittlerweile bestimmt sowieso schon an Unterkühlung gestorben. Und ihr könnt endlich euren Paul anrufen.«

»Du hast doch nicht etwa …?«

»Was denn, was denn. Freu dich doch. Ruf deinen Paul an und wen du sonst noch magst. Habt ihr Verwandte in Amerika? Kolumbien? Irgendwo, wo anrufen so richtig schön teuer ist. Männer, die ihre Frauen betrügen, mag ich nämlich ganz besonders gern, auch wenn die Angetrauten solche hysterischen

Feger sind wie die Olle mit dem Hut. Da kommt sie übrigens schon wieder angeschlichen.«

Tatsächlich steuerte die schreckliche Kati erneut auf sie zu, diesmal in Begleitung eines hageren Mannes. Was wollte diese Schlange nur von ihnen? Sie hatte irgendwie Verdacht geschöpft, so viel stand fest.

»Das hier ist übrigens der Onkel Jürgen«, rief Kati schon aus zwei Meter Entfernung. »Aber der Jürgen hat mir gerade gesagt, dass er ja gar keinen Bruder hat, der Achim heißt. Also, da müsst ihr mir jetzt noch mal genau erklären, welchen Achim ihr meint.« Sie lächelte wie eine Vogelspinne.

»Uh, mir wird auf einmal ganz schwindlig«, presste Oskar heraus und riss sich hastig die obersten Knöpfe seines Hemdes auf. »Rollt mich bitte sofort an die frische Luft, Kinder!«

Tina griff zeitgleich mit Markus nach der Lehne des Rollstuhls. »Aber, Onkel Heinrich, du sollst doch auch nicht immer so viel rumlaufen mit deinem hohen Blutdruck. Das hast du jetzt davon! – Entschuldigung.« Tina fuhr den Rollstuhl rabiat über Katis Schuhspitzen. Die quiekte leicht auf.

»Wir kommen gleich wieder, der Onkel braucht seine Herztabletten, die sind im Auto. Nicht wahr, Onkelchen?«, brüllte Markus überlaut.

Tina grinste ihn unmerklich an. So langsam fing die Sache an, ihr Spaß zu machen, und überhaupt, wann hatten sie und Markus das letzte Mal so viel Zeit miteinander verbracht, ohne sich über Geld oder Haushaltskram oder sonst was zu streiten?

Spontan drückte sie ihrem Mann einen Kuss auf den Mund, sobald sie im Freien standen. Markus zog die Augenbrauen hoch. »Na, na, na, junge Frau«, sagte er. »Wenn ich das dem Onkel Achim erzähle!«

»Ach, erzähl es lieber dem Onkel Heinrich«, erwiderte Tina kichernd. »Dem geht es nämlich gar nicht gut.«

Sie beugte sich zu Oskar hinunter. »Nicht wahr, Onkel Hein...?« Tina hörte auf zu lachen. Oskar stand der Schweiß auf der Stirn, er war weiß im Gesicht, hatte die Augen halb geschlossen und hing ganz schlaff in seinem Rollstuhl. »Oskar? Oskar was machst du da? Du kannst aufhören, wir sind draußen.«

Oskar reagierte nicht, er blinzelte nur leicht.

Der spielte nicht. Oh Gott, der spielte ja gar nicht, dem war wirklich übel. Tina öffnete den Mund, brachte aber keinen Ton heraus.

»Oskar?« Markus griff nach der Hand des alten Mannes. »Eiskalt«, sagte er entsetzt zu Tina.

12

»Oskar?« Tina spürte Panik in sich aufsteigen. »Markus, was machen wir denn jetzt? Braucht er einen Arzt? Sollen wir ihm einen Krankenwagen rufen?«

Oskar bewegte die Lippen und murmelte etwas.

»Was?« Markus beugte sich ganz nahe zu ihm hinunter und tätschelte ihm die Hand. »Was sagst du, Oskar?«

»Keinen Krankenwagen. Mit euch zwei Ganoven steige ich nie wieder in so ein Ding«, flüsterte Oskar.

Tina lachte auf, allerdings klang es eher wie ein Schluchzen. Er lebte, er war noch völlig bei sich, er riss schon wieder Witze. »Meine Güte, Oskar, hast du uns erschreckt, was ist denn mit dir?«

»Nur ein bisschen schwindlig«, murmelte Oskar. »Muss mich nur kurz hinlegen, war alles ein bisschen viel. Brauch keinen Arzt. Der ruft nur die Bullen an. Oder noch schlimmer – meinen Schwiegersohn oder die Bulldogge von Oberschwester vom Luisenhaus.«

»Aber ...« Tina biss sich auf die Lippen. Aber was, wenn es wieder passiert, hätte sie beinahe gesagt. Sie lehnte sich an Markus, der ein Taschentuch aus seiner Hosentasche holte und Oskar erst mal die Stirn abwischte.

»Ich hol ihm ein Glas Wasser«, sagte Markus dann und setzte sich in Bewegung.

»Nee, einen Brandy will ich«, krächzte Oskar ihm hinterher.

Tina streichelte dem alten Mann die Hand, wenigstens kehrte jetzt ein bisschen Farbe in sein Gesicht zurück. »Mensch, Oskar«, sagte sie wieder, und auf einmal wurde ihr klar, dass sie diesen verrückten kleinen alten Mann in ihr Herz geschlossen hatte. Ihm durfte einfach nichts passieren, er brachte Schwung in ihrer beider Leben, er nahm alles mit Humor und verkörperte das ganze Gegenteil von ihrem eingefahrenen Einerlei, ihren öden Jobs und ihrem täglichen Frust.

»Geht schon wieder«, behauptete Oskar jetzt. Markus kehrte mit einem Glas Wasser zurück und reichte es ihm.

»Nein, du legst dich jetzt mal eine Stunde hin«, entschied Tina. Doch im nächsten Moment wurde ihr bewusst, wie sinnlos diese Bemerkung war, denn ihnen stand kein Bett zur Verfügung, sie hatten ja nicht mal ein Auto. Dabei war es mittlerweile schon Nachmittag, und sie saßen immer noch in Würzburg fest. Wer weiß, wann sie das nächste Auto »organisieren« konnten. Selbst wenn ihnen jemand in den nächsten zehn Minuten eines schenken würde (was extrem unwahrscheinlich war – eher nahm Jean Paul Gaultier die drögen klimakterischen Gewänder bei *Fashion World* in seine Herbstkollektion auf), sie kämen nicht vor Mitternacht in Husum an. Und überhaupt – so eine lange Reise in Oskars Zustand ...

Tina sah sich suchend um. Irgendwo musste es doch etwas geben, wo man sich hinlegen konnte. Ihr Blick streifte das Restaurant, aus dem sie gerade gekommen waren. Wie ein hinterlistiger Imker verharrte die blöde Kati mit ihrem verschleierten Hut dort hinterm Fenster und starrte neugierig zu ihnen heraus. Dann huschte ein diebisches Lächeln über ihr Gesicht. Sie winkte Tina zu und hob etwas hoch. Tina erstarrte. Es war ihre pralle Handtasche. Sie hatte sie auf der Toilette stehen gelassen.

»Scheiße, Markus, wir müssen hier weg«, zischte sie. »Diese blöde Kuh hat meine Handtasche auf dem Klo gefunden und garantiert aufgemacht. Diese Sorte Frau macht immer alles auf, was sie findet. Und jetzt giert sie nach nichts mehr auf der Welt, als mit mir über die ganzen Geldscheine und Münzen zu reden. Außerdem ist mein Ausweis dadrin. Verdammter Mist!«

»Aber unser Geld ...«, stammelte Markus verdattert. Er machte einen Schritt auf das Restaurant zu.

»Bleib stehen.« Tina hielt ihn fest. »Das war nie unser Geld, Markus. Das war das Geld der Tankstelle, es hat uns nie gehört, verstehst du?«

»Aber dann sind wir doch völlig pleite. Was machen wir denn dann?«

»Nichts aber. Wir können da nicht wieder rein. Wir schlendern jetzt ganz unauffällig und langsam los, als ob wir nur frische Luft schnappen wollten.«

Sie schnupperte demonstrativ an der Blüte eines Busches vor der Kirche.

»Sie hat recht. Wir organisieren uns schon was anderes«, murmelte Oskar schwach.

»Kommt.« Tina lief einfach los und sah sich nicht nach dieser intriganten Kati um, die sich garantiert ihren dreimal gelifteten Hals nach ihnen verrenkte. Nein, sie konnten auf keinen Fall zurückkehren, auch wenn sie keinen Autoschlüssel hatten ergattern können. Und das mit dem Geld war jetzt auch zweitrangig – Oskar war viel wichtiger. Er musste sich dringend erholen und hinlegen, aber wo? Vielleicht gab es irgendwo einen Park, in dem man sich zur Not ins Gras legen konnte? Oder ein …

»Hotel«, entschied sie spontan und zeigte geradeaus. Dort, auf der anderen Straßenseite, wies ein Schild zu einem Hotel in hundert Meter Entfernung »Da. Das *Schloss Augustin Hotel*. Da spazieren wir jetzt hinein und setzen uns in die Lobby, meistens haben sie da eine Klimaanlage und schöne weiche Sessel. Wir tun einfach so, als ob wir auf jemanden warten würden, und Oskar kann sich ausruhen. Los, kommt!«

Das *Schloss Augustin Hotel* war ein Etablissement der absoluten Nobelklasse, wie Tina bei ihrem Eintreten erschrocken feststellte. Hier wurde nur gehaucht und gewispert, langbeinige Empfangsdamen mit samtweicher Haut und strahlendem Lächeln standen an der Rezeption wie Wesen vom Planeten der ewigen Jugend und Schönheit. Einem Planeten, auf dem Tina nie auch nur eine Landeerlaubnis erhalten würde, denn als sie sich und Markus und Oskar in einem der riesigen Wandspiegel entdeckte, wurde ihr ganz flau im Magen.

»Scheiße, wie furchtbar sehen wir denn aus!«, sagte sie leise zu Markus und zog ihre Bluse glatt, die mittlerweile wie Krepppapier an ihr klebte, außerdem pikte der herausgerutschte BH-Draht sie bei jedem Atemzug, ihre Haare standen in einer gekräuselten Wolke ab, und ihre Schuhe waren voller Straßenstaub von der Landstraße. Markus sah fast noch schlimmer aus, seinem Freizeithemd fehlte mittlerweile fast jeder Knopf, er hatte einen Bartschatten im Gesicht und einen Fettfleck auf der Hose, vermutlich vom Frühstück heute Morgen. Und dann noch Oskar in seinem quietschenden Rollstuhl, die Haut aschfahl wie kurz vor oder nach einem Herzinfarkt. Sie sahen aus wie Heimatvertriebene aus Ostpommern, die nach Kriegsende aufgebrochen und jahrzehntelang durch tiefe polnische Wälder geirrt waren, um durch mysteriöse Umstände erst jetzt wieder in der Zivilisation aufzutauchen.

»Egal, tut ganz cool und setzt euch da drüben bei dem Springbrunnen in die Sitzecke«, befahl Markus. »Da sind sogar Kissen. Wenn wir nur richtig selbstbewusst auftreten, halten sie uns für exzentrische Rockstars oder so.«

»Na klar doch. Gleich kommen sie alle angerannt und wollen ein Autogramm«, murmelte Tina, schob aber dennoch Oskars Rollstuhl zu einer bequem aussehenden Couch hinüber. Sie half dem alten Mann, sich daraufzusetzen, und ließ sich dann selbst erschöpft ins Polster sinken. In zwei Meter Entfernung saß ein Businesstyp in einem hellgrauen Anzug, der irritiert hochblickte und sich dann sofort wieder seinem Laptop zuwandte.

»Ach, das Kissen tut gut unter meinem geplagten Hintern«, ächzte Oskar. »Und wenn du mir jetzt noch aus den Schuhen helfen und ein Hühneraugenpflaster besorgen könntest, meine Liebe, dann wäre ich dir ewig zu Dank verpflichtet.«

Der Mann im Anzug sah wieder hoch, und diesmal rümpfte er deutlich die Nase, als er zusehen musste, wie Tina Oskar aus den karierten Hausschuhen half. Der Mann räusperte sich hörbar.

Oskar scherte sich nicht darum, denn jetzt kam Markus wieder, der von irgendwoher drei Wasserflaschen besorgt hatte. Tina versuchte den Rollstuhl zusammenzuklappen, aber der klemmte und bockte und flutschte ihr aus der Hand, um mit einem lauten Klappern zu dem Anzug-Mann hinüberzusausen und ihn anzustupsen, als ob er ihn zum Spielen einladen wollte.

Gereizt blickte der Mann zu ihnen herüber und schob den Rollstuhl mit dem Ellenbogen weg, damit er ihn nicht berühren musste. »Können Sie nicht aufpassen?«, schnauzte er in ihre Richtung.

Tina wurde langsam wütend. Was war das für ein Schnösel? Was bildete der sich ein?

Jetzt klingelte das Handy von dem Mann. »Ja? Ach, Frau Kessler. Nein, ich bin noch im Hotel. Das *Schloss Augustin*. Geht übrigens völlig den Bach runter. Unglaublich, was sie hier für Leute reinlassen. Buchen Sie das bitte nie wieder.« Er schoss ihnen einen giftigen Blick zu. »Hm. Hm. Aha.« Der Mann klappte seinen Aktenkoffer auf und wühlte darin herum. »Den Leihwagen hab ich bekommen, ja, das war ein guter Witz. Die haben mir einen Jeep gegeben. In Safarigrün! Bin ich denn der Jäger aus Kurpfalz? Dabei hatte ich einen BMW bestellt, unglaublich. Buchen Sie da nie wieder. Nein, den fahre ich natürlich nicht, hab ihn vorm Hotel stehen lassen, die sollen mir einen neuen bringen. Und bei der Lufthansa ist angeblich meine *Miles-and-More*-Kreditkarte abgelaufen.« Der Mann zerrte eine Brieftasche aus seinem Jackett und öffnete sie. »Ja, was weiß ich denn, das ist doch *Ihre* Aufgabe! Ja, hier steht es – abgelaufen.« Er zog eine Karte heraus und betrachtete sie wütend. »Kümmern Sie sich drum!«, ranzte er die unbekannte Gesprächspartnerin an.

Tina hielt es nicht länger aus. »Oskar«, flüsterte sie. »Geht es dir wieder besser? Wir brauchen deine Hilfe.«

»Kommt drauf an, was dir vorschwebt. Mit Tangotanzen sieht es noch nicht so gut aus.« Wie um dies zu demonstrieren, versuchte Oskar sich aufzurichten, kam aber nicht weit und rutschte gleich wieder in das Sofa hinein.

»Nein, nein, keine Angst. Kannst du uns ein bisschen was von deiner … Raffinesse abgeben? Ich glaube, da drüben hat einer zu viele Kreditkarten und zu wenig Anstand und Humor.«

»Und wir haben zu wenig Kreditkarten.« Oskar

schaltete zum Glück sofort. »Aber mit Vergnügen, meine Liebe. Diese Typen kenne ich nur zu gut. Dem hat seine Mutter als Kind bestimmt ein Schnitzel um den Hals gehängt, damit wenigstens der Hund noch mit ihm spielt. Helft mir hoch und schafft mich dorthin.« Er deutete unauffällig zum Nachbarsofa.

»Komm, Opa, wir bringen dich zu deinem Rollstuhl«, rief Markus laut. »Der kommt ja offenbar nicht von alleine zu dir zurück.« Das galt dem Idioten im grauen Flanell, der mit temporärer Schwerhörigkeit geschlagen zu sein schien.

Oskar kniff ein Auge zu. »Auf drei.« Er stand auf und hielt sich an Tina und Markus fest. »Eins«, sagte er leise. Sie bewegten sich langsam vorwärts in Richtung Rollstuhl. »Markus – du den Schlüssel, Tina – du die Kreditkarten. Zwei.« Jetzt standen sie schon fast vor dem Mann, der sich verärgert von ihnen wegdrehte und weiter in sein Handy bellte. »Frau Kessler, das sollten Sie doch heute bereits erledigt ha...!«

»*Drei.*« Oskar ließ sich direkt auf den Mann fallen, dem das Handy und die Brieftasche aus der Hand rutschten, während der Aktenkoffer polternd zu Boden ging.

»Ja, sagen Sie mal, sind Sie verrückt geworden? Nun passen Sie doch auf, verdammt noch mal!«, wetterte es dumpf unter Oskar hervor, während Tina laut »Opa, ach, Opa, du Armer!« rief, geschickt die Brieftasche des Mannes vom Boden klaubte, wahllos drei Kreditkarten herauszog und dann die Brieftasche zurück auf den Boden schmiss. Oskar schlang dem Mann jetzt die Arme um den Hals und rief:

»Entschuldigung! Aber mein Herz ... uh ... ich kriege ja gar keine Luft ...!« Markus gab vor, Oskar losreißen zu wollen, und griff dem Mann dabei unbemerkt in die Jacketttasche. Das alles geschah sekundenschnell, und während der Mann sich wütend aufrappelte und sie beschimpfte und eine der schönen Empfangsdamen bestürzt zu ihnen eilte, deponierte Tina hastig ihr Diebesgut im Rollstuhl und setzte Oskar obendrauf.

»So, Opa«, sagte sie laut. »Geht es wieder? Du Armer. Und Sie«, fuhr sie den Mann an, »sollten sich was schämen. Einen kranken alten Mann umzustoßen!«

»Wie bitte?«, grunzte der Anzug-Typ und lief puterrot an.

»Es tut mir außerordentlich leid«, zwitscherte die Empfangsdame aufgeregt. »Die Hoteldirektion wird alles tun, um ...«

»Wir bleiben sowieso nicht länger hier«, erklärte Markus würdevoll. »Das *Schloss Augustin* geht wahrlich den Bach hinunter. Was hier für Leute verkehren, ist wirklich bedenklich. Behindertenfeindliche Äußerungen müssen wir uns nicht anhören.« Er drehte den Rollstuhl mit Schwung in Richtung Ausgang.

»Also, das ist ja wohl eine Unverschämtheit!« Der Mann stand kurz vorm Explodieren, und ihm fehlte, wie Tina mit Genugtuung bemerkte, jetzt ebenfalls ein Knopf am Hemd.

»Auf Wiedersehen.« Tina nickte der Empfangsdame zu, die verwirrt von einem zum anderen blickte, und dann spazierten sie hoheitsvoll in einer kleinen Prozession aus dem Hotel hinaus.

»Hast du alles?«, fragte Tina Markus vor der Tür.

»Jep. Und du?«

»Ich auch. Dann hol das Auto, steht da drüben, der schöne grüne Jeep.«

»Alles klar.« Markus rannte los und fuhr wenige Minuten später mit dem Auto auf der Hotelauffahrt vor. Tina beobachtete den Geschäftsmann durch die Fensterscheibe, er diskutierte immer noch mit der Empfangsdame.

»Was für ein Blödmann«, sagte Tina.

Oskar nickte. »Ich will ja nichts sagen, aber ein Arsch gehört in die Hose.«

»Den Spruch sagt Paul auch immer.« Tina sah ihren Sohn auf einmal vor sich. Paul. Den würde sie gleich als Nächstes anrufen. Sie half Oskar ins Auto und stieg dann selber ein. Das Letzte, was sie sah, bevor sie davonfuhren, war der Businessheini, der jetzt einen himbeerroten Kopf hatte und in sein Telefon brüllte, während die Empfangsdame mit ihrer Kollegin tuschelte und sich diskret an die Stirn tippte.

»Paulchen?«

»Mum, bist du das? Habt ihr ein neues Handy? Wo seid ihr denn? Was ist eigentlich los?«

»Nein, das Handy haben wir uns … besorgt. Ich erklär dir gleich alles. Geht es dir gut? Hast du was zu essen? Haben die Bullen … ich meine, hat die Polizei dich …?«

Paul schnaufte hörbar belustigt. »*Besorgt?* Mum, ich erkenn dich nicht wieder. Und deine Ausdrucksweise, haha. Keine Sorge, mir geht es gut. Amelies Mutter bekocht mich, ich platze bald. Die Bullen waren nur am ersten Tag da und wollten rausfinden, ob ich davon gewusst hätte, dass ihr eine Tanke überfallen wolltet. Wusste ich natürlich nicht, da konnten die auch nichts machen.«

»Ich wusste es ja vorher selber nicht«, sagte Tina leise. »Papa ist ein bisschen ...« Sie suchte nach passenden Worten, schließlich hörte Markus zu. »Papa hatte eine Art Kurzschlussreaktion. Es war irgendwie alles schrecklich an diesem Tag, es ist kulminiert und dann ist er einfach, dann ist er einfach ...«

»Verstehe ich. Wirklich«, sagte Paul zu ihrer Überraschung. Etwas leiser fügte er hinzu: »Ich hab auch manchmal so Tage, wo mir alles auf die Nerven geht.« Er räusperte sich. »Aber was habt ihr mit dem alten Mann gemacht, Mum? Habt ihr ihn wirklich ... ich meine, lebt er noch? Und wo seid ihr eigentlich?«

»Natürlich lebt er noch. Er heißt Oskar und sitzt vorn neben Papa im Auto.«

»Das Auto von dem Blödmann aus dem Fernsehen? Dem dicken Pfleger aus dem Altersheim? Ich hab alles gesehen.«

»Nein, wir haben jetzt das Auto von ... einem anderen Blödmann.« Plötzlich überkam Tina ein komischer Lachreiz, sodass sie sich kaum noch zusammenreißen konnte. Wie absurd war das hier eigentlich? »Wir fahren Oskar, also den alten Mann, nach Hause, in seine Heimat, da will er hin. Er wollte nicht mehr in dem Pflegeheim bleiben, die sind dort so gemein zu ihm, weißt du? Und sobald wir dort sind, melden wir uns bei dir, und dann treffen wir dich wieder und ...« Tina verstummte. Sie sollte keine Versprechungen machen, die sie nicht halten konnte.

»Weißt du übrigens, dass Tante Susi die Ermittlungen leitet?«, fragte Paul jetzt. »Die war hier und hat mich lauter so komisches Zeug gefragt – ob wir irgendwo Verwandte haben, wo ihr vielleicht hingefahren seid oder so, aber ich hab ihr natürlich nichts gesagt, ich bin ja nicht blöd. Sie ist übrigens übelst fett geworden, ich dachte, das interessiert dich bestimmt.« Ein leises Kichern war zu hören.

Tina lächelte unmerklich. »Du bist unmöglich.«

»Ist doch wahr. Und irgend so ein Fernsehsender hat sich hier gemeldet. Die wollten, dass ich in eine Talkshow komme.« Er hielt kurz inne. »Ich hab Ja gesagt, Mum, ich brauch doch Geld, und aus mir kriegen sie sowieso nichts raus, ist doch klar. Und so eine hysterische Alte hat auch angerufen, ich glaube, das war deine Chefin, die hat rumgemeckert, weil du ohne Krankmeldung fehlst. Die hat mich überhaupt nicht zu Wort kommen lassen, da habe ich einfach das Telefon zehn Minuten lang in den Kühlschrank gelegt, ich hoffe, das war okay?«

»Großartig! Willst du mal den Papa sprechen?«

Eine kleine Pause entstand. Tina konnte es ihm nicht verdenken. Die letzten Gespräche zwischen Paul und Markus, wenn man sie denn so nennen wollte, hatten meistens mit Türenknallen geendet.

»Okay«, erklang Pauls Stimme, wenn auch etwas zögerlich.

»Markus, fahr mal rechts ran«, bat Tina ihren Mann.

Markus hielt vor einem Bürogebäude, drehte sich um und nahm das Handy von Tina entgegen, die dem kurzen, aber freundlichen Gespräch zwischen Vater und Sohn verwundert lauschte. Niemand brüllte: »Du verstehst das einfach nicht!«, oder: »Mensch, ich versteh dich einfach nicht!«

Noch etwas, das sie Oskar zu verdanken hatten.

13

»Nein, es geht mir gut, wirklich«, beteuerte Oskar, als sie wenig später in einer Seitenstraße anhielten, weil er schon wieder so blass war. Wie es aussah, kamen sie wohl nicht so schnell aus Würzburg raus. »Und wenn ihr mir jetzt die Kreditkarten von unserem Freund aus dem Hotel zeigt, geht es mir gleich noch viel besser.«

Tina reichte ihm die Karten. Was blieb ihr anderes übrig? Sie konnten Oskar schlecht vor einem Krankenhaus abladen und dann davonrasen wie in einem amerikanischen Thriller. Oskar hatte seinen Stolz und ließ sich kaum zu etwas zwingen, so viel hatte sie mittlerweile schon begriffen. Und auch, dass Oskar sich niemals mit einem schwachsinnigen und demütigenden Job wie zum Beispiel bei *Fashion World* oder im Supermarkt abgefunden hätte. Er hätte mit seinem Humor alle, selbst ihre blöde Chefin, die dicke Müller und *Herrn* Scheller um den Finger gewickelt und wäre über kurz oder lang spurlos mit den Jahreseinnahmen verschwunden.

»Sieht gut aus«, freute Oskar sich. »Zwei VISA-Karten und dann noch so ein Überflieger-Dingens hier.« Er wedelte mit einer silbernen Karte. »*Plati-*

num Business Class Card«, las er vor. »Damit wirst du wahrscheinlich in einer Sänfte von zehn ägyptischen Sklaven zum Flugzeug getragen. Und im Flugzeug haben sie dann einen Diwan für dich und eine persönliche Masseuse und einen Chefkoch, der um dich herumhüpft und Kolibri-Steaks grillt und ...«

»Inwiefern sehen die Kreditkarten gut aus?«, unterbrach Markus ihn vorsichtig.

»Weil der Kerl seine Unterschrift wie ein Oberarzt hinschmiert«, klärte Oskar ihn auf. »Komplett unleserlich. Das ist prima, das kann man leicht nachmachen. Gibt nichts Schlimmeres als 'ne saubere, ordentliche Unterschrift.«

»Na ja.« Markus schien nicht überzeugt. »Das mag ja sein, aber du vergisst das Foto von dem Typen auf der Karte. Da nützt uns auch die krakeligste Unterschrift nichts.«

»Ganz im Gegenteil«, meinte Oskar. »Foto auf der Karte bedeutet, dass dich keine blöde Verkäuferin nach deinem Ausweis fragen wird, weil du ja schon ein Foto als Beweis hast.«

»*Mich* wird niemand fragen?«, wiederholte Markus langsam.

»Ja, natürlich dich. Wer soll denn das Ding sonst benutzen? Ich weiß zwar, dass ich noch extrem jung, dynamisch und gut aussehe, aber der Typ hatte einfach noch ein paar mehr Haare auf dem Kopf als ich. Und Tina sieht ihm auch nur bedingt ähnlich.«

»Danke«, murmelte Tina.

»Der hat eine ganz andere Frisur als ich«, wehrte sich Markus.

»Du hast überhaupt keine Frisur«, berichtigte Tina.

»Aber die von dem ist so ... angeklatscht und hinter den Ohren festgeklemmt. Und dann hat er so ein kantiges Erfolgskinn und so fischige Augen, und seine Brille ist auch nicht vom Optiker an der Ecke, und dann der Anzug und ...«

»Das kriegen wir alles hin.« Oskar winkte ab. »Du musst nur genauso eingebildet gucken wie der. Und jetzt reich mal deine Birne rüber. Ich wollte als kleiner Junge immer Friseur werden.«

»Was hast du vor?«, fragte Markus entsetzt. Er wich in seinem Autositz so weit zurück, wie es ihm möglich war. »Hier wird nichts abgeschnitten. Ich hatte früher mal lange Haare, die waren mein ganzer Stolz, und die Leute haben mich oft mit dem Sänger von *Guns N'Roses* verglichen, nur dass du Bescheid weißt.« Seine Hand griff nach der Autotür. Offenbar war er bereit, sie jederzeit aufzustoßen und in den kleinen Park auf der anderen Straßenseite zu flüchten.

»Na, und jetzt können sie dich mit Herbert Grönemeyer vergleichen. Der singt doch auch nicht schlecht«, sagte Oskar.

Tina prustete auf ihrem Rücksitz los.

»Aber keine Angst, ich mach nur 'ne Verschönerung«, fuhr Oskar fort. »So, und jetzt spuck mal in meine Hand.«

»Wie bitte?« Markus wich einen weiteren Zentimeter zurück.

»Nun mach schon«, sagte Oskar. »Sonst nehme

ich meine eigene Spucke. Hat meine Mutter auch immer gemacht. Eine meiner traumatischsten Kindheitserinnerungen.«

Markus spuckte widerstrebend in Oskars Hand, der daraufhin anfing, die Haare von Markus damit glatt zu streichen und hinter die Ohren zu klemmen. »Das ist unser Trick von früher, wenn wir keine Pomade hatten«, informierte er Tina. »Und guck mal, was ich hier gefunden habe.« Er zog eine Lesebrille aus dem Seitenfach seiner Tür. »Hat irgendein anderer Bürohengst hier drin vergessen. Bitte.« Er reichte Markus die Brille, der sein eigenes Kassenmodell abnahm und beiseitelegte. »Perfekt.«

Tina musste zugeben, dass Markus jetzt tatsächlich eine gewisse Ähnlichkeit mit dem Foto auf den Kreditkarten hatte. Nur sein gequälter Gesichtsausdruck und das ramponierte Freizeithemd wollten nicht so recht dazu passen. Und die Arroganz des Businessheinis, die ihm wie ins Gesicht gemeißelt schien, die brachte Markus auch nicht auf.

»Und jetzt gehen wir shoppen«, sagte Oskar. »Ich brauche dringend ein paar Hühneraugenpflaster und was Frisches zum Anziehen, und dir, mein Lieber, täte ein sauberes Hemd und eine Rasur gut. Oder willst du dir etwa einen Bart stehen lassen?«

»Warum nicht?« Markus lachte. »Das wär doch eine gute Tarnung.«

»Ich steh aber nicht so auf Bärte«, sagte Tina.

»Ach wirklich? Du weißt doch, ein Mann ohne Bart ist wie ein Brot ohne Kruste.« Oskar zwinkerte Tina im Rückspiegel zu.

»Na, wenn du das sagst, Oskar.« Tina grinste. »Dann lass ich mir das mit seinem Bart natürlich noch mal durch den Kopf gehen. Aber nur, wenn er ihn nicht wie eine Brombeerhecke wuchern lässt.« Tina zupfte an ihrer Bluse, deren Anblick sie kaum mehr ertragen konnte. »Abgesehen davon würde ich auch gern was anderes zum Anziehen haben. Komm schon, Markus. Da drüben ist ein Kaufhaus.« Sie deutete auf die großen roten Buchstaben an der Fassade eines Gebäudes hinter dem kleinen Park.

Markus seufzte. »Okay«, gab er sich geschlagen und stieg aus dem Auto. »Aber was ist mit meinem Outfit? Ich meine – so wie ich aussehe, nimmt mir kein Mensch den erfolgreichen Manager ab.«

»Wart's nur ab.« Oskar rieb sich die Hände. »Das haben wir gleich.«

Im Kaufhaus lotste Oskar sie sofort in die Herrenabteilung und griff zielsicher nach einem weißen Oberhemd und einem hellgrauen Anzug, ähnlich dem, den der arrogante Heini im Hotel getragen hatte.

Tina wurde es fast schwindelig, als sie den Preis sah. Noch nie im Leben hatten sie für Markus einen so teuren Anzug gekauft. Von dem Geld hätten sie lieber einen Monat ihre Lebensmittel bezahlt und die Stromrechnung gleich noch dazu. Außerdem hätte Markus ja auch keine Verwendung für so ein edles Teil gehabt. Auf der Arbeit lief er in einem hellblauen Kittel mit dem Supermarkt-Logo herum, zu Hause trug er Jeans und T-Shirt oder diese grässlichen Jogginghosen, von denen er sich einfach nicht trennen konnte, und wenn sie mal abends ausgingen – was ja selten genug vorkam –, dann garantiert nirgendwohin, wo man sich extra umziehen musste, um ein Schnitzel und ein Bier vorgesetzt zu bekommen.

»So. Und jetzt ziehst du das in der Umkleide da drüben an«, erklärte ihm Oskar. »Und dann gehst du vor an die Kasse – aber an die, wo das frustrierte Moppel mit dem versauten Haarschnitt sitzt, hörst du? Nicht an die mit dem Mann. Und dann sagst du, dass du den Anzug gleich anlassen willst, weil du dringend zu einem wichtigen Meeting musst und dir gerade jemand Kaffee über deinen anderen gekippt hat. Dabei rollst du mit den Augen, um die Blödheit deiner Angestellten zu unterstreichen. Los, geh.« Er schubste Markus unauffällig. »Und Tina, du stößt dann dazu und tust so, als ob er der Andreas, der Kollege von deinem Mann, wäre. So heißt nämlich unser Sportsfreund von der Kreditkarte hier. Und dann fragst du ihn, ob er seit seiner Scheidung denn schon jemand Neues kennengelernt hat. Hast du nicht.« Letzteres galt Markus. »Den Rest erledige ich dann.«

»Wieso?«, setzte Markus an, aber Oskar wedelte ungeduldig mit den Händen. »Nun macht schon. Wirst es gleich verstehen.«

Markus schob sich unschlüssig in die Umkleidekabine und trat nach kurzer Zeit wieder heraus.

»Wow.« Tina blieb der Mund offen stehen. Markus sah jetzt tatsächlich aus wie der Businesstyp aus dem Hotel, nur sympathischer. Jetzt straffte er sich, holte tief Luft und ging zur Kasse, hinter der eine mit Verzweiflung auf jugendlich getrimmte Verkäuferin mittleren Alters mit absurd asymmetrischem Haarschnitt diskret gähnte. Bei Markus' Anblick leuchteten ihre Augen erfreut auf.

»Tag, die Dame«, grüßte Markus forsch. »Den würde ich gern gleich anlassen, wenn Sie mir nur mal die Preisschilder abmachen würden. Auf meinen anderen Anzug hat mir gerade einer aus der Buchhaltung seinen Kaffee gekippt.« Hier rollte Markus demonstrativ entnervt mit den Augen. »Ich sag es Ihnen, manchmal könnte man seine Angestellten …«

»Da sagen Sie was.« Die Verkäuferin nickte zustimmend, als ob sie ihr Leben lang von ihrem Verkaufstisch aus ganze Armeen von störrischen Angestellten hin und her dirigiert hätte.

»Und in zehn Minuten habe ich dieses verdammt wichtige Meeting«, schnitt Markus weiter auf. Er schien immer mehr in seine Rolle hineinzuwachsen.

»Ach, du lieber Himmel. Das mach ich Ihnen doch gern ab.« Die Frau lächelte beglückt und trat hinter ihrem Ladentisch hervor, der Hintern prall in der violetten Röhrenjeans, der Haaransatz dunkel und der Lippenstift bröselig. Eine Leidensgefährtin, erkannte Tina sofort. Eine unterbezahlte, desillusionierte Frau in Tinas Alter, die offenbar dazu auch noch einsam war, denn sie stürzte sich geradezu auf Markus und schnatterte auf ihn ein, wie gut ihm der Anzug stehe und wie strapazierfähig und gleichzeitig luxuriös das Material doch sei. Zeit für Tinas Auftritt.

»Andreas?«, rief sie und tat überrascht. »Du hier? Ich dachte, du bist schon längst bei dem Meeting mit meinem Mann.«

»Düse gleich los«, sagte Markus und schüttelte ihr kurz und knackig wie ein Banker die Hand. »In vier Stunden geht ja auch mein Flieger nach London. Ich brauchte nur schnell noch 'nen neuen Anzug.«

Die Verkäuferin zupfte mit wachsender Begeisterung unsichtbare Fäden von Markus' Jackett.

»Ja, ja, die vielbeschäftigten Manager. Heute hier, morgen dort. Hast ja keine Familie, um die du dich kümmern musst. Manchmal beneide ich euch Singles.« Tina legte so viel Neid in ihre Stimme, wie sie nur aufbringen konnte. Die Verkäuferin spitzte die Ohren.

»Hast du denn eigentlich wieder jemanden kennengelernt?«, erkundigte sich Tina leise, aber nicht zu leise. Schließlich sollte die Verkäuferin das gut hören können und gleichzeitig den Eindruck vermittelt bekommen, dass es nicht für ihre Ohren bestimmt war.

»Nein.« Markus grinste Tina den winzigen Bruchteil einer Sekunde lang an. »Ich suche noch. Aber ich werde sie schon finden, die Frau fürs Leben.« Er hielt der Verkäuferin die Kreditkarte hin. »Jetzt muss ich aber los. Gute Auswahl haben Sie hier. Da komme ich sicher bald mal wieder vorbei.«

»Machen Sie das.« Die Verkäuferin strahlte ihn an, warf einen flüchtigen Blick auf die Karte und zog sie durch das Lesegerät. »Macht neunhundertvierzig Euro. Hier noch die Unterschrift, bitte. Nächste Woche kommen dann übrigens schon die neuen Herbstmodelle. Wenn Sie da mal …?« Sie ließ den Rest des Satzes unausgesprochen im Raum hängen und klimperte bedeutungsvoll mit ihren viel zu langen Wimpern.

»Aber gern doch. Bei so charmanter Beratung.« Markus berührte mit dem kleinen Finger wie zufällig den der Verkäuferin, die sich jetzt vor Begeisterung kaum noch einkriegte.

»Der steht Ihnen wirklich super«, stammelte sie immer wieder. »Super sieht der Anzug an Ihnen aus.« Sie reichte ihm den Kassenbon und würdigte die Unterschrift keines zweiten Blickes.

»Ach, jetzt hab ich mich doch hier verlaufen«, erklang da plötzlich Oskars Stimme von irgendwoher zwischen den Schlafanzügen von Ralph Lauren und Bademänteln von Lacoste. »Ich meine verfahren, haha. Ich wollte doch ins Sanitätshaus, aber das war wohl nicht der richtige Eingang, was? Wo muss ich denn da hin?«

In dem kurzen Moment, in dem die Verkäuferin sich Oskar zuwandte, glitten Markus und Tina wie Schatten zwischen den Schaufensterpuppen und Auslagentischen davon.

Vor dem Kaufhaus trafen sie alle drei wieder aufeinander.

»Ihr wart Spitze!« Oskar hielt den Daumen hoch.

Das fand Tina auch, allerdings hatte Markus ihrer Meinung nach seine Rolle etwas zu sehr verinnerlicht. »Musstest du die denn unbedingt streicheln?«, fragte sie.

»Eifersüchtig?«, fragte Markus statt einer Antwort zurück und grinste.

»Jetzt zankt euch nicht wegen dem armen Hascherl dadrin«, sagte Oskar. »Die Hauptsache ist, dass der Markus jetzt komplett wie unser Freund aus dem Hotel aussieht, das macht uns das Einkaufen leichter. Wir shoppen aber lieber woanders weiter. Und sagt mal, habt ihr nicht auch langsam Hunger?« Er schnupperte die Luft. »Hier riecht es lecker. So asiatisch. Was haltet ihr von Hühnchen in Kokosmilch auf thailändische Art? Ich würde sagen, dafür nehmen wir dann Kreditkarte Nummer zwei, nur für alle Fälle.«

Sie kauften Tina noch ein neues Kleid und neue Schuhe, ein neues Freizeithemd für Markus, weil er die Dinger nun mal so liebte, ein paar Kosmetikartikel sowie ein T-Shirt mit der Aufschrift »*Legende im Ruhestand*« und Hühneraugenpflaster für Oskar.

Mit der zweiten Kreditkarte des Businessheinis gingen sie thailändisch essen. Tina hatte schon seit ewigen Zeiten nicht mehr so gut gegessen, sie stopfte sich mit Erdnusshühnchen und gebackenen Garnelen voll, bis sie bald platzte, und hätte in diesem Moment die ganze Welt umarmen können. Von dem teuren Wein wurde ihr ganz leicht zumute, und in einem Anfall von Übermut warfen sie nach dem Essen die *Platinum Business Class Card* für Vielflieger in den Briefkasten eines Reisebüros.

»Jetzt muss der Gute auf dem Flughafen Schlange stehen und mit den Knien an den Ohren in der Holzklasse sitzen wie der Rest der Menschheit«, freute sich Oskar und wischte sich mit einem Taschentuch über die Stirn.

»Oskar?« Er sah schon wieder so blass aus, fand Tina. »Geht es dir gut?«

»Geht schon, geht schon.« Er winkte ab, aber dabei rutschte ihm das Taschentuch aus der Hand, weil sie so zitterte. »Lasst uns losdüsen, ich hab nur zu viel Wein getrunken.«

So viel Wein hatte Oskar doch gar nicht getrunken. Tina wechselte einen besorgten Blick mit Markus. Der schüttelte unmerklich den Kopf.

»Wisst ihr, was?« Sie gähnte ausgiebig. »Ich bin total müde und Markus hat sowieso zu viel getrunken, wir können jetzt noch nicht weiterfahren. Wir suchen uns irgendwo in Würzburg was zum Übernachten und fahren morgen früh in einem Rutsch bis nach Wobbenbüll durch.«

»Gute Idee. Ich will schließlich nicht wegen Trunkenheit am Steuer mit dem Gesetz in Konflikt kommen«, brummte Markus.

Tina lachte, und gleich darauf fiel auch Oskar mit ein. »Marko, ich sehe, du machst dich«, sagte Oskar.

»Markus.« Markus verdrehte die Augen, aber Tina konnte sehen, dass er nicht wirklich böse war. Und offenbar hatte Oskar nun doch nichts mehr dagegen, sich irgendwo eine Nacht lang auszuruhen. Die Frage war jetzt nur, wo um alles in der Welt sie unterschlüpfen konnten, ohne Aufsehen zu erregen. Würde ein Hotel die Kreditkarten gründlicher prüfen als die Verkäuferinnen in den Läden? Wahrscheinlich.

Und was, wenn die Karten nach ihrer exzessiven Shoppingtour gesperrt waren und sie damit einen Alarm auslösten? An Bargeld besaßen sie noch genau 76 Euro und 30 Cent – fünfzig Euro aus Oskars Hosentasche und der Rest aus dem notorisch mageren Portemonnaie von Markus. Was konnte man damit schon anfangen?

14

»Vielleicht eine kleine Pension?«, schlug Markus vor. Sie waren langsam und suchend durch die Gegend gefahren, ohne zu einer Entscheidung zu kommen. Jetzt hielt Markus in einer kleinen Seitenstraße in Zentrumsnähe an.

Eine Pension war irgendwie zu persönlich, fand Tina. Besonders, wenn dort eine neugierige und redselige Wirtin zwischen Spitzengardinchen auf Kundschaft lauerte, ganz zu schweigen von den möglichen Gästen – lauter sich gegenseitig langweilenden Ehepaaren, denen nach endlosen Jahren Funk- und Bettstille jede Abwechslung im Urlaub recht war, besonders natürlich, wenn sie in Form von bundesweit gesuchten Kidnappern daherkam.

Sie überlegten hin und her und zogen bereits in Betracht, nach Anbruch der Dunkelheit in die Realschule vorn an der Ecke einzusteigen und dort in der Turnhalle im Mief von pubertären Schweißfüßen zwischen Medizinbällen und Sprossenwand die Nacht zu verbringen, als Markus ein Gebäude weiter vorn in der Straße entdeckte, in das gerade eine Ansammlung junger Leute mit Rucksäcken – hauptsächlich Japaner, wie es aussah – einkehrte. Er fuhr auf den Parkplatz davor und stieg aus, um zu erkennen, worum es sich dabei handelte.

»Das ist eine Jugendherberge«, sagte er erfreut. »Perfekt. Da interessiert sich kein Schwein für uns, die starren alle in ihre Handys oder telefonieren mit Tokio oder so. Die gucken keine Nachrichten, und selbst wenn sie was über einen Überfall auf eine Tankstelle in Ingolstadt hören, wird es ihnen völlig egal sein. Und billig ist es auch.«

»Genial«, entfuhr es Tina. Es war wirklich genial. Denn Jugendherbergen boten schließlich nicht mehr nur kasernenähnliche Schlafsäle wie in vergangenen Zeiten, inklusive Kräutertee und Schmalzbrot und langhaarigem Herbergsvater, der zu fortgeschrittener Stunde in die Saiten seiner Pfadfindergitarre griff und Reinhard-Mey-Songs trällerte.

»Markus, du denkst mit. Ich ernenne dich hiermit zum stellvertretenden Chef unserer Gang«, sagte Oskar.

»Und wie heißen wir?« Markus öffnete galant Tinas Autotür. »Die drei Amigos?«

»Die Ingolstädter Brotherhood?« Tina grinste.

»Wir sind die TOMs«, erklärte Oskar.

Markus überlegte eine Sekunde lang. »Tough old Motherfuckers?«, riet er.

»Nee.« Oskar schüttelte den Kopf. Ein Lächeln huschte über sein Gesicht. »Tina, Oskar und Markus.«

TOMs. Irgendwie kam es Tina so vor, als hätte Oskar das nicht unbedingt als Scherz gemeint.

Die junge Frau an der Rezeption hatte pechschwarz gefärbte Haare und einen feuerspuckenden Drachen auf den Arm tätowiert. Sie wirkte entnervt und hatte offenbar die Grenzen ihrer Kommunikationsfähigkeit erreicht, was aber nicht an den internationalen Gästen, sondern mehr an ihren rudimentären Englischkenntnissen lag, mit denen sie gerade die zwei japanischen Mädchen vor ihnen bearbeitete. »Tse Rum ist on tse zekend Stock, tsis iz tse Schlüssel.«

»Rum?«, fragten die Japanerinnen verwirrt.

»Mann, ich bin hier nur zur Aushilfe«, beklagte die Frau sich erschöpft bei Tina, nachdem die Japanerinnen gegangen waren. »Aber Sie haben Glück, eine Familienwohnung ist gerade frei geworden, die Kinder haben Windpocken bekommen, und da sind die Leute wieder abgereist. Ansonsten wäre da nur der Schlafsaal, ist ein bisschen billiger, allerdings nicht rollstuhlgerecht. Das macht mit Mitgliedsbeitrag siebzig Euro.«

»Wir nehmen die Wohnung«, sagte Tina rasch und legte ein paar knitterige Scheine auf den Tisch. Irgendwie kam sie sich dabei vor, als ob sie gerade ein Stundenhotel buchte. Aber die Frau guckte nicht mal hin. Sie sah ohnehin nicht so aus, als ob sie in den letzten vierundzwanzig Stunden auch nur eine ruhige Sekunde zum Fernsehgucken oder Zeitunglesen gehabt hätte.

»Hier können Sie sich anmelden.« Sie schob Tina ein Formular hin, und Tina schrieb fein säuberlich die fiktive Adresse der Familie Tom aus Neuburg auf. Prima, das war erledigt, auch wenn der kümmerliche Rest ihrer Barschaft sie ein wenig ängstigte, aber wenn alles gut ging, waren sie ja morgen schon in Oskars Haus.

Sie duschten ausgiebig, zogen sich um, und weil es in ihrem Zimmer nichts groß zu tun gab und Oskar darauf bestand, dass er noch nicht ins Bett wollte, gingen sie noch einmal hinunter in den Fernsehraum. Dort lümmelte eine Gruppe junger Briten herum, sie tranken Bier und unterhielten sich lautstark darüber, wo sie am nächsten Tag auf ihrer Reise am günstigsten unterkommen könnten. Im Fernsehen lief von allen ignoriert irgendeine Wiederholung der *Lindenstraße,* davor saßen ein paar Japaner auf der Couch aufgereiht und guckten in ihre Smartphones, eine amerikanische Großfamilie mit laut lesenden und dafür unaufhörlich gelobten Kindern studierte den Stadtplan von Würzburg, und ein australisches junges Paar mit identischen *Sydney*-Sweatshirts spielte in der Ecke Karten.

Keiner beachtete Tina und die anderen beiden, als sie den Raum betraten, und keiner scherte sich darum, als Tina den Fernseher umschaltete und die Nachrichten suchte. Da. Wieder erschien Susi auf dem Bildschirm. Paul hatte recht, sie war unendlich dick geworden, das hatte Tina am Nachmittag gar nicht bemerkt, als man nur ihren Kopf gesehen hatte. War das etwa Frustfett? Nach dem Ende ihrer zweiten Ehe war beziehungsmäßig bei ihr überhaupt nichts mehr gelaufen, erinnerte sich Tina jetzt. Deshalb hatte sie sich so in ihren Job gestürzt. Oder war der Job der Grund dafür gewesen, dass Susi keine Zeit und Geduld für eine neue Beziehung gehabt hatte? Egal. Tina zog Markus mit sich, und sie setzten sich zu dritt dicht vor den Fernseher, um alles zu hören und gleichzeitig den anderen Gästen die Sicht zu versperren.

»*Die Polizei tut alles, was in ihrer Macht steht, um den entführten Oskar Krauß zu finden*«, erklärte Susi gerade den anwesenden Journalisten und Kameraleuten. Es war wohl eine Pressekonferenz. »*Ich bin mir sicher, dass Herr Krauß noch am Leben ist und dass ihm kein Schaden zugefügt wurde.*« Ein Raunen ging durch die Zuschauer, Kameras blitzten, jemand rief: »*Was macht Sie da so sicher, Frau Kommissarin?*« Susi ignorierte den Einwurf und drehte sich zu jemandem um, der auf dem Bildschirm nicht zu erkennen war.

»Natürlich ist sie sich sicher«, sagte Tina leise. »Die kennt uns doch. Die hat mit mir vor fünfundzwanzig Jahren Silvester gefeiert und Urlaub gemacht und meine Klamotten geborgt. Die weiß, dass wir keiner Fliege was zuleide tun.«

»Mann, sieht die schrecklich aus.« Markus schüttelte den Kopf. »Da bin ich ja heute noch froh, dass ich mich damals für dich entschieden habe.«

»Also hör mal, als ob du je mit Susi …«

»Das gibt es doch nicht«, entfuhr es Oskar. »Jetzt schleppen die auch noch den Volker an!«

In der Tat führte Susi jetzt einen Mann zum Mikrofon, so behutsam, als ob sie ihn zur Identifizierung einer Moorleiche bringen würde.« *Herr Volker Benecke ist der Schwiegersohn des entführten Oskar Krauß*«, teilte sie den Journalisten mit. »*Er wird jetzt an die Entführer appellieren.*«

Schwiegersohn Volker trug etwas, das wie ein Pyjama aussah, schleppte gute dreißig Kilo zu viel mit sich herum und hatte sich schätzungsweise seit Ostern nicht mehr rasiert. Er blinzelte verwirrt und erschrocken wie ein Nachttier, das plötzlich ans Tageslicht gezerrt wird. Eine Frau, ungefähr zehn Jahre jünger als Tina, klammerte sich an ihn, sie hatte mehrere Kinne und eine wild gesträhnte Frisur und war ebenfalls völlig aus dem Leim gegangen. Oskars Tochter?

»Ui, die Angela sieht aber furchtbar aus.« Oskar schüttelte den Kopf. »Dagegen ist eure Susi ja ein Supermodel.«

Volker Benecke räusperte sich mindestens drei Mal und holte dann ein zerknülltes Papier aus der Hosentasche. »*An die Entführer*«, begann er stockend zu lesen. »*Ich flehe Sie hiermit an, meinen Schwiegervater freizulassen. Oskar Krauß ist ein schwer herzkranker, gebrechlicher Mann mit fortgeschrittener Demenz. Er weiß nicht, was er tut, wo er ist, und hat sicher gerade in diesem Moment schreckliche Angst. Er hat sich schon mehrfach verlaufen und eingenässt und gehört dringend in ein Pflegeheim, damit er dort seine letzten Tage umgeben von seinen Lieben und ärztlichen Fachkräften verbringen kann.*« Volker Benecke atmete erschöpft aus, wahrscheinlich strengte ihn das Lesen an.

»Wir bitten Sie daher – bringen Sie uns unseren armen, kranken, alten Papa zurück. Lassen Sie seine Familie und nicht seine Entführer das Letzte sein, was er in seinem Leben sieht. Tun Sie ihm nichts. Er versteht doch in seinem Zustand gar nicht mehr, was mit ihm passiert.« Eine Träne rollte jetzt über die großporige Wange von Volker Benecke, und er wischte sie mit dem Ärmel seines eigentümlichen Hausanzuges ab.

Wieder ging ein Raunen durch die versammelte Menge und betroffenes Schweigen breitete sich aus.

»Dieser verlogene, raffinierte Schweinehund!«, schimpfte Oskar so laut, dass sogar die Engländer einen Moment lang aufhörten zu lärmen und interessiert zu ihnen herüberguckten.

»*Yes*, Schweinehund! Achtung!«, rief einer von ihnen begeistert, salutierte und schwenkte seine Bierflasche. Seine Kumpel lachten.

»Da steht er in seinem schlabberigen Schlaffi-Outfit und lügt das Blaue vom Himmel herunter«, wetterte Oskar. »Herzkrank. Bettnässer. Demenz. Letzte Tage!« Oskar regte sich immer mehr auf, so hatte Tina ihn noch nie erlebt.

»Oskar, es tut mir ...«

»Und das Letzte, was ich auf dieser Welt sehen will, bist garantiert nicht du, du Armleuchter!« Oskar drohte dem Fernseher empört mit der Faust. »Ihr müsst mir helfen. Helft mir, diese Unverschämtheit zu rächen. Ich hab mir das lange genug von dem Volker bieten lassen, meiner Tochter zuliebe, aber was zu viel ist, ist zu viel. So viel Dummheit muss bestraft werden.« Er schlug voller Wut auf den Plastiktisch neben sich und fegte dabei eine Informationsbroschüre über Würzburg herunter.

»Absolut, Oskar. Natürlich helfen wir dir. Was schwebt dir vor?« Markus strotzte geradezu vor Entschlossenheit. Und auch Tina konnte eine gewisse Euphorie nicht verleugnen. Dieses weiche Ei im Hausanzug hatte eine Bestrafung verdient. Was fiel diesem Idioten ein? Oskar war so ein patenter alter Mann, wie konnte man das denn übersehen?

»Ich weiß auch nicht. Irgendwas, worüber er sich wahnsinnig ärgert. Irgendwas, bei dem er mal merkt, wie sich das anfühlt, wenn man als unzurechnungsfähig abgestempelt wird. Irgendwas wie ...« Oskar suchte händeringend nach Worten, fand aber keine.

Markus blickte sich im Fernsehraum der Jugendherberge um, betrachtete die lärmenden Engländer mit ihren Bierflaschen, die Japaner, von denen immer mehr in den Raum strömten, um sich gegenseitig beim Fotografieren zu filmen, die amerikanische Großfamilie, die den gesamten Tisch und inzwischen auch den Fußboden mit Karten und Reiseführern und Prospekten und Erdnussbutterbroten und Coladosen bedeckt hatte, und plötzlich glitt ein diebisches kleines Lächeln über sein Gesicht. »Ich habe da eine Idee«, sagte er. »Oskar, wie lautet die genaue Adresse deines Schwiegersohns?«

Oskar nannte sie ihm. Markus nickte, dann stand er auf und ging zu einem der Computer, die den Gästen in der Ecke des Aufenthaltsraumes zur Verfügung standen, tippte etwas ein, druckte dann mehrere Seiten aus und kam zurück.

»Hier«, sagte er und kniff verschwörerisch ein Auge zu. »Und die verteilen wir jetzt an alle unsere internationalen Freunde.« Er drückte Tina einen Packen Blätter in die Hand.

»Was ist das?«, fragte sie.

»Lies mal. Mein Englisch ist zum Glück noch nicht ganz eingerostet.«

Tina fing an zu lesen, ihre Augen weiteten sich, dann glitt ein Lächeln über ihr Gesicht.

»Kostenlose Übernachtung in Deutschlands neuester Jugendherberge!

Unsere neu eröffnete Jugendherberge Ingolstadt bietet euch drei kostenlose Übernachtungen mit Frühstück!
Genießt euren Aufenthalt in unserer wunderschön renovierten modernen Anlage und erkundet die Sehenswürdigkeiten und Schätze Ingolstadts – dem heimlichen Juwel unter Deutschlands schönsten Städten!

Das Angebot gilt nur bei Vorlage dieses Gutscheins und nur für die ersten hundert Gäste.
Wir freuen uns auf euch!
Volker und Angela Benecke, Herbergsleiter, Bergstraße 14, Ingolstadt«

Gleich darunter hatte Markus den Text noch mal in seinem besten Schulenglisch abgedruckt.

»Markus«, sagte Tina, »du bist mein Held.« Dann stand sie auf, küsste ihren Mann und fing an, die Flyer zu verteilen.

15

Tina wachte gegen 9.00 Uhr von lautem Lachen unten auf der Straße auf. Sie blinzelte benommen, betrachtete verwirrt den Van-Gogh-Druck an der Wand, hörte eine fremde Stimme draußen »*Hol mal deinen Rucksack!*« rufen und erinnerte sich mit einem Schlag daran, dass sie ja in einer Jugendherberge übernachtet hatten. Und noch etwas war merkwürdig. Sie spürte den Blick von Markus auf sich ruhen und drehte sich um.

»Wie lange bist du denn schon wach?«, fragte sie erstaunt. Normalerweise rang er um jede Sekunde Schlaf und lieferte sich jeden Morgen einen ebenso erbitterten wie aussichtslosen Zweikampf mit dem Wecker, bis er ihn mit einem letzten wütenden Schlag zum Verstummen brachte, um sich dann schlecht gelaunt wie ein im Winterschlaf aufgestörter Bär aus dem Bett zu hieven.

»Schon eine ganze Weile. Ich konnte nicht wieder einschlafen, weil mir so viel durch den Kopf gegangen ist.«

Tina schwieg.

»Tina, ich … bist du mir böse? Weil ich das alles verzapft habe? Es tut mir schrecklich leid, ich wünschte, ich könnte die Zeit zurückdrehen, ehrlich.«

»Ich nicht«, hörte Tina sich zu ihrer eigenen Überraschung sagen. »Ich würde die Zeit nicht zurückdrehen wollen. Ich bin froh, dass wir hier sind.«

»Wirklich? Ich dachte, du hasst mich, weil ich unser Leben zerstört habe.«

Tina setzte sich im Bett auf und griff nach seiner Hand. »Nein, das hast du nicht. Ich weiß zwar nicht, was noch alles auf uns zukommt, aber die letzten zwei Tage waren die besten seit einer halben Ewigkeit. Du hast mich von einem unglaublich öden Job befreit, zu dem ich jeden Tag geschlichen bin wie zu meiner eigenen Hinrichtung, aber den hinzuschmeißen ich nie den Mut aufgebracht hätte. Wenn du die Tankstelle nicht überfallen hättest, wären wir beide bis ans Ende unserer Tage in unseren Jobs vermodert, vorausgesetzt man hätte uns nicht schon vorher aus Altersgründen entsorgt. Wir hätten nie Oskar kennengelernt, und Oskar wäre schon längst in diesem schrecklichen Luisenhaus gelandet, und niemand hätte erfahren, was für ein wunderbarer Mensch er ist. Nein, Markus, ich bin dir nicht böse. Ich bin dir dankbar. Es ist, als ob ...« Sie überlegte kurz. »Es ist, als ob du auf einmal aus einem Koma aufgewacht wärst«, versuchte sie ihm begreiflich zu machen, was sie meinte. »Als ob der wahre Markus von damals auf einmal aus einem Kokon gekrochen wäre, in dem er jahrelang überwintert hat.«

Markus lächelte sie an. »Nur mit weniger Haaren als früher.«

Tina strich ihm sanft über seine Geheimratsecken. »Dafür hast du im Laufe der Jahre andere Qualitäten entwickelt. Und ich bin schließlich auch keine süße sechzehn mehr, aber das ist doch auch egal. Wir haben uns beide und unseren Paul, wir sind nicht eins dieser Paare geworden, die nur noch aus Bequemlichkeit zusammen sind wie diese schreckliche Kati und ihr blöder Mann auf der Hochzeit.«

»Die war doch sexy.«

»Wie bitte?«

»Wenn man auf Schreckschrauben mit Schleierhut steht, meine ich.« Markus deutete die alberne Kopfbedeckung der Frau an.

»Tja, deine Chance bei der hast du wohl verpasst. Und bei der schnuckeligen Verkäuferin ebenfalls.« Tina versetzte ihm einen kleinen Klaps. »Ich freu mich schon total auf die Nordsee«, fuhr sie dann fort. Sie verschränkte die Hände hinter dem Kopf und sah zur Decke hoch. »Vielleicht können wir wieder mit der Fähre nach Föhr rüber und das kleine Hafenrestaurant von damals finden, wenn wir schon mal dort oben sind. Also, nachdem wir Oskar abgeliefert haben, meine ich.«

»Und dann können wir am Strand sitzen, und ich spiel dir was auf meiner Luftgitarre vor.« Markus spielte pantomimisch ein Gitarrensolo. »Die echte habe ich ja leider nicht mehr.«

»Luftgitarre reicht völlig.«

»Was soll das denn heißen?« Markus warf ihr ein

Kissen an den Kopf. »Willst du etwa behaupten, dass dir mein Gitarrenspiel nie gefallen hat?«

»Na ja. Nach ein paar Flaschen Rotwein war es ganz erträglich.«

»Soso. Das ist ja nicht zu fassen. Na gut, dann muss ich dich jetzt wohl mit den anderen Qualitäten beeindrucken, die ich mir im Laufe der Jahre angeeignet habe, oder wie war das noch mal?« Und damit rollte er zu ihr herüber.

Als sie zwei Stunden später frisch geduscht und reisefertig den Jeep bestiegen, fiel Tina auf, dass die Jugendherberge nun merkwürdig verwaist wirkte. An der Rezeption stand an diesem Morgen statt der Frau vom Vorabend ein eifrig wirkender blonder Mann mit Brille, und Tina beschloss, ihm lieber aus dem Weg zu gehen, damit sie keine verfänglichen Fragen beantworten mussten.

»So«, sagte Markus, als sie alle im Auto saßen. »Alle an Bord? Jetzt fahren wir durch, und in zirka sieben Stunden sind wir dort.«

Ein Summen ertönte, es kam von dem geklauten Handy. Oskar sah nach. »Meine Güte«, sagte er. »Das *Liebesperlchen1990* lässt nicht locker. Die schickt eine SMS nach der anderen an unseren alten Langweiler.«

»Wie kann man sich nur nach so einem Typen sehnen?«, fragte Tina. »Der war mir so was von unsympathisch.«

»Na, die sehnt sich nicht nach dem. Die sehnt sich nach seiner Geldbörse, würde ich mal sagen. Hört mal: *Wuffelchen, warum meldest du dich denn nicht? Wir wollten doch shoppen gehen. Sehne mich nach dir, Bussi*«, las Oskar vor.

»*Wuffelchen!* Ich brech ab!« Markus schlug begeistert auf das Lenkrad.

»Schreib ihr doch mal zurück«, sagte Oskar. Er reichte Tina das Handy. »Meine Finger sind für dieses Getippe zu ungelenk, aber ich diktier dir gerne.«

»Okay, schieß los.«

»Liebesperle – hier ist die Ehefrau vom Wuffelchen. Lassen Sie gefälligst meinen Mann in Ruhe und ziehen Sie sich was an! PS. Ich hoffe, Sie kriegen Karies von Ihrem blöden Spitznamen!«

Tina gluckste und schickte die Nachricht ab. Von da an herrschte Ruhe, und um sich die Fahrzeit zu verkürzen, beschloss sie, noch mal bei *Fashion World* anzurufen, um Marion auf den neuesten Stand zu bringen. Diesmal hatte sie Glück, Marion war gleich am Apparat.

»*Fashion World* – alles für die Frau, mein Name ist Walter, was kann ich für Sie tun?«, meldete Marion sich mit dem Enthusiasmus eines ausgestopften Höhlentieres.

»Ich würde gern dreißig Stück von den Kordblazern in Grüngelb in Größe 56 bestellen«, sagte Tina und stellte sich dabei mit geradezu hysterischer Freude Marions Gesicht vor. »Die sind so schmissig.«

»Wa…?« Marion schluckte. »Tina? Bist du das?«, fragte sie dann.

»Ja, natürlich bin ich das. Glaubst du im Ernst, es gibt auch nur einen einzigen normal denkenden Menschen auf der Welt, der das hässliche Teil gleich dreißigfach kaufen würde?« Tina prustete los.

»Mensch, Tina! Und du klingst ja ganz fröhlich, Wahnsinn! Wo bist du denn? Weißt du eigentlich, wie sich alle hier die Mäuler zerreißen?« Marion senkte die Stimme. »Die dicke Müller erzählt allen, dass du sie beinahe mal erschlagen hättest, als sie einen Stift borgen wollte, und dass sie das überhaupt nicht überrascht, dass du dich als Psychopathin entpuppt hast.«

»Hätte ich sie damals nur erschlagen«, sagte Tina.

»Was?«

»War nur ein Scherz. Ich hab ihr mal einen Kuli zugeworfen, das stimmt. Weil sie zu faul war, aufzustehen und zu mir zu kommen. Der Kuli ist an ihren Hintern geprallt, aber da ist ja nichts als Fett, das war, als ob du mit einem Streichholz nach einem Wasserball wirfst. Die spinnt. Aber das ist doch auch egal. Ich rufe nur an, um dir Tschüss zu sagen, weil ich nie wieder zu *Fashion World* zurückkehren werde.«

»Nie wieder?« Marion hatte Panik in der Stimme. »Wie meinst du das? Du kannst mich doch mit diesen Scheißkatalogen und den ganzen bescheuerten Weibern hier nicht im Stich lassen!«

»Dann bleib nicht dort, das Leben ist viel zu kurz.«

»Was hast du denn vor, warum sagst du so was? Wo wollt ihr hin?«

»Das weiß ich auch noch nicht genau, aber selbst wenn, dann könnte ich es dir nicht verraten, damit die Polizei dich nicht danach fragen kann. Ich weiß nur, dass ich nie wieder zurück zu *Fashion World* gehe.«

»Verstehe.« Marion schwieg, offenbar tief beeindruckt. Dann meldete sie sich wieder, ihre Stimme klang jetzt regelrecht flehend. »Tina, sag mal – könntet ihr mich nicht auch kidnappen? So wie den alten Opa? Bitte, bitte, holt mich hier raus. Ich trau mich das nicht, zu kündigen, meine ich, aber wenn ihr mich kidnappen würdet, dann wäre das ja sozusagen höhere Gewalt, und ich müsste auch nicht mehr hier arbeiten. Ich halte das nicht aus, heute haben sie uns den Herbstkatalog gezeigt, und der übertrifft an Scheußlichkeit alles bisher Dagewesene. Es gibt einen karottenroten Ganzkörperschlafanzug aus Angorawolle mit Bommeln, sogar bis Größe 58, und ...«

»Marion, kündige. Schieb es nicht länger auf. Ich melde mich wieder, okay?«

»Kidnappe mich, Tina! Bitte!«

»Marion, das geht nicht.«

»Sehr wohl, den Kordblazer in Gelbgrün, unser beliebtestes Stück übrigens. Sonst noch einen Wunsch?«

Die Chefin. Garantiert stand sie hinter Marion und glotzte ihr mit ihren Fischaugen über die Schulter.

»Nein, vielen Dank, Frau Walter.« Tina legte auf.

»Marion will, dass wir sie entführen«, informierte sie Markus.

»Aber gern doch«, sagte Oskar. »Freue mich immer über Damenbegleitung.«

»Marion ist verheiratet. Und außerdem viel zu jung für dich, Oskar. Du bist doch schließlich kein Wuffelchen, oder?«

Sie lachten alle drei, und Tina fand, dass es eine gute Gelegenheit war, mehr über Oskars mysteriöse Liebe namens Elise zu erfahren, die er neulich erwähnt hatte.

»Du sag mal, die Elise«, begann sie. »Hast du jemals nachgeforscht, wo sie jetzt lebt? Oder ist sie etwa schon …?«

»Nein, das glaube ich nicht. Sie war fünfzehn Jahre jünger als ich«, sagte Oskar. »Aber abgesehen davon – warum sollte ich das tun? Sie hat sich damals für einen anderen entschieden. Für …« Er brach ab. Neben ihnen fuhr ein LKW aus Frankreich, und Oskar betrachtete demonstrativ den tanzenden Camembert auf dessen Seitenwand.

»Für?«, hakte Tina nach.

»Für meinen besten Freund, wenn du es unbedingt wissen willst. Er hat natürlich ein bisschen nachgeholfen, hat sie ganz besoffen geredet mit seinen Komplimenten und Versprechungen. Dass er Geld wie Heu hatte, war dabei natürlich nicht hinderlich.«

»Wie gemein«, empörte sich Tina. »Und das hast du dir gefallen lassen?«

»Was sollte ich denn machen? Liebe lässt sich nicht erzwingen. Vielleicht ist sie bei ihm glücklich geworden. Keine Ahnung. Und es interessiert mich auch nicht.« Oskar guckte weiterhin trotzig aus dem Fenster.

»Wie hieß sie denn damals mit Nachnamen?«, fragte Tina und ging mit dem geklauten Smartphone ins Internet, denn ihr kam plötzlich eine Idee.

»Früher hieß sie Elise Weigel. Aber dann hat sie sicher seinen Namen angenommen und heißt jetzt Elise Bartenstock.«

Bartenstock. Der Name war zum Glück ungewöhnlich genug, dass er nicht Hunderte von Suchergebnissen produzieren würde. Tina gab ihn in die Suchmaschine ein und … »Bingo«, sagte sie laut. »Elise Bartenstock. Wohnt in Husum. Ist sie das?«

»Ja, Mensch, das gibt es doch nicht! Ja, das ist sie ganz bestimmt … Da wohnen die doch tatsächlich noch in Husum.« Oskar konnte es nicht fassen.

»Ich rufe da gleich mal an«, erklärte Tina und wählte unverzüglich die Nummer dieser Elise.

»Was? Was willst du denn sagen? Wehe, du erzählst ihr von mir!« Oskar fuhr herum, die Hand in die Rücklehne gekrallt.

»Bartenstock«, meldete sich unverzüglich eine Frauenstimme. Sie klang zu jung für eine Frau über siebzig. Die Tochter? Oder Enkelin?

»Ich würde gern mit Elise Bartenstock sprechen«, sagte Tina.

Ein kurzes misstrauisches Schweigen. »Meine Mutter ist nicht da. Wer spricht denn da?«

»Ich … eine Bekannte.« Tina wusste auf einmal

nicht mehr weiter. Beinahe hätte sie einfach aufgelegt, aber eine Sache musste sie noch in Erfahrung bringen. »Ist Ihr Vater denn zu sprechen?«, wagte sie den Vorstoß.

Ihre Gesprächspartnerin schwieg wieder ein paar Sekunden lang. »Hören Sie – was soll das? Wer sind Sie? Mein Vater ist schon seit über zehn Jahren tot. Was wollen Sie von meiner Mutter?«

»Ich ... entschuldigen Sie bitte«, murmelte Tina und beendete hastig das Gespräch.

Oskar sah sie wie gebannt an. »Und?«

»Sie war nicht da. Aber ihr Mann auch nicht. Der lebt schon seit zehn Jahren nicht mehr.«

»Der Helmut hat schon ins Gras gebissen? Hahaha, welch Ironie des Schicksals!« Oskar lachte auf.

»Mensch, Oskar«, meinte Markus verblüfft und schüttelte konsterniert den Kopf.

»Sorry, das war pietätlos. Aber manchmal hat das Leben seinen eigenen Humor, findet ihr nicht? Na ja, abgesehen davon war der Helmut Kettenraucher. Der Marlboro-Mann war sein großes Idol, wen wundert's also!«

»Oskar, sie wohnt in Husum«, sagte Tina langsam. »Was sagt dir das? – Markus? Denkst du auch, was ich denke?«

»Klar.« Markus zwinkerte ihr im Rückspiegel zu. »Ich denke, wir sollten da mal vorbeifahren. Was meinst du, Oskar? Kurz mal Hallo sagen?«

Oskar antwortete nicht. Er begutachtete konzentriert die Naht an seinem neuen T-Shirt.

»Oskar?« Tina stupste ihn an. Hatte es ihm etwa zum ersten Mal, seit sie ihn kannten, die Sprache verschlagen?

»Vielleicht«, sagte Oskar leise.

»Nicht vielleicht – sondern ganz bestimmt«, meinte Tina und wollte gerade noch eine Bemerkung über alte und nie rostende Liebe und so weiter hinterherschieben, als sie in Oskars Auge eine kleine Träne glitzern sah. Dass Elise ihn angeblich nicht mehr interessierte, glaubte Tina ihm jetzt definitiv nicht mehr.

»Pinkelpause«, sagte sie ein paar Stunden später. Sie hatten bereits über die Hälfte der Strecke zurückgelegt, aber zwei, drei Stunden waren es mindestens noch bis Husum, und Tina musste sich jetzt endlich mal die Beine vertreten.

»Ich fahr mal lieber von der Autobahn runter.« Markus wechselte die Spur. »In so einer Raststätte tummeln sich alle möglichen Leute, nachher erkennt uns da noch einer. Wäre doch Mist, so kurz vorm Ziel.«

Oskar grinste. »Der Markus hätte zu meiner Zeit einen prima umsichtigen Ganoven abgegeben«, sagte er. »Schade, dass du nicht in meinem Leben aufgetaucht bist, als ich noch jünger war. Was hätten wir zwei für einen Spaß gehabt.«

»Haben wir doch auch so.« Markus schenkte dem alten Mann ein komplizenhaftes Lächeln und nahm die nächste Ausfahrt. Sie fuhren ein Stück durch die flache Landschaft, die so ganz anders war als die Gegend um Ingolstadt herum. Tina hätte schwören können, dass der Himmel hier blauer und die Luft frischer war. »*Weltvogelpark Walsrode*« warb ein Poster, auf dem rosa Flamingos wie geparkte Autos nebeneinander an einem Seeufer standen.

»Halt bitte irgendwo an, wo es ein Klo und einen Kaffee gibt«, sagte Tina.

»Alternativer Biohof Müller«, sagte Markus und zeigte auf ein Schild am Straßenrand. »Selbst gebackenes Brot, Kaffee und Kuchen. Dahin?«

Tina zuckte mit den Schultern. »Von mir aus. Hauptsache, ich muss da nicht auf den Komposthaufen pinkeln.«

»Alternative Biobauern sind gut für unsere Zwecke«, mischte Oskar sich ein. »Je alternativer, desto besser. Die stehen grundsätzlich mit dem Staat auf Kriegsfuß, sehen sich als so 'ne Art Guerillakrieger mit Schürze und Mistharke und würden die Bullen wahrscheinlich eher mit Freilandeiern bewerfen, als uns auszuliefern. Nichts wie hin.«

Tatsächlich wurden sie freundlich von einer Biobäuerin mit langen Haaren und Stirnband begrüßt, die mit bunten Gummistiefeln und einer Art osmanischem Kaftan bekleidet in einer riesigen Küche herumklapperte. Mehrere Kinder jagten sich über den Hof, ein paar Hühner torkelten umher, eine Katze schlief in der Sonne, und unter einem großen Birnbaum auf einer Wiese war ein improvisiertes Café aus Klapptischen und Stühlen errichtet.

»Perfekt.« Tina lächelte der Frau zu.

»Kleine Kostprobe gefällig? Der Streuselkuchen ist frisch und mit Dinkelmehl gebacken«, verriet ihnen die Frau und reichte jedem ein kleines Eckchen Kuchen. »Total lecker, müsst ihr kosten.« Sie drehte sich um. »Ist noch Apfelschorle da, Leo? Oder musst du erst welche kaufen?«, fragte sie ihren Mann, der neben einem Traktor kniete und irgendetwas reparierte. Neben ihm dudelte ein Radio.

»Ist noch genug da«, antwortete er, ohne aufzusehen. Die junge Bäuerin nahm ihre Bestellung auf und ging in die Küche zurück.

Tina streckte ihr Gesicht der Sonne entgegen, lauschte der Musik aus dem Radio, dem Vogelgezwitscher und dem Summen der Bienen, kickte ihre Schuhe von den Füßen und atmete tief durch. »Paradiesisch«, murmelte sie. »Markus, warum können wir nicht auch so leben?« Er reagierte nicht. »Markus?«

»Pst, Tina, hör doch mal. Die bringen da was im Radio.«

»Und jetzt wieder Kurioses aus dem ganzen Land – heute aus Ingolstadt«, verkündete gerade eine beschwingte Männerstimme.

Ingolstadt? Tina riss die Augen auf und spitzte die Ohren.

»In Ingolstadt kam es heute Morgen zu einem Massenauflauf, als zweiundzwanzig junge Japaner, vierzehn Engländer, zehn Amerikaner sowie mehrere Angehörige anderer Nationalitäten das Einfamilienhaus eines ahnungslosen Ingolstädters stürmten und dort Frühstück und kostenloses Logis

verlangten. Der völlig überrumpelte Mann konnte sich nicht wehren und wurde versehentlich in seiner eigenen Speisekammer eingesperrt, während die jungen Globetrotter das Haus erkundeten und sich überall ausbreiteten. Sie waren offenbar aufgrund von Werbeflyern überzeugt davon, dass es sich bei dem Haus um eine neu eröffnete Jugendherberge handelte. Der Grund dieses Missverständnisses ist bislang noch ungeklärt, fest steht aber, dass die Nachbarn schließlich die Polizei anriefen, weil ihnen der Lärmpegel zu laut wurde. Der Besitzer des Hauses erlitt offenbar einen Nervenzusammenbruch. Er soll aus der Speisekammer mit Marmeladengläsern nach den Polizisten geworfen haben, die er wohl für weitere Touristen hielt, weil einer der Beamten ein Bürger mit Migrationshintergrund war. Der Hausbesitzer wurde von einem Rotkreuzwagen, bei dessen Anblick er anfing zu toben, in die nächste Nervenklinik gebracht. Das gesamte Vorkommnis wurde von den japanischen Touristen gefilmt und kann bereits im Internet bewundert werden.

Tja, so kann es kommen, liebe Zuhörer, deshalb immer schön das Haus abschließen, niemanden reinlassen und vor allem immer schön cool bleiben, denn jetzt kommen wir zum Wetter, und es bleibt sonnig, sonnig, sonnig, mit Temperaturen über dreißig Grad. Und hier kommt er auch schon, der Sunshine Reggae *von Laid Back aus dem Jahre 1983 ...«*

Im ersten Moment dachte Tina, dass Oskar einen Erstickungsanfall hatte, weil er den Kuchen zu schnell hinuntergeschlungen hatte. Doch dann sah sie zu ihrer Erleichterung, dass es ihn vor Lachen schüttelte. »Köstlich!«, brüllte er. »Köstlich! Dass ich das noch erleben darf!«

»Nicht wahr?«, rief die Bäuerin ihnen stolz zu. »Total lecker, sag ich doch. Ist eben alles Bio.«

16

Das Haus, in dem Elise wohnte, war eine mehrstöckige weiße Villa mit großen Fenstern. Es stand in einer ruhigen Husumer Seitenstraße umgeben von Grün und hatte garantiert aus einem der oberen Fenster einen herrlichen Blick aufs Meer. Tina hätte ihre linke Hand für so ein tolles Haus gegeben. Na gut, vielleicht nicht unbedingt die ganze Hand, aber ein, zwei Finger schon. Offenbar hatte Elise mit Oskars ehemaligem Freund tatsächlich so etwas wie einen Lottogewinn gezogen. Wie manche es nur immer schafften?

Sie hielten an und parkten den Jeep einfach in der Straße, obwohl Parken da nur für Anwohner erlaubt war. Auf ein Knöllchen mehr oder weniger kam es nun auch nicht mehr an, das bezahlte ja vielleicht die Haftpflichtversicherung des Businessheinis. Oder sein Anwalt kämpfte bis aufs Blut dagegen an.

»Und nun?«, fragte Oskar. »Wie habt ihr euch das vorgestellt? Ihr schleift mich bis vor die Tür und lasst mich da liegen? Während ihr Klingelstreich macht und dann wegrennt?«

»Natürlich nicht, wir bleiben bei dir. Und wir sagen einfach ...« Tina verstummte. Ja – was eigentlich?

»Was, wenn sie die Tür sofort wieder zuknallt? Oder wenn sie ruft: *Wir geben nichts, verschwindet mit dem Alten!*« Jetzt übertrieb Oskar aber wahrlich.

»Na, die wird dich doch wohl erkennen!« Markus schüttelte belustigt den Kopf.

»Ach ja? Bist du dir da so sicher? Als ich sie das letzte Mal gesehen habe, war ich fünfzig Jahre jünger. Fünfzig! So alt bist du wahrscheinlich noch nicht mal. Damals hatte ich noch Haare auf dem Kopf und nicht in den Ohren, meine Hosen hingen locker auf den Hüften und waren mir noch nicht auf mysteriöse Weise bis unter die Achseln hochgerutscht, und wenn ich mal eingeschlafen bin, kam nicht sofort eine Krankenschwester angerannt, um zu checken, ob ich noch atme!«

»Wir werden es ja sehen«, entschied Tina und stieg aus. »Schlimmstenfalls sagt sie *Haut ab!*, und das war es dann.«

Oskar brummelte noch irgendetwas, zog aus seiner Hosentasche einen kleinen Kamm und kämmte sich sorgfältig das weiße Haarkränzchen auf seinem Kopf. »Was?«, blaffte er, als er Tinas Blick bemerkte.

»Ich staune nur, Oskar. Du hast selbst erst vor Kurzem gesagt, dass im Alter die Schönheit nach innen kriecht.« Tina biss sich auf die Lippe, damit sie nicht loslachte.

»Bei anderen Leuten«, erklärte Oskar. »Ich persönlich werde im Alter immer knackiger.« Er machte eine bedeutungsvolle Pause und zwinkerte ihr zu. »Mal knackt's hier, mal knackt's da.«

Tina griff nach seinem Arm. »Du nun wieder. Komm, bringen wir es hinter uns.«

Die blonde Frau, die ihnen öffnete, war jünger als Tina oder sah zumindest jünger aus. Sie trug ein teures blaues Kostüm und die Art von Hochsteckfrisur, die bei Tina niemals so perfekt gehalten, sondern sich binnen Sekunden wüst und unkontrolliert aufgedröselt hätte.

»Ja, bitte?«, fragte die Frau kühl und musterte sie alle.

Tina war jetzt froh, dass sie sich vom Geld des Businessheinis wenigstens ein neues Sommerkleid gekauft hatte, obwohl ihr sofort klar wurde, dass Frauen wie diese hier ein solches Kleid nicht mal mit der Kneifzange anfassen würden.

»Wir würden gern Frau Elise Bartenstock sprechen«, sagte Markus. »Es dauert auch nicht lange.«

Die Frau wich nicht von der Stelle. »Haben Sie vorhin schon mal angerufen?«, fragte sie.

»Ja, also, das war ich«, stotterte Tina. Jetzt im Nachhinein kam es ihr ja selbst ein bisschen aufdringlich vor. Warum hatte sie am Telefon nicht erklärt, was sie wollten? »Wir würden wirklich gern Ihre Mutter sprechen.«

»Hören Sie, wer sind Sie überhaupt? Sie sagen mir ja nicht mal Ihre Namen.« Die blonde Frau trat unmerklich einen Schritt in das kühle Dunkel ihres eleganten Hauses zurück. »Meine Mutter schläft, und ich werde sie nicht extra aufwecken, nur weil irgendwelche ... Leute«, die Frau betonte das Wort auf eine ganz besonders herablassende Weise, »hier auftauchen und nach ihr verlangen.«

Wir gehen ihr auf die Nerven, dachte Tina. Gleich macht sie die Tür zu. Dass man sie gar nicht erst zu Elise vordringen ließ, mit dieser Möglichkeit hatte sie überhaupt nicht gerechnet.

Da schob sich auf einmal Oskar nach vorn. Er hatte sich von seinem Rollstuhl erhoben, stand leicht schwankend vor der jungen Frau und lächelte sie unbeirrt an.

»Sagen Sie ihr einfach, Flämmchen steht vor der Tür«, erklärte er leise. »Und das hier sind Bonnie und Clyde aus Ingolstadt.«

»Wie bitte? Wer?« Offenbar hatte er die kühle Blonde nun endlich aus der Fassung gebracht.

»Flämmchen.« Oskar räusperte sich. »Sie weiß dann schon, was los ist.«

»Wer ist denn da?«, rief plötzlich eine Frauenstimme von oben aus dem Treppenhaus. »Ist das für mich?«

»Es ist …« Die Blonde schluckte, entschied sich aber doch, ihrer Mutter wenigstens Bescheid zu geben. »Hier ist ein alter Mann, der sich Flämmchen nennt und behauptet, dass du ihn kennst, und Bonnie und … Also noch ein Mann und eine Frau.«

Aus dem Treppenhaus drang kein Laut.

»Flämmchen?« Tina sah Oskar an und zog fragend die Augenbrauen hoch.

»Meine Haare.« Oskar tippte sich auf die Glatze. »Die waren früher rotblond. Überall. Damit hab ich so manches Feuer entfacht, und Elise hat …«

»Also offenbar haben Sie hier irgendwas verwechselt, meine Mutter scheint Sie jedenfalls nicht zu kennen«, ging die Blonde rasch dazwischen und schickte sich gerade an, die Tür zu schließen, als die Stimme aus dem Treppenhaus wieder erklang, ungläubig, überrascht, aber auch voller Freude.

»Flämmchen? Sagtest du Flämmchen? Das gibt es doch nicht, das kann doch gar nicht sein!«

Schritte waren zu hören, jemand lief erstaunlich behände die Treppen herunter, und dann stand sie im Türrahmen – Oskars Elise. Sie sah aus wie eine ältere Kopie ihrer Tochter, allerdings fehlte ihr der etwas hochnäsige Zug um den Mund, den die junge Frau so perfektioniert hatte. Elise bestand nur aus Lachfältchen und Lebensfreude. »Flämmchen?«, rief sie. »Oskar, bist du das wirklich?«

»In alter Frische«, sagte Oskar bescheiden und hielt sich unmerklich an Markus fest. »Das Flämmchen da oben auf meinem Kopf mag erloschen sein, aber das hier drin«, er klopfte sich auf die Brust, »das flackert noch gewaltig.«

»Oskar. Mensch, du!« Und damit fiel ihm die alte Dame so ungestüm um den Hals, dass Tina ihn geistesgegenwärtig noch von hinten abstützte, damit er nicht umfiel.

Wenig später goss Elises Tochter Tina und Markus Tee aus einer feinen Porzellankanne in kleine Tässchen und reichte ihnen Kandiszucker und ein Milchkännchen und silberne Löffel dazu. Tina hatte noch nie so vornehm Tee getrunken, dafür fehlte ihr immer die Zeit. Normalerweise schmiss sie einen Teebeutel in eine Tasse, kippte heißes Wasser darüber und quetschte nach einer Weile den Beutel wieder aus, um ihn anschließend als Klumpen im Spülbecken vertrocknen zu lassen.

»Danke«, hauchte sie beeindruckt, als die Tochter ihnen nun auch noch feines Buttergebäck auf einem silbernen Tablett anbot.

»Lassen Sie es sich schmecken«, sagte die junge Frau. »Das bestellen wir bei einem alten Hansebäcker in Lübeck. Ich bin übrigens Viktoria. Sie müssen meine etwas reservierte Begrüßung entschuldigen, aber Sie glauben ja gar nicht, wie viele sogenannte Freunde meines Vaters in den letzten Jahren hier immer wieder aufgetaucht sind und meine Mutter sprechen wollten. Weil er ihnen angeblich dieses oder jenes noch schuldete oder versprochen hatte. Alles Bettler. Da kann man nicht vorsichtig genug sein.«

»Kein Problem«, sagte Tina sofort. »Das verstehen wir.« Mit Schulden kennen wir uns aus, hätte sie beinahe noch hinzugefügt.

Aus dem Nebenzimmer ertönte Gelächter, Elise führte Oskar durch das Haus, was offenbar ein Quell der Belustigung für beide war.

Viktoria lächelte, sie taute von Minute zu Minute mehr auf. »So fröhlich hab ich meine Mutter ja lange nicht mehr erlebt«, meinte sie.

»Oskar, also, Hände weg, du Schlingel!«, erklang es aus dem Nebenzimmer, dicht gefolgt von Oskars polterndem Gelächter. Etwas fiel klirrend um.

Markus und Tina wechselten einen Blick. Was um alles in der Welt machte Oskar denn da?

»War nur der Schirmständer«, rief er, als ob er ihre Gedanken hätte lesen können.

»Tja.« Tina räusperte sich und suchte nach einem unverfänglichen Kommentar. »Wahrscheinlich hat Ihre Mutter in den letzten zehn Jahren nicht sehr viel zu lachen gehabt. Der Tod ihres Mannes hat sie sicher sehr mitgenommen.«

Zu ihrer Überraschung winkte Viktoria ab. »Nein, das hat er nicht. Wissen Sie, die Ehe meiner Eltern war ...« Sie nahm einen winzigen Schluck von ihrem Tee. »Mein Vater hat meine Mutter oft alleine gelassen. Besonders in den letzten Jahren vor seinem Tod. Es gab da auch ...« Sie brach ab, offenbar war ihr bewusst geworden, dass sie kurz davor stand, Familiengeheimnisse auszuplaudern. Aber Tina konnte sich ohnehin schon denken, was Viktoria hatte sagen wollen. *Es gab da andere Frauen.* Die wenigen Fotos von Elises Mann, die in dem exquisit eingerichteten Wohnzimmer herumstanden, verschafften Tina einen gewissen Eindruck. Ein Lebemann. Gutaussehend, teuer gekleidet und mit einem hungrigen Blick. Kein Kostverächter, wie es so schön hieß.

»Die Ehe war also nicht besonders glücklich?«, wagte Tina den Vorstoß.

»Nein, ich glaube nicht«, gab Viktoria zu und stellte ihre Tasse ab. »Deshalb freut es mich, dass ihr ... Flämmchen noch mal hier vorbeigeschaut hat.«

Die Tür ging auf, und Elise und Oskar kamen herein. Er griff nach einem der herumstehenden gerahmten Fotos und betrachtete es. »Sag mal, ist das die olle Inge da auf dem Bild? War die etwa bei deiner Hochzeit? Was hat die denn da an? Ein Dreimannzelt?«

»Jetzt lass die arme Inge in Ruhe.« Elise lachte und nahm ihm das Foto aus der Hand. »Sie war ein netter Kumpel. Und es gibt eben Frauen, die können anziehen, was sie wollen, denen steht gar nichts.«

»Und es gibt Männer, die können ausziehen, was sie wollen, denen geht es ganz genauso«, erwiderte Oskar. Er lachte los, und Tina, Markus und Elise fielen mit ein, und nach einer Schrecksekunde auch Viktoria. Das Eis war endgültig gebrochen.

»Was habt ihr denn eigentlich mit dem Krankenwagen gemacht?«, fragte Elise, als sie sich wieder beruhigt hatten.

Tina verschüttete erschrocken ein paar Tropfen Tee. »Das wissen Sie?«, fragte sie. Hatte Oskar ihr etwa alles erzählt?

»Natürlich. Ich habe eure heiße Jagd im Fernsehen verfolgt, hier ist ja sonst nichts los, außer dass sich ab und zu mal eine Möwe im Schornstein verfängt. Ich hab nur nicht gewusst, dass es sich bei dem ominösen gebrechlichen Herrn Krauß um Flämmchen gehandelt hat. So wie die Medien ihn dargestellt haben, hätte man ja glauben können, der Mann liege bereits im Sterben.«

»Tut er nicht. Und den Wagen haben wir entsorgt.« Oskar grinste.

»Aber wo wollt ihr jetzt eigentlich hin?«, forschte Elise weiter. »Ihr könnt ruhig eine Weile hier untertauchen, wenn ihr möchtet.«

»Das ist nett von dir, Schätzchen, aber wir haben noch was zu erledigen. Wir wollen zu meinem alten Haus in Wobbenbüll.«

»Das Haus im Landweg 14? Das hast du noch?« Elise wirkte überrascht. »Warum hast du das nie verkauft?«

»Weil ich wusste, dass ich irgendwann zurückkommen würde«, sagte Oskar verträumt. »Hier war immer alles, was mir im Leben etwas bedeutet hat.«

Eine kleine Pause entstand, in der sich eine zarte Röte über Elises Gesicht zog, Tina konnte es genau sehen.

»Tee?«, brach Viktoria schließlich das Schweigen und goss Oskar, noch bevor er antworten konnte, die Tasse voll. Tina lehnte sich zurück und sah sich unauffällig um. Sie hätte ihrerseits nichts dagegen gehabt, ein paar Tage hier auszuspannen. In dem Haus war alles vom Feinsten, da steckte Geld drin, viel Geld. Oskar hatte nicht übertrieben, als er vom Reichtum dieses Helmut berichtet hatte. Und doch – trotz Haus am Meer, Kaschmirjäckchen und Silberbesteck war Elise in ihrer Ehe offenbar nicht glücklich gewesen. Ob sie ihre Entscheidung jemals bereut hatte? Tina musterte die alte Frau, die ihr plötzlich gar nicht mehr so alt vorkam. Sie hielt sich immer noch ganz gerade und schien keinerlei Gebrechen zu haben, sie wirkte gepflegt und ausgesprochen munter.

Viktoria hatte die Glastüren zur Veranda geöffnet und eine frische Meeresbrise drang herein. Eigentlich war in diesem Moment fast alles so, wie Tina es sich in ihrer vermaledeiten Mittagspause vor einigen Tagen erträumt hatte, nur dass sie jetzt nicht in Italien saß, sondern in Husum. Die alte Tina und ihr altes Leben kamen ihr mittlerweile völlig surreal vor, als ob sie tatsächlich aus einem parallelen Universum stammten.

»Wir sollten dann mal los«, sagte Oskar. »Wir haben noch was zu erledigen.« Er zwinkerte Tina und Markus zu.

»Dann gib mir doch deine Handynummer, und ich gebe dir meine. Vielleicht können wir uns ja noch mal treffen.« In Elises Worten schwang eine Bitte mit. Sie zog ein iPhone aus der Tasche und wartete.

»Meine Güte, bist du modern, Elise.« Oskar deutete auf ihr Handy. »Machst du auch dauernd Selfies damit?«

»Manchmal. Warum denn nicht?«

»Da werden sich in tausend Jahren irgendwelche Aliens unsere Fotos ansehen und glauben, dass wir die meiste Zeit nur mit herausgestreckter Zunge auf dem Klo verbracht haben.«

»Die Aliens sind mir egal. Du kannst mich übrigens auch auf Facebook liken«, gab Elise ungerührt zurück. »*Elises Teegarten*, da teste ich Teesorten. Ich hab schon vierhundertsechsundfünfzig Freunde.«

»Jetzt hast du noch einen mehr.« Oskar kniff ein Auge zu.

»Schön war sie ja schon immer, die Elise«, schwärmte Oskar, als sie sich auf den Weiterweg nach Wobbenbüll machten. »Aber dass sie noch so gut beieinander ist, das hätte ich nicht gedacht. Wie fandet ihr sie?«

»Toll«, sagte Markus. »Das Haus war übrigens auch nicht übel.«

Oskar schnaufte verächtlich. »Goldener Käfig. Da hat der Helmut sie reingesperrt, und dann hat er sich mit anderen Weibern verlustiert.«

Also hatte Tina doch richtiggelegen. Sie streckte sich, um sich im Rückspiegel zu sehen, und probierte mit den Händen die Frisur von Elises Tochter aus. Zwecklos. Ihre Haare rutschten schon beim ersten Versuch kraftlos zusammen.

»Die Elise hätte in ihrem Leben wahrlich was Besseres verdient gehabt«, wetterte Oskar. »Die hätte ...«

»... dich verdient gehabt«, beendete Markus seinen Satz. »Das ist uns schon klar. Aber vielleicht siehst du sie ja noch mal und dann ... oh, wo muss ich denn jetzt lang?«

Er beugte sich vor und kniff die Augen zusammen, damit er die Schilder an der Kreuzung lesen konnte.

»Links, die Landstraße«, sagte Oskar, ohne aufzusehen. »Kenne doch die Gegend wie meine Westentasche.«

Sie fuhren an reetgedeckten roten Häuschen vorbei, links wogte ein Feld im Wind, ganz weit hinten am Horizont konnte man einen Leuchtturm erkennen.

»Schön hier«, meinte Tina. »Markus, fahr doch mal langsamer. Wir müssen doch nicht so rasen.«

»Ich rase nicht. Ich fahre sportlich, das ist schließlich ein Jeep.« Markus bog schwungvoll um die Kurve und krachte dann den Fuß auf die Bremse. Genau vor ihnen fuhr ein Polizeiauto, beinahe hätte er den Wagen von hinten gerammt. »*Shit*«, fluchte er.

Das Polizeiauto hielt an und zwang sie damit, ebenfalls stehen zu bleiben. Ein schnurrbärtiger Polizist, die Haare vorne kurz und hinten lang, kroch eifrig heraus und kam mit wichtiger Miene auf sie zu.

»Die Fahrzeugpapiere und die Fahrerlaubnis, bitte«, schnarrte er. »Wissen Sie, welche Geschwindigkeitsbegrenzung hier herrscht?«

»Puh.« Markus blies nervös die Backen auf. »Also, ich glaube … ist das Landstraße? Dann wohl … hundert?«

»Hier herrscht Tempolimit siebzig«, erklärte der Polizist barsch und streckte die Hand nach den Papieren aus.

Tina konnte es nicht glauben. Sie konnte es einfach nicht glauben! Wieso musste dieser übereifrige Dorfpolizist gerade jetzt ihren Weg kreuzen? Wieso musste Markus so verdammt schnell fahren?

»Da haben wir erst mal die Fahrzeugpapiere«, murmelte Markus unsicher und fischte etwas aus dem Handschuhfach. »Ist ein … Leihwagen.« Er räusperte sich. »Und wo hab ich denn jetzt die Fahrerlaubnis, Moment mal …« Er hielt seinen Führerschein in der Hand, konnte sich aber nicht überwinden, ihn dem Polizisten zu geben, und schielte panisch erst im Rückspiegel zu Tina, dann nach rechts zu Oskar, dann zu dem Polizisten, der jetzt stutzte und das Kennzeichen des Jeeps per Funk an jemanden durchgab. Der Gesichtsausdruck des Polizisten änderte sich, wurde wachsam und geradezu euphorisch. Er fixierte Markus wie die Schlange das Kaninchen.

»Der Wagen ist als gestohlen gemeldet, bitte steigen Sie aus.«

»Hören Sie …«, setzte Markus an. »Wir haben uns den Wagen von einem Freund geliehen, das ist der Manager von … ja, ich komm jetzt nicht auf den Namen der Firma, also, wo er den Wagen herhat, keine Ahnung, das … also w…« Was immer er noch hatte sagen wollen, kam nur noch als ersticktes Gurgeln heraus, denn jetzt hatte der Polizist ihm mit einem knappen »Aussteigen!« den Führerschein abgenommen und studierte ihn.

Vielleicht hat er keine Ahnung, wer wir sind, dachte Tina. Lieber Gott, mach, dass er keine Ahnung hat, wer wir sind! Ich hab dem Pfarrer doch die Hälfte des Blutgeldes geschenkt, und zwei junge Tramper haben wir auch mitgenommen und überhaupt, es kann doch nicht sein, dass jetzt alles vorbei ist, jetzt, so kurz vorm Ziel?

»Na, das wird ja immer besser«, freute sich der Polizist. Tina hätte schwören können, dass er vor Glück sabberte, weil dieser lahme Abend auf der Landstraße ihm nun endlich was zu bieten hatte.

»Brauche dringend Verstärkung«, bellte er in sein Funkgerät. »Gestohlener PKW und Zielpersonen der Großfahndung in Bayern sichergestellt.« Er blickte ins Auto. »Entführungsopfer noch am Leben. Benötige dringend einen Krankenwagen.« Der Polizist erhob die Stimme zu einem Brüllen. »Herr Krauß, können Sie mich hören? Es kommt gleich medizinische Hilfe!«

»Mensch, ich bin nicht taub«, brummte Oskar, aber Tina konnte sehen, dass selbst ihm das Lachen vergangen war. Das war es – das Ende. Und diesmal hatten sie keine Ausreißer-Teenies dabei, die ihnen aus der Patsche helfen konnten. Unvermittelt schossen ihr die Tränen in die Augen.

»Oskar, wir …«, fing sie an, aber der Polizist ließ sie nicht ausreden.

»Bitte, steigen Sie aus. Und dann Hände auf den Rücken.«

Dieser Dorfbulle hatte doch tatsächlich Handschellen herausgeholt! Wahrscheinlich war das hier der Höhepunkt seiner Karriere. Tina schloss kurz die Augen. Sie war dem Joch der Verblödung bei *Fashion World* entkommen, nur um von einem ehrgeizigen Dorfsheriff mit Vokuhilafrisur irgendwo in der Pampa abgeführt zu werden, während zwei Krähen wie Geier über ihnen kreisten. Ja, Oskar hatte recht. Das Leben hatte wahrlich seinen eigenen Sinn für Humor. In der Ferne hörte Tina jetzt eine jaulende Polizeisirene, die sie höhnisch wie eine alte Bekannte zu begrüßen schien.

17

Die Verstärkung des Dorfpolizisten sah aus wie sein Zwillingsbruder, nur in Blond, und bekam beim Anblick von Tina und Markus genau den gleichen übereifrig-gierigen Zug um den Mund. Tina schloss daraus, dass hier seit der Mondlandung nichts mehr los gewesen war und dass sie und Markus eine Attraktion boten, die nur schwer zu toppen war. Und in der Tat herrschte auf dem Revier, auf das man sie und Markus brachte, eine regelrechte Volksfestatmosphäre. Überall standen Leute herum, tuschelten und lachten und starrten Tina und Markus an. »Eins will ick di mol seggen, dat sünd echte Ganoven, ne!«, erklang es von allen Seiten.

Und ob sie es wollte oder nicht – Tina schämte sich und spürte, wie ihr Gesicht feuerrot anlief, und je mehr ihr das bewusst wurde, umso kräftiger kroch ihr die Schamesröte vom Ausschnitt bis hinter die Ohren. Was für ein beschissenes und spießiges und schmähliches Ende für Bonnie und Clyde aus Ingolstadt!

Man führte sie in einen kleinen Raum, wo ein Tisch und zwei Stühle standen. Offenbar hatte dort aus Mangel an zu bearbeitenden Kriminellen bis eben noch jemand Karten gespielt. Der Joker lag mit dem Bild nach oben auf dem Tisch und schien Tina auszulachen.

Markus führte man nach nebenan, auf die andere Seite des Zimmers, die lediglich durch ein hohes Aktenregal von Tinas Seite getrennt war. Hier gab es nicht mal einen ordentlichen Verhörraum, dachte Tina. Und aus irgendeinem Grund empfand sie das als besonders demütigend.

Ein Affenbrotbaum vertrocknete auf dem Fensterbrett, an der Wand hingen Landkarten und ein Plakat mit einem Leuchtturm, eine Glückwunschkarte zum fünfzigsten Geburtstag stand aufgeklappt auf einem Schränkchen, und ein tanzender Pinguin versicherte dem Geburtstagskind darauf, dass das Leben jetzt erst richtig losging. Oben an der Wand war ein Fernseher befestigt, in dem ein Fußballspiel ohne Ton vor sich hin flimmerte.

Tina verrenkte sich den Hals, um einen Blick auf Markus zu erhaschen, aber in diesem Moment räusperte sich der Dorfpolizist und wandte sich mit einem zufriedenen Lächeln an sie.

»So«, sagte er. »Da haben wir euch endlich. Jetzt sind die fetten Jahre vorbei.«

Als ob wir je fette Jahre gehabt hätten, dachte Tina grimmig. Sie beschloss aber, sich nicht provozieren zu lassen. »Wo ist Herr Krauß jetzt?«, erkundigte sie sich.

»Das wüsstet ihr wohl gern, was?« Der Polizist schmunzelte selbstgefällig. »Aber das werdet ihr nicht erfahren. Ihr könnt dem armen alten Mann nichts mehr antun, der ist jetzt in Sicherheit. Seine

Verwandten werden benachrichtigt und holen ihn dann ab.«

Seine Verwandten. Tina spürte einen dicken Kloß im Hals. Was immer ihr und Markus bevorstand – und so detailliert wollte sie sich das lieber gar nicht erst ausmalen –, es war nichts im Vergleich zu dem, was der arme Oskar würde ertragen müssen. Zurück in die Klauen seines raffgierigen Schwiegersohnes, der wahrscheinlich schon mit den Entmündigungspapieren auf ihn wartete. Zurück in ein Pflegeheim, wo alles nach Gummi roch und gleichgültige oder überforderte Pfleger den mit Medikamenten vollgepumpten Oskar in einen gläsernen Wintergarten schoben, wo er zwischen Gummibäumen und anderen Zombies seinen Lebensabend verdämmern würde.

»Ich will meinen Sohn sprechen«, verlangte Tina. »Und meinen Anwalt.« Als ob sie Letzteren überhaupt hätte, aber egal. Immer schön bluffen, das hatte sie schließlich von Oskar gelernt.

»Das können Sie dann alles den Kollegen aus Ingolstadt erzählen«, erklärte der Polizist. »Die sind nämlich schon unterwegs. Sie waren zufällig in Hannover auf einem Kongress und sind deshalb bald hier. Glück muss der Mensch haben, was?«

Tina widerstand der Versuchung, ihm den lauwarmen Kaffee im Pappbecher ins Gesicht zu schütten, der noch von den Kartenspielern auf dem Tisch stand.

»So.« Der Polizist räusperte sich wieder und machte ein wichtiges Gesicht. »Der Kollege draußen passt auf, dass Sie nicht abhauen. Und bis die Ermittler aus Ingolstadt kommen, können Sie es sich hier drin gemütlich machen.« Er lachte albern.

»Was, wenn ich mal aufs Klo muss?«, fragte Tina wütend und hob ihre Hände mit den Handschellen hoch.

»Dann sagen Sie dem Kollegen Bescheid.« Der Polizist schritt hoheitsvoll aus dem Zimmer, draußen hörte Tina ihn etwas in breitestem Norddeutsch rufen, das sie nicht verstand und das mit bedeutungsschwangerem Männergelächter beantwortet wurde.

»Scheiße«, flüsterte Tina. Wenn sie wenigstens mit Markus Kontakt aufnehmen könnte. »Markus?«, rief sie halblaut.

Keine Reaktion. »Markus?«, versuchte sie es noch mal lauter.

»Ja«, klang es dumpf hinter dem Regal hervor.

Tausend Dinge schossen ihr durch den Kopf, die sie ihm sagen wollte. *Hol uns hier raus. Mach was. Verdammte Scheiße.*

»Ich liebe dich«, rief sie ihm laut zu.

Der Polizist vor der Glastür klopfte an die Scheibe und sah sie streng an.

»Ich dich auch!«, rief Markus zurück, und mehr konnten sie ohnehin nicht austauschen, weil Tina jetzt die Tränen kamen und sie Markus das nicht wissen lassen wollte.

Zwei Stunden später kam Bewegung in das kleine Polizeirevier. Türen klappten, jemand rief: »Sie sind hier!«, und als Tina, die der Glastür trotzig ihren Rücken zugekehrt hatte, Schritte näher kommen hörte, drehte sie sich um und blickte direkt in ein Gesicht, das sie mal fast so gut wie ihr eigenes gekannt hatte. Vor ihr stand Susi, ihre Jugendfreundin. Und ja – sie war mittlerweile dreimal so breit wie früher, aber das verschaffte Tina jetzt auch nur einen schwachen Trost.

»Susi«, sagte sie. »Du hier?«

»Ich hier«, erwiderte Susi langsam. »Ich hole euch ab. Der Polizeiwagen wartet vor der Tür.«

»Susi ... ich ...« Tina wusste überhaupt nicht, wo sie anfangen sollte. »Wir haben dem alten Mann nichts getan. Die haben lauter Lügen über uns verbreitet. Okay, das mit der Tanke, das war eine Schnapsidee, aber das hat Markus nur gemacht, weil er so verzweifelt war, glaub's mir. Du kennst ihn doch. Er kann keiner Fliege was zuleide tun. Ich auch nicht. Wir sind nicht kriminell.« Tina hob wütend die Handschellen hoch, und dann, einer plötzlichen Eingebung folgend, wiederholte sie: »Wir sind *alle* nicht kriminell. Du doch auch nicht.«

Susi schwieg. Hatte sie die Anspielung kapiert? Sie konnte das doch unmöglich vergessen haben.

»Susi? Du weißt doch selbst am besten, was man manchmal aus Verzweiflung so macht. Susi? 1995, erinnerst du dich, wir ...?«

»Ich bin gekommen, um euch abzuholen«, schnitt Susi ihr das Wort ab.

Diese sture Kuh! Die hatte es nötig. Nach allem, was Tina damals für sie getan hatte, es war nicht zu fassen! »Ach ja? Haben sie dich in die Provinz abkommandiert? Gratuliere.« Tinas Stimme triefte vor Hohn.

»Nein, ganz im Gegenteil. Ich habe darum gebeten, dass ich den Fall übernehmen darf.«

»Schön für dich.« Um Susi nicht ansehen zu müssen, wandte Tina ihren Blick dem Fernseher zu. Sie stutzte.

»Mach lauter«, befahl sie Susi.

»Wie bitte?«

»Den Fernseher da, du sollst ihn lauter machen. Das ist unser Paul da im Fernsehen.«

Susi schien ebenso überrascht davon zu sein wie Tina, sodass sie widerstandslos den Fernseher lauter stellte.

»Noch lauter«, verlangte Tina. »Damit Markus es nebenan auch hören kann. Markus? Hörst du das?«

»*... hier live im Studio der Sohn des gesuchten Ehepaares Tina und Markus Michel. Paul hat sich bereit erklärt, unseren Zuschauern ein paar Fragen zu beantworten. Paul – haben Sie denn in irgendeiner Weise etwas davon mitbekommen, dass Ihre Eltern ein Doppelleben als Kriminelle geführt haben?*«

»*Nein. Aber meine Eltern führen ja auch kein kriminelles Doppelleben*«, versetzte Paul. Jemand im Studio lachte.

»*Nun, aber sie werden jetzt schon seit Tagen gesucht, und mehrere Straftaten gehen auf ihr Konto, unter anderem auch die Entführung eines wehrlosen und herzkranken alten Mannes. Das finden unsere Zuschauer sicher weniger lustig.*« Das Lachen im Studio verstummte.

»*Das mag sein*«, räumte Paul ein. »*Aber ich weiß, dass meine Eltern einem alten Mann nie im Leben et-*

was antun würden. Meine Eltern sind großartige Menschen, und ich ...« Er suchte nach Worten und holte dann tief Luft. *»Ich bin stolz auf sie. Auch wenn das Ihren Zuschauern nicht gefällt.«* Der Anflug eines ironischen und gleichzeitig schuldbewussten Grinsens huschte über Pauls Gesicht.

Tina gluckste, ein Hochgefühl breitete sich in ihr aus. Ihr Paul. Womit hatten sie und Markus eigentlich so einen fantastischen Sohn verdient?

»Hast du das gehört, Markus?«, rief sie, und dann warf sie Susi einen triumphierenden Blick zu. Mochte Susi doch auf der Karriereleiter bis in den Himmel klettern und dabei fett wie eine Wachtel werden. Dafür hatte sie ständig Pech in der Liebe und eine kiffende und lethargische Goth-Tochter, was Tina von Paul erfahren hatte, der das Mädchen über drei Ecken kannte.

»Bravo, Paul!«, sagte Tina laut. Der Bildschirm wurde schwarz, Susi hatte den Fernseher ausgeschaltet. Wahrscheinlich konnte sie Tinas glückliche Familie nur schwer ertragen.

»Auf geht's!«, sagte sie knapp zu Tina.

»Ist das dein Ernst? Willst du uns heute noch zurück nach Ingolstadt fahren?«, fragte Tina, aber Susi antwortete nicht. Sollte das etwa ein Ja bedeuten? Es war immerhin schon Abend, sie würden weit nach Mitternacht dort ankommen. Aber vielleicht würde Susi ja mit Blaulicht rasen. Bei dem Gedanken hätte Tina fast hysterisch gelacht.

Draußen vor der Tür wartete schon ein Polizeiwagen auf sie, ein gelangweilter Beamter saß am Steuer.

»Rein mit euch.« Susi öffnete die hintere Autotür, und einen Moment lang sah es tatsächlich so aus, als wollte sie Tinas Kopf kurz nach unten drücken, wie die Polizisten es in Hollywood-Filmen beim Einsteigen immer taten.

Tina warf ihr einen warnenden Blick zu, und Susis Hand zuckte in letzter Sekunde zurück.

Tina begriff in diesem Moment, dass dies ihre letzte Chance war, Susi unter vier Augen zu sprechen. »Du schuldest mir noch was«, sagte sie leise. »Ich dachte, das wüsstest du.«

Sie hatte Susi verdammt noch mal die Karriere gerettet, wie konnte die das so eiskalt ignorieren? Damals hatte die pflichtbewusste Susi kurz vorm Abschluss an der Polizeischule gestanden, und nicht nur ihr Berufs-, sondern auch ihr Liebesleben für die nächsten Jahrzehnte fein säuberlich geplant, weil endlich mal ein scheinbar vernünftiger Typ bei ihr angebissen hatte. Heiner, der Architekt. Guter Fang, wenn man Susi Glauben schenken konnte, und absolut hochkarätiges Ehemannmaterial. Sie hatten noch darüber gewitzelt, wie Heiner und Markus bald irgendwie miteinander würden klarkommen müssen, obwohl sie sich nicht ausstehen konnten. Markus fand, dass Heiner ein eingebildeter Arsch war, und was Heiner über Markus dachte, behielt Susi lieber für sich, aber es war garantiert nicht sehr schmeichelhaft. Und dann hatte der großartige Heiner seine potentielle Ehefrau Susi vom einen auf den anderen Tag fallen lassen wie eine heiße Kartoffel, weil er nämlich eine andere hatte und zwar parallel zu Susi und das schon eine ganze Weile lang. Er hatte einfach ausprobiert, mit welcher von beiden es besser klappen würde, und Susi hatte die Probezeit ganz eindeutig nicht bestanden, obwohl sie sich doch bereits mit »His & Hers«-Handtüchern und Zahnputzbechern eingedeckt hatte.

An jenem Abend hatte sie mit Tina unter Heulkrämpfen zwei Flaschen Wein geleert, aber dennoch darauf bestanden, mit dem Auto nach Hause zu fahren, weil der Nachtbus erst eine Stunde später kam. Tina war mit ungutem Gefühl in Susis Auto gestiegen, hatte aber ihrerseits auch keine Lust auf eine Stunde Warterei in Schnee und Hagel verspürt.

Als Susi einem Hasen auf der nächtlichen Straße auswich, rammte sie ihr Auto mit der Präzision einer Betrunkenen in den Gartenzaun eines Bauernhauses und mähte bei der Gelegenheit gleich noch eine Landschaft aus Windmühlen und Gartenzwergen um. Was an sich kein Problem gewesen wäre, hätte der wutschäumende Hausbesitzer nicht sofort die Polizei gerufen.

Susi hatte Tina angebettelt, ja angefleht, doch bitte anzugeben, dass sie hinterm Steuer gesessen habe, denn Susi würde ihre Karriere sonst in den Wind schießen können, bevor sie überhaupt angefangen habe – und war Susi an diesem Tag nicht schon genug vom Schicksal gebeutelt worden?

In Tinas Leben hingegen gab es keine Karriere, auf die man hätte Rücksicht nehmen müssen, und überdies besaß Tina ja nicht mal ein Auto, sodass ein eventueller Führerscheinverlust völlig irrelevant war.

Tina erinnerte sich, dass sie an diesem Abend angesichts des Zwergenmassakers und des immer dichteren Schneetreibens nur einen Wunsch verspürt hatte: die jammernde, wehklagende und hysterische Susi mit einem Schalter ruhig zu knipsen. Deshalb hatte sie eingewilligt. Was blieb Tina auch anderes übrig? Dafür waren Freunde schließlich da. Auch wenn die Freunde einen dann im Laufe der Jahre vor lauter Karrieremacherei nur noch sporadisch trafen, wenn immer irgendwas dazwischenkam und wenn man eines Tages feststellte, dass man eigentlich kaum noch etwas gemeinsam hatte, außer vielleicht derselben Spezies anzugehören.

Tina musste ihren Führerschein für sechs Monate abgeben, Susi stieg auf und kurz danach wurde Tina schwanger.

»Susi?«, wiederholte Tina jetzt inständig. »Du weißt doch, wovon ich rede?«

»Einsteigen«, gab Susi jetzt lediglich zurück, und als Tina auf der Rückbank neben Markus Platz nahm und in sein bekümmertes Gesicht blickte, hätte sie am liebsten wieder geheult. Aber nicht vor Susi, so schwor sie sich.

Nach einer halben Stunde ließ Susi den Fahrer an einer kleinen Raststelle anhalten, eigentlich nur ein hochstilisiertes Klo mit einem bisschen Wiese und einer vergammelten Bank dahinter. »Muss mal kurz raus«, sagte sie. Der Fahrer brummte irgendwas. Susi drehte sich zu Tina und Markus um. »Ich nehme an, Sie müssen auch mal?«, sagte sie zu Tina.

Tina kniff misstrauisch die Augen zusammen. Sie? Und was sollte das jetzt? »Nein, ich ...«, setzte sie an, aber Susi fiel ihr ins Wort. »Sie haben mir doch vorhin von Ihrer schwachen Blase erzählt.«

Tina starrte sie an, und Susi starrte mit unbewegter Miene zurück. Ein winziger, aberwitziger Hoffnungsschimmer glomm in Tina auf. Konnte es sein, dass ...?

»Ja«, antwortete sie dann folgsam. »Ich muss mal. Dringend.«

Susi nickte unmerklich. »Und Sie?« Das galt Markus.

»Äh ...«, machte Markus verwirrt.

»Dann kommen Sie beide mit. Kai, ich mach das schon«, wandte Susi sich an den Fahrer, dann stieg sie aus. Markus wollte etwas sagen, aber Tina stieß ihn sachte an, sodass er den Mund wieder schloss und ihr nur einen fragenden Blick zuwarf. Tina zuckte kurz mit den Schultern, und dann begab sie sich zu der miefigen Blockhütte, dicht gefolgt von Markus und Susi, die immer noch kein Wort sprach.

Im Inneren der Toilettenbude war es dunkel und glitschig. Eine Spur von zerknülltem Toilettenpapier wand sich wie ein Wegweiser zur Hölle den Boden entlang. Es stank zum Gotterbarmen.

»Letztes Klo in der Freiheit. Genießt es«, sagte Susi.

Tina fuhr empört herum, um Susi endlich ihre Meinung an den Kopf zu knallen, als sie Susis Gesichtsausdruck bemerkte. Susi grinste, und das war für jemanden, der normalerweise mit dem Humor einer Zimmerpalme geschlagen war, recht beachtlich.

»Susi?«, fragte Tina langsam.

»Sei still, jetzt rede ich, damit ihr auch alles kapiert. Ich mache euch jetzt diese Handschellen ab. Weil ihr ja auf die Toilette müsst und die deutschen Kriminalbeamten keine Unmenschen sind. Dann überwältigt ihr mich und bedroht mich mit meiner Dienstwaffe. Diese hier. Ist aber gesichert.«

»Wa…?«, fing Markus an, aber Susi winkte ungeduldig ab.

»Und dann fesselt ihr mich mit den Handschellen an …« Susi sah sich prüfend um. »Das Wasserrohr dahinten. Vorher steckt ihr mir noch was in den Mund, damit ich nicht schreien kann, aber was Sauberes, verstanden? Bloß nicht dieses verkeimte Klopapier hier. Den Schlüssel für die Handschellen schmeißt ihr in irgendeine Ecke, dass ich nicht an ihn rankomme, und dann haut ihr in den Wald ab, hinter der Raststätte, kapito? Die Dienstwaffe werft ihr nach zehn Metern in einen Busch, ich hab keine Lust, den ganzen Wald danach abzusuchen. Und jetzt beeilt euch in Gottes Namen, der Kai da draußen ist zwar von geradezu begnadeter Einfältigkeit, aber ewig wird er auch nicht warten. Ich gebe euch höchstens acht Minuten.«

»Susi, ich … danke …« Tina verschluckte sich vor Aufregung.

»Nun macht schon.« Susi schloss ihnen die Handschellen auf. »Los!«

Markus erwachte als Erster aus seiner Starre, er zog Susi zu dem Wasserrohr und ließ dort die Handschellen um ihr Handgelenk schnappen. Dann griff er in die Hosentasche und holte ein Taschentuch heraus. »Ist noch sauber«, rechtfertigte er sich, als er Susis Blick bemerkte.

»Will ich auch hoffen. Und nun macht, dass ihr fortkommt, ich halte das in diesem Mief echt nicht lange aus.«

»Susi, warum tust du das?«, fragte Tina, bevor Markus ihrer Freundin das Tuch in den Mund stopfen konnte. »Wegen damals?«

»Auch. Und weil Freiheitsberaubung bis zu fünf Jahre und schwerer Raub nicht unter drei Jahre Gefängnis mit sich bringen. Wenn man einen guten Anwalt hat, vielleicht weniger. Aber den könnt ihr euch eh nicht leisten. Und du hast doch deine eigenen fünfzehn Jahre Freiheitsberaubung schon bei *Fashion World* abgesessen.« Der Anflug eines Lächelns glitt über Susis Gesicht.

Tina schluckte. »Susi ... danke. Es tut mir leid, dass wir in letzter Zeit nicht mehr so viel ...«

»Jetzt haut endlich ab«, unterbrach Susi sie. »Sonst tut dir gleich noch was anderes leid.« Und damit nickte sie Markus zu, der ihr das Tuch in den Mund steckte und Tina mit sich zog.

»Los, komm!«

Tina stolperte atemlos hinter Markus her, die Gedanken überstürzten sich in ihrem Kopf, vor Aufregung war ihr übel und sie fühlte sich ganz benommen.

»Hier lang«, sagte Markus leise und schob sie vom Trampelpfad hinter der Toilette in den angrenzenden Wald hinein.

Zweige zerkratzten Tina die nackten Beine und das Gesicht, Kiefernnadeln rieselten ihr in die Haare, einmal knickte sie mit dem Knöchel um, aber zum Glück ging der Schmerz nach wenigen Sekunden weg.

»Wohin?«, japste sie und versuchte, mit Markus Schritt zu halten. Vom Rastplatz her drang immer noch kein Laut.

»Weiß nicht. Nur weg von hier. Da vorn ist eine Straße, vielleicht nimmt uns jemand mit.« Markus sah sich nicht um, sondern pflügte durch das Unterholz, das offene neue Freizeithemd flatterte hinter seinem Rücken wie eine Fahne.

Endlich erhaschte Tina einen Blick auf die einsame und mit Schlaglöchern durchsetzte Landstraße, die parallel zu dem Wäldchen verlief. Gleichzeitig begriff sie, dass dieser Anblick trotz allem noch keine Rettung bedeutete. Hier kam doch mit Sicherheit nur alle Jubeljahre mal ein rumpliges Fuhrwerk vorbei, oder vielleicht noch das Postauto oder ein paar Radfahrer. Und wo wollten sie eigentlich hin? Wo konnten sie jetzt noch hin?

»Wir versuchen am besten, uns zu Oskars Haus durchzuschlagen«, rief Markus ihr zu, als hätte er ihre Gedanken erraten. »Landweg 14, Wobbenbüll, ich habe es mir gemerkt. Vielleicht hat er ja tatsächlich dort irgendwo einen Schatz versteckt. Es ist unsere einzige Chance, wenn wir nicht doch noch im Gefängnis landen wollen.«

Er hatte ja recht. Es gab keine Alternative. Außer hier wild im Wald zu leben und sich von erlegten Eichhörnchen und Krähen zu ernähren, um dann irgendwann im Unterholz an einer Blinddarmentzündung zu sterben und ein Jahr später mit von Maden leer gefressenen Augenhöhlen von entsetzten Pilzsammlern gefunden zu werden. Dem zog Tina ja fast noch eine saubere Gefängniszelle mit regelmäßigem Hofgang vor.

»Wir waren doch schon ein Stück aus Husum raus, und bis Wobbenbüll waren es noch fünf Kilometer oder so, bevor uns der Bulle geschnappt hat«, sagte sie. Ein Zweig peitschte ihr beim Rennen ans Bein und sie verzog vor Schmerz das Gesicht.

»Wir müssen also wieder zurück und durch Husum durch, das sind höchstens ein paar Kilometer. Das schaffen wir schon.«

Tina biss die Zähne zusammen. Sie traten aus dem kleinen Wäldchen heraus, hielten sich aber im Schatten der Bäume, falls auf der Landstraße doch das Polizeiauto nach ihnen suchen kam.

»Ich höre was.« Tina blieb stehen. »Ein Motorengeräusch.« Automatisch trat sie einen Schritt ins Gebüsch.

»Da!« Markus zeigte in die Ferne, ans Ende der staubigen Landstraße. »Komm raus, das ist kein Polizeiauto. Das ist ein ... meine Fresse! Ein Porsche.« Markus zog sie mit sich in Richtung Straße. »Komm, wir versuchen es. Vielleicht hält er ja an.«

»Aber sicher doch«, murmelte Tina, die sich plötzlich völlig mutlos fühlte. »Porschefahrer sind dafür bekannt, dass sie gern zerlumpte Ehepaare mit dreckigen Füßen und Zweigen in den Haaren mitnehmen.«

Markus antwortete nicht, sondern hielt den Daumen raus, als wäre er noch mal achtzehn Jahre alt und in den Sommerferien unterwegs.

Zu Tinas Verwunderung wurde der Wagen langsamer und bremste schließlich vor ihnen ab. Jemand streckte auf der Beifahrerseite den Kopf heraus.

»Oskar?« Tina starrte ihn an wie eine übernatürliche Erscheinung. »Bist du das wirklich? Was zum Teufel …?«

»Ui, ihr seht ja zünftig aus«, sagte Oskar. »Geht doch nichts über einen erfrischenden Waldspaziergang, was?« Er kicherte. »Nun guckt nicht so kariert. Viktoria und Elise haben mich aus den Klauen dieser Idioten befreit.«

Bei diesen Worten tauchte Viktorias Kopf im Inneren des Wagens neben Oskar auf, sie saß hinter dem Steuer und schien sich diebisch zu freuen.

»Ich hab sie angerufen«, erklärte Oskar, »und Viktoria hat so getan, als ob sie meine Tochter wäre und Elise meine Exfrau. Ein Hoch auf die Dummheit der Provinzpolizei. Und jetzt rein mit euch, bevor euch noch der Waldgeist holt. Dann könnt ihr mir von eurem schönsten Ferienabenteuer auf dem Polizeirevier erzählen.« Oskar kicherte selbstgefällig. »Und morgen früh fahren wir alle zusammen nach Wobbenbüll. Dann könnt ihr euch mein Traumschloss aus der Nähe betrachten.«

»Aber das Auto«, stammelte Markus beeindruckt. »Wo habt ihr das denn … ich meine, hast du das …?«

»Keine Sorge, es ist nicht geklaut. Es gehört Viktoria. Passt aber eigentlich besser zu mir, finde ich.« Oskar klopfte stolz auf die Karosserie. »Ihr wisst doch, wenn alte Gäule erst mal in Gang kommen, sind sie nicht mehr zu bremsen.«

Er lachte schallend.

18

Sie fuhren die ramponierte Landstraße entlang, wieder nach Husum zurück, ohne auf irgendjemanden zu treffen, geschweige denn ein Polizeiauto. Und selbst wenn eines am Horizont aufgetaucht wäre, hätten sie kein Aufsehen erregt. Viktoria lenkte den rasanten Schlitten so vorsichtig wie einen Kinderwagen, und die getönten Scheiben gestatteten keinen Einblick in das kriminelle Innere des Porsche. Langsam fiel die Anspannung von Tina ab. Markus hatte Oskar und den Frauen berichtet, wie sie beide Susi und ihrem Kollegen auf dem Parkplatz entkommen waren, und hatte dafür Oskars helle Bewunderung eingeheimst.

Tina lehnte sich jetzt an Markus, der ihr beruhigend über die Haare strich. Vielleicht ging das Ganze hier ja doch noch gut aus, auch wenn sie sich ihr zukünftiges Leben beim besten Willen nicht vorstellen konnte. Sie waren Outlaws. Kriminelle. Tinas unvorteilhaftes Wasserleichenfoto würde für immer aus den Polizeiakten dieses Landes starren, sie würden mit Perücken und Sonnenbrillen und falschen Bärten ausgestattet durchs Leben ziehen müssen, stets auf der Hut davor, dass niemand sie erkannte und ihren Ausweis kontrollierte. Sie würden keine Arbeit bekommen und später keine Rente, und wahrscheinlich würde Tina im Alter von siebenundfünfzig Jahren mit einer leeren Rotweinflasche vor der Einkaufspassage herumtorkeln und verschreckten Spaziergängern Obszönitäten hinterherbrüllen, während Markus mit Stoppelbart von seiner Lagerstatt aus die Leute im Sekundentakt mit einem gelallten »Hasse ma 'n Euro, Alder?« bedrängte. Vielleicht würde Tina sogar eine Katze oder einen Hamster als einzig verwandte Seele in einer Strandtasche mit sich herumschleppen wie die verrückte alte Frau aus ihrem Wohngebiet. Ihrem ehemaligen Wohngebiet ... Und wären sie etwa für immer von Paul getrennt? Daran wollte sie nicht denken, denn das durfte einfach nicht sein. Die Hoffnung starb bekanntlich zuletzt.

Erschöpft blickte sie aus dem Fenster und sah Elises Villa im Dunkel der Nacht vor dem Wagen auftauchen.

»*Home, sweet home*«, trällerte Oskar gut gelaunt, während sie am nächsten Morgen das Ortsschild von Wobbenbüll passierten. Oskar hatte recht gehabt, hier war es wunderschön und friedlich. Kleine Häuschen, ab und zu ein paar Pferde, in der Ferne das Wattenmeer. Tina hätte sofort mit den Pferden getauscht und liebend gern den Rest ihres Lebens grasend hier verbracht.

»Oskars Haus ist dort gleich um die Ecke«, erklärte ihnen Elise, als sie an ein paar Schafen auf einer endlosen grünen Wiese vorbeifuhren. Die Schafe würdigten sie keines Blickes und faulenzten glücklich weiter. »Wunderschön gelegen. Es wird euch dort gefallen.«

Viktoria bog an einer Kreuzung links ab, und auf einmal hatten sie über den Deich hinweg einen freien Blick auf das Meer. Aus einem Impuls heraus öffnete Tina das Fenster und atmete tief ein. »Riech mal, Markus. Frische Nordseeluft.«

»Fenster zu dahinten!«, rief Oskar. »Das rattert sonst hier vorn so in meinen armen alten Ohren. Wir sind außerdem gleich da, dann kannst du ganze Kubikmeter Nordseeluft einatmen.«

»Sieht toll aus«, meinte Markus.

»Nicht wahr?«, freute sich Oskar, als in etwa hundert Meter Entfernung ein völlig heruntergekommenes Landhaus vor ihnen auftauchte. »Na gut, ich gestehe – es ist im Moment noch kein Märchenschloss, auch wenn hier gerade ein Prinz anrückt, haha, es braucht nur noch ein bisschen Liebe und Aufmerksamkeit, aber … was zum Teufel ist das denn? Halt mal an, Viktoria-Schätzchen!«

Viktoria bremste, und sie blickten alle auf das windschiefe Schild, das an einem Pfosten vor dem Haus baumelte und sich mit letzter Kraft daran festzuhalten schien. »*Meyer Immobilien. Zu verkaufen*«, stand in fetter schwarzer Schrift darauf. Darunter befand sich ein roter Pfeil, der auf eine Telefonnummer hinwies. In diesem Moment wurde Tina schlagartig klar, dass es sich bei der heruntergekommenen Kate dort um Oskars Haus handeln musste. Und gleich darauf wurde ihr bewusst, dass es hier mit Sicherheit weit und breit keinen »Schatz« gab. Das Haus, das wie ein fauler Zahn in der makellosen Nordseelandschaft stand, hatte zerbrochene Fensterscheiben, Fensterrahmen, von denen die Farbe wie ein trockenes Hautekzem abblätterte, und eine Tür, die schief in den Angeln hing. Was immer darin zu holen gewesen war, hatte sich bereits jeder holen können, der in den letzten Jahrzehnten auf dem Weg zum Strand hier vorbeigeschlendert war.

»Da hat doch dieser Blödian von Schwiegersohn tatsächlich schon die Makler in die Spur geschickt«, regte Oskar sich auf. »Ich lebe aber vielleicht noch!«

»Okay, Mama, ich fahre wieder zurück.« Viktoria räusperte sich. »Ich hab noch was zu erledigen, ich hole dich nachher wieder ab, wenn … ja. Also, bis später. Ruf mich an.« Offenbar wusste selbst die weltgewandte Viktoria beim Anblick dieser altersschwachen Ruine nicht mehr weiter.

»Zu verkaufen, zu verkaufen«, wetterte Oskar grimmig. »Das ist mein Elternhaus und keine Packung frische Eier. Das Haus gehört mir. Ich gehöre in das Haus! Bin ich dann auch zu verkaufen, oder was? Kauf ein Haus, krieg einen alten Mann zum halben Preis dazu. Schnäppchen-Aktion am Wochenende!«

Markus und Tina wechselten einen betretenen Blick mit Viktoria und Elise.

»Lass dir ruhig Zeit, Viktoria«, erwiderte Elise, ohne den Blick von Oskar abzuwenden, der sich aus dem Auto gekämpft hatte und nun voller Wut am Dach des Porsche festhielt.

»Mein Rollstuhl«, presste er heraus. »Ich will nicht in mein Haus kriechen müssen.«

Eilig sprang Tina aus dem Auto, klappte den Rollstuhl auf und schob ihn zu Oskar, der sich hineinfallen und dann auf die Überreste des einstmals sicher wunderschönen Gebäudes zuschieben ließ. Direkt beim Gartenzaun, unter dem großen Apfelbaum vor dem Haus, signalisierte er Tina, dass sie anhalten sollte. Das musste der Baum sein, von dem Oskar ihnen erzählt hatte und unter dem sein Hund begraben lag.

Tina wurde es ganz eng ums Herz. Wie Oskar in seinem Rollstuhl dastand ... genauso windschief wie sein altes Haus, die Hand um den morschen Gartenzaun geklammert. Sie schloss kurz die Augen. Egal, wie das Ganze auch ausgehen mochte, und egal, wie verwahrlost dieses Anwesen hier war – wenigstens hatte Oskar noch einmal seine Heimat gesehen. Und das allein war doch alles wert. Tina zum Beispiel konnte sich nicht vorstellen, je irgendwelche nostalgischen Gefühle für ihre langweilige und überteuerte Wohnung in einem Haus voller Spießer und Idioten zu hegen. Sie hatte nie irgendwo gewohnt, wo man traurig war, wenn man ausziehen musste. Aufgewachsen war sie in einem grauen Wohnblock aus der Vorkriegszeit, wo frustrierte Hausfrauen sich förmlich um den Preis der bestgeputzten Treppe prügelten und wo der Geruch nach Sauerkraut und Bohnerwachs durch Osmose in die Bewohner überzugehen schien. Später folgte eine WG, die penetrant nach Katzenklo roch, obwohl es dort gar keine Katze gab, und wo Tinas Vorräte bis auf ein Glas saure Gurken regelmäßig auf mysteriöse Weise aus dem Kühlschrank verschwanden. Und dann noch die erste Wohnung mit Markus – eine winzige Einraumwohnung mit Balkon, auf dem Tina erfolglos ein paar Tomatenstöcke am Leben zu halten versuchte. Insofern war Oskar fast um seine Erinnerungen zu beneiden, egal, in welch desolatem Zustand sein Elternhaus jetzt auch war.

Tina beschloss, ihn zu trösten.

»Komm«, sagte sie zu Markus. Er stieg zusammen mit Elise aus, Viktoria hupte kurz und fuhr los, und Tina wappnete sich innerlich dafür, den armen Oskar moralisch aufzubauen.

Doch da drehte er sich um, gestikulierte und rief: »Na los, kommt! Lasst uns endlich eure Belohnung ausbuddeln, ihr Schlawiner.«

»Ausbuddeln?«, fragte Markus langsam. Er strich kraftlos mit einem Finger über die abblätternde Farbe des Gartenzauns, der von der kurzen Berührung bereits gefährlich schwankte.

»Ja, ausbuddeln. Aber keine Angst, es handelt sich nicht um die Gebeine meiner Urgroßmutter«, sagte Oskar, als er Tinas erschrockenen Blick bemerkte. »Die liegt auf dem Husumer Friedhof begraben. Neben ihrer Nachbarin, übrigens. Die haben sich ihr Leben lang gestritten, und ich könnte wetten, sie tun es heute noch. Wer die schöneren Blumen hat und wer mehr Besuch kriegt und bei wem der Weg ordentlicher geharkt ist.« Er kicherte.

»Oskar, du hast hier also wirklich was versteckt?«

Markus wechselte einen kurzen, ungläubigen Blick mit Tina.

»Willst du mich beleidigen? Natürlich hab ich das. Denkst du vielleicht, ich habe euch mit leeren Versprechungen hierhergelockt? Elise – sag ihnen, dass ich immer mein Wort halte.«

»Oskar hält immer sein Wort«, wiederholte Elise. Sie lächelte Tina zu.

Oskar hielt immer sein Wort ... Worauf warteten sie dann noch? Tina fasste Markus bei der Hand. »Komm!«

Gemeinsam folgten sie Oskar in das Innere des Hauses, Elise schob ihn im Rollstuhl vor sich her. Tina erhaschte einen Blick auf ein Wohnzimmer mit gelb geblümter Tapete und blau geblümten Vorhängen, in dem die Zeit stehen geblieben zu sein schien, sowie auf eine große Wohnküche mit Sofa und Kachelofen und Aussicht aufs Meer und auf einen verwilderten und romantischen Garten hinter dem Haus. Es war alles ein bisschen angestaubt und aus der Mode gekommen, aber in einer perfekten Lage, daran gab es nichts zu rütteln. Wer immer das Haus kaufte, würde sich hier ein Paradies aufbauen können.

»Es ist in der Küche«, erklärte Oskar, der neben dem Herd kurz verschnaufte. »Du musst irgendwie unter die Dielen gelangen, Markus. Schaffst du das?«

»Klar«, erwiderte Markus. »Wonach suche ich genau?«

»Eine flache Metallkiste«, sagte Oskar. »War ursprünglich mal Christbaumschmuck drin, wenn ich mich recht entsinne. Weihnachtsbaumkugeln und so was.«

Tina verspürte einen kleinen Stich der Enttäuschung. Eine Kiste mit Weihnachtskram? Weihnachtsbaumkugeln waren nicht sonderlich groß. In so eine Kiste passte doch kaum was hinein. Eigentlich hatte sie sich insgeheim etwas von der Größe eines Koffers erhofft. Oder wenigstens eine Reisetasche voller Banknoten.

Oskar rollte zum Küchentisch. »Hier drunter ist es. Die eine Diele ist ein bisschen höher als die anderen. Das war sie schon immer. Hat meine Mutter in den Wahnsinn getrieben, weil der Tisch immer gewackelt hat. Bis ich dann nach dem Tod meiner Eltern festgestellt habe, dass sich darunter ein Hohlraum befindet, wahrscheinlich von den vorherigen Besitzern gebaut. Weiß der Himmel, was die darin versteckt haben. Vielleicht ihr Geld, vielleicht ihre Liebesbriefe, vielleicht auch nur ihre Konserven. Als ich das Loch entdeckt habe, war nur eine tote Spinne drin.« Er drehte sich zu ihnen um. »Also dann – ran an den Speck. Ich glaube, irgendwo hier im Haus ist auch noch Werkzeug. Soll ich helfen.«

»Nichts da«, mischte Elise sich ein. »Du kriechst hier nicht auf dem Fußboden herum. Du kommst mit mir mit, wir machen einen Strandspaziergang.«

»Strandspaziergang ist gut«, murrte Oskar. »Strandrollstuhlfahrt wohl eher.«

»Meckere nicht«, wies Elise ihn zurecht. »Du könntest auch immer noch auf dem Polizeirevier sitzen und auf deine Familie warten.«

»Recht hat sie. Wie immer übrigens.« Oskar schenkte Elise ein Lächeln. »Ich sollte dankbar dafür sein, dass ich noch mal mit einer schönen Frau am Nordseestrand entlangrollen darf, während mein idiotischer Schwiegersohn von Japanern und ihren Kameras verfolgt wird.« Oskar strich sacht über Elises Hand, die jetzt nach dem Rollstuhl griff, um ihn anzuschieben.

Tina sah den beiden nach, während sie sich langsam in Richtung Strand entfernten.

»Der liebt die Elise doch immer noch«, sagte sie zu Markus.

»Natürlich. Und sie ihn auch. Da können die beiden noch so cool tun.« Markus schob jetzt den Tisch zur Seite und suchte sorgfältig nach der höheren Diele.

»Willst du etwa ernsthaft auf Schatzsuche gehen?«, fragte Tina.

»Natürlich. Oskar hat gesagt, dass da etwas drunter versteckt ist. Glaubst du ihm denn nicht?«

Tina wusste nicht, was sie darauf antworten sollte. Eigentlich glaubte sie nicht daran. Aber eigentlich glaubte sie doch daran. Sie glaubte nicht daran, weil in ihrem Leben noch nie etwas gut gegangen war. Und sie glaubte daran, weil sie an Oskar glaubte. Oskar würde sie nicht belügen – warum sollte er?

»Das wird eine Weile dauern«, meinte Markus, nachdem er vergeblich versucht hatte, mit einem kleinen Schraubenzieher die Dielen zu lockern. »Ich habe nichts weiter als das Ding hier, ich muss was anderes finden, eine Spitzhacke oder so was. Warum machst du nicht auch einen Spaziergang? Hier ist keine Menschenseele, wir müssen uns nicht verstecken.«

»Okay«, meinte Tina zögerlich. Verlockend war es schon, eine Weile am einsamen Strand entlangzulaufen. Nach allem, was sie in den letzten Tagen durchgemacht hatte. Frische Seeluft einatmen und so weiter. Andererseits ließ sie Markus nur ungern alleine. Was, wenn in der Zwischenzeit der Vokuhila-Bulle hier auftauchte, weil Susi ihre Entscheidung bereut und alles gestanden hatte? Vielleicht hatte ja jemand herausgefunden, dass Oskar hier noch ein Haus besaß. Oder wenn ein neugieriger Nachbar in Erscheinung trat, vom Lärm angelockt, der Markus im Hohlraum unter der Küche überraschte. Dann wäre ihr kurzer Ausflug in die Freiheit gleich wieder vorbei.

»Geh schon.« Markus lächelte ihr zu. »Und wenn du wiederkommst, hab ich hier eine Weihnachtskiste voller Geld gefunden.«

»Hoffentlich«, sagte Tina. »Hoffentlich sind nicht nur mumifizierte Elisenlebkuchen drin, die Oskar aus Sentimentalität aufgehoben hat.« Damit begab sie sich nach draußen.

Sie folgte dem kleinen schmalen Weg hinunter zum Meer. Die Ebbe hatte ihre Spuren hinterlassen und das Wasser weit hinausgelockt, um es in kurzer Zeit wieder zurück an den Strand zu schieben. Die Sonne stand hoch am Himmel, aber zum Glück wehte ein leichter Wind und milderte die Hitze. Tina betrachtete den Strand. Sie wanderte sozusagen gerade auf dem Meeresgrund, was für ein seltsamer Gedanke. Sie bückte sich und hielt Ausschau nach kleinen Krabben und Muscheln. Sie fand keine, dafür aber die nasse Spur eines Rollstuhls und Fußspuren auf einem Bohlenweg. Das mussten Oskar und Elise gewesen sein. Wo waren sie? Tina sah sich suchend um. Weiter oben am Strand stand ein Grüppchen weißer Strandkörbe, zwei Familien mit kleinen Kindern hatten sie in Beschlag genommen und sich darin ausgebreitet. Tina konnte Sandeimerchen und ein aufblasbares Krokodil sehen, der Geruch nach Sonnencreme wehte zu ihr herüber. Sie lauschte. Es war nichts zu hören außer das Geplapper der Kinder, das Rauschen des Meeres und irgendwo hinter dem Damm das Trappeln einer Pferdekutsche.

Weit hinten am Horizont auf dem schäumenden Meer konnte sie ein kleines Fischerboot entdecken und daneben einen waghalsigen Windsurfer. Oskar würde sich ganz sicher weder in dem Boot noch auf dem Surfbrett befinden, deshalb folgte Tina kurz entschlossen der Rollstuhlspur. Da – ganz in der Ferne stand etwas am Ende des Weges. Als Tina näher kam, erkannte sie den Rollstuhl. Er stand völlig verlassen da, und Oskar und Elise waren nirgendwo zu sehen. Wie konnte das sein? Tina blieb verwirrt stehen. Wo waren die beiden? Die Fußspuren führten vom Rollstuhl direkt ins Meer hinaus. Waren die zwei völlig übergeschnappt? Tinas Herz fing an schneller zu schlagen. In weniger als einer Stunde kam die Flut zurück und würde alles, was hier auf dem Strand war, verschlingen.

»Oskar?«, rief Tina laut. »Elise?«

Keine Antwort. Tina schob den Rollstuhl unschlüssig vor sich her, klappte ihn dann zusammen und rief immer wieder nach den beiden. War da nicht ein entferntes Rufen zu hören? Unwillkürlich begann sie zu laufen. Das Watt barg Gefahren, das mussten die beiden doch wissen! Wieso hatten sie den Rollstuhl stehen gelassen?

Sie rannte den Spuren hinterher, die fast hundert Meter weit in Richtung Meer verliefen, dann aber plötzlich abdrehten. Gott sei Dank. Tina stürmte weiter, sie folgte immer noch den Spuren, die bis zu einer Ansammlung von Sanddornbüschen auf den Dünen führten und dort aufhörten. Jetzt erklangen Stimmen und Gelächter.

»Oskar?«, rief Tina wieder, dann entdeckte sie die beiden. Sie liefen langsam nebeneinanderher, Elise hielt Oskars Arm.

»Wir üben, Tina«, rief Oskar ihr zu. Er klang begeistert. »Wir üben das Laufen. Elise meint, wenn ich jeden Tag übe, brauche ich den ollen Feuerstuhl bald nicht mehr. Guck mal, wie weit wir schon gelaufen sind.«

»Toll«, rief Tina zurück. Sie schüttelte den Kopf in einer Mischung aus Freude und Bestürzung. Es war doch erstaunlich, was die Gegenwart einer Frau ausmachen konnte. Oskar wirkte wie elektrisiert, seine Schritte schienen regelrecht beschwingt. »Ich dachte nur einen Moment lang, dass das Wattenmeer euch beide verschlungen hätte. Hier, dein Rollstuhl.«

»Ach, danke. Aber den hätte ich mir schon wiedergeholt.« Oskar winkte ab, obwohl ihm der Schweiß auf der Stirn stand. »Unkraut vergeht nicht. Hat Markus die Dielen aufbekommen?«

»Keine Ahnung«, gab Tina zu. »Kommt mit zurück, dann werden wir es sehen.«

Sie liefen gemächlich zum Haus zurück, und Tina schenkte Elise einen dankbaren Blick. »Oskar, du bist ja voller Elan. Was die Seeluft nicht alles bewirken kann.« Sie zwinkerte Elise zu.

Und die zwinkerte unmerklich zurück. »Nicht wahr? Es ist, als ob er wieder neunzig wäre.«

»Hey! Ich bin erst siebenundachtzig«, beschwerte sich Oskar.

»Weiß ich doch.« Elise knuffte ihn in die Seite, und Tina fand, dass die beiden wirklich prächtig zueinanderpassten. Warum nur hatten sie sich nicht eher im Leben gefunden? Weil Elise sich vom Geld eines anderen hatte blenden lassen?

»Mir geht es großartig«, erklärte Oskar jetzt. »So gut, dass ich mich sogar imstande sehe, diesen Mist hier auf der Stelle zu entfernen.« Und damit versetzte er dem Verkaufsschild einen zackigen Tritt. Es brach unter solch unerwarteter Gewalteinwirkung sofort zusammen und fiel mit einem Knirschen und Ächzen um.

»So. Ab heute nicht mehr zu verkaufen«, stellte Oskar befriedigt fest. Er zog eine Thermoskanne aus Elises Tasche. »Wer will einen Tee? Gebäck haben wir auch mitgebracht.«

»Ich«, erwiderte Tina fröhlich. Und dann lief sie

voraus, um zu sehen, wie weit Markus inzwischen gekommen war.

»Markus? Willst du auch einen Tee?«, rief sie und schob den Rollstuhl in den Flur. »Stell dir vor, Elise hat mit Oskar Laufen geübt und meint, dass er den Rollstuhl nicht mehr ...« Sie brach ab.

Markus stand mitten in der Küche, neben ihm lehnte eine Spitzhacke an der Wand, unter ihm war der Fußboden aufgebrochen, in der Hand hielt er eine rostige, flache Kiste. Sie war kaum größer als ein Schuhkarton. Er warf Tina einen ganz merkwürdigen Blick zu.

»Was ist es, Markus?«, fragte sie stockend. »Was ist in der Kiste?«

Markus strich sich erschöpft über die Stirn. »Tina«, sagte er. »Versprich mir, dass du dich nicht aufregst. Wir finden eine Lösung. Ich schwör es dir. Wir finden ... wir finden irgendeinen Ausweg. Beim nächsten Überfall stelle ich mich nicht so blöd an. Oder es muss ja auch kein Überfall sein, wir könnten irgendwo arbeiten, wo uns niemand verpfeift, und ein bisschen Geld verdienen, zum Leben wird es schon reichen, wir ...«

Tina ballte die Hand zur Faust. »Was ist in der Kiste, Markus?«

19

Statt einer Antwort klappte Markus den Deckel der Kiste hoch.

Tina machte einen Schritt nach vorn, um in das Innere der Kiste zu blicken. Keine Banknoten, war das Erste, was ihr durch den Kopf schoss. Verdammt noch mal, es war kein Geld. Und auch kein Schmuck, keine Perlen, kein Tafelsilber, nichts weiter als …

»Alte Fotos?«, presste sie heraus. »Oskars alte Familienfotos? Die hat er dadrin versteckt?« Sie konnte es nicht fassen. Warum war das Schicksal so gemein zu ihnen? Warum nur? Sie griff wie ferngesteuert nach dem obersten Foto. Eine Schwarz-Weiß-Aufnahme, sehr professionell. Man hätte das Foto fast als künstlerisch bezeichnen können. Es zeigte eine ausgesprochen hübsche Frau mit langen blonden Haaren, die großen Augen von unglaublich langen Wimpern umrahmt, die ihr etwas Puppenhaftes verliehen. Sie war im Sechzigerjahre-Stil gekleidet – Minikleid, lange Strickweste und kniehohe Stiefel –, saß auf der ersten Stufe einer breiten Treppe vor einem herrschaftlichen Haus und lächelte in die Kamera. Auf dem nächsten Foto war sie Hand in Hand mit einem vollbärtigen Mann im Hippielook zu sehen. Wer zum Geier war das? Oskars Tante, Cousine oder Tanzstundenpartnerin?

»Familienfotos«, wiederholte Tina fassungslos und ließ das Foto fallen, es segelte auf den Küchenfußboden. Am liebsten wäre sie darauf herumgetrampelt.

»In der Kiste ist ein Fotoalbum, alles irgendwelche Leute aus den Sechzigern, hab nur flüchtig reingesehen. Und dann noch ein paar einzelne Fotos. Mehr nicht. Es tut mir leid«, sagte Markus leise.

»Nicht deine Schuld«, antwortete Tina mechanisch. »Nicht deine Schuld.« Sie schlug die Hände vors Gesicht, denn sie wollte jetzt nicht losheulen und keine Szene machen. Aber genau danach war ihr zumute, verdammt noch mal! Wie sollte es denn jetzt weitergehen? Was sollten sie nur tun? Sie konnten doch nicht in dieser Bruchbude wohnen bleiben, wo der Nordseewind durch alle Ritzen und kaputten Fensterscheiben pfiff. Sie musste unbedingt irgendwie Geld anschaffen. *Anschaffen.* Du lieber Himmel, nur das nicht! Sie musste …

»Ach, er hat es tatsächlich gefunden«, erklang jetzt Oskars freudige Stimme hinter ihr. »Prima, mein Junge. Da guckt ihr, was? Das habt ihr nicht erwartet.« Oskar ließ sich, von Elise gestützt, auf einen Küchenstuhl fallen.

Was redete der alte Mann denn da? Machte er sich etwa über sie lustig? Das konnte Tina trotz allem nicht glauben.

»Nein. Deine Familienfotos haben wir wirklich nicht erwartet«, gelang es ihr, zu sagen.

»Ist sicher schön, dass du sie wiederhast«, sprang Markus ihr bei, auch wenn seine Stimme vor Enttäuschung beinahe versagte. »Da kannst du deine Erinnerungen noch mal aufleben lassen, und wenn wir dir dabei behilflich sein konnten, macht uns das natürlich auch sehr glück...«

»Sagt mal, seid ihr jetzt völlig verblödet?«, unterbrach Oskar ihn erstaunt. »Habt ihr euch die Fotos überhaupt mal angesehen?«

»Ja, ein paar, aber natürlich nicht alle«, log Tina. »Sehr hübsch, die Frau da. Eine Freundin von dir?« Sie deutete auf das Foto auf dem Fußboden und bückte sich, um es aufzuheben.

»Um Himmels willen, nur am Rand anfassen!«, rief Oskar nervös. »Und bloß keine Flecken draufmachen. Wieso ist das nicht mehr in der Hülle bei den anderen?«

Er nahm der völlig verdutzten Tina das Foto so vorsichtig aus der Hand, als ob es jeden Moment explodieren könnte. »Du weißt also nicht, wer das ist?«

»Nein, woher sollte ich?«, fragte Tina erstaunt. Sie sah Hilfe suchend zu Markus hinüber, ließ ihren Blick durch die altmodische Küche und über das Loch im Fußboden schweifen und schließlich an Elise hängen bleiben. »Bist du das vielleicht, Elise?«

Oskar verdrehte die Augen. »Also wirklich, die jungen Leute heutzutage haben doch von nichts mehr eine Ahnung, obwohl sie dauernd im Internet herumlungern. Da steht ihnen das ganze Wissen der Menschheit in ihren Handys zur Verfügung, und was machen sie damit? Sie tauschen Kochrezepte und Fotos von ihren Katzen aus! Meine Güte.« Oskar brummelte noch eine Weile vor sich hin, doch dann zeigte er feierlich auf das Foto. »Das meine Lieben, ist – Pattie Boyd.«

»Wer?«, fragten Tina und Markus gleichzeitig.

»Die Frau von George Harrison«, erklärte Oskar. »Und jetzt fragt in Gottes Namen nicht wieder, wer das ist!«

»George Harrison? Du meinst den von den Beatles?« Markus starrte Oskar an.

»Ja, oder kennst du noch andere George Harrisons? Ich nicht. Das da sind sie beide zusammen. George und Pattie.« Oskar fischte das Foto aus der Kiste, auf dem die blonde Frau mit dem vollbärtigen Mann zu sehen war. »Da waren sie erst kurz verheiratet, Paul McCartney war übrigens Trauzeuge. Ja, der McCartney. Wo ist er denn überhaupt …? Moment. Hier.« Oskar klaubte vorsichtig ein weiteres Foto heraus und hielt es Tina vor die Nase. Tatsächlich. Das Gesicht kannte sie doch, auch wenn es auf dem Foto noch extrem jung aussah. Paul McCartney in einem hellen Trenchcoat irgendwo auf einer Terrasse, im Hintergrund ein gepflegter englischer Rasen und eine Ahornallee. Er beschirmte mit der Hand seine Augen, als ob die Sonne ihn blenden würde.

»*We all live in a yellow submarine*«, trällerte Oskar leise. »Und hier, das ist der Eric. Den Clapton, meine ich – bevor ihr wieder ›Wer?‹ fragt. Den hat die gute Pattie später geheiratet, weil sie es mit dem George nicht mehr ausgehalten hat. Zu viel Alkohol und Kokain, wenn man der Klatschpresse Glauben schenken kann. Aber in ihrem Haus hier auf dem Foto in Henley-on-Thames, da waren sie noch glücklich. Schönes Anwesen. Hätte euch auch gefallen. Keinerlei lästige Nachbarn weit und breit.«

»Eric Clapton?«, wiederholte Markus langsam. Er stellte die Kiste jetzt vorsichtig auf dem Küchentisch ab.

»Genau der. Du kennst doch das Lied *Wonderful Tonight*, oder etwa nicht? Kennt ihr jungen Leute denn überhaupt noch irgendwas?«

»Natürlich kenne ich das«, sagte Markus. Prompt fing er schief an zu singen: »*She brushes her long blonde hair, and then she asks me, do I look alright? And I say, yes, you look wonderful tonight …*«

Tina tauschte einen amüsierten Blick mit Elise. Irgendwie hatte es sich ein Leben lang in Markus festgesetzt, dass ein großartiger Musiker an ihm verloren gegangen war.

»Äh, sehr schön, Markus«, kommentierte Oskar grinsend. »Und genau um die Pattie hier und ihre langen blonden Haare geht es in diesem Lied.« Vorsichtig zog Oskar ein weiteres Foto aus dem Stapel und hielt es hoch. »Und hier, na, den kennt ihr aber jetzt. Sagt mir um Himmels willen, dass ihr den kennt.« Oskar sah auffordernd in die Runde.

»Mick Jagger«, antworteten Tina, Markus und Elise wie aus einem Mund.

Das Foto zeigte den Sänger in einer völlig untypischen Pose, weder als gestylten Bad Boy mit geschürzten Schmolllippen noch als Rocker mit seiner

Gitarre. Es zeigte ihn an einem Tisch in einem Café, in ein Buch versunken, die Andeutung eines Lächelns im Gesicht.

»Das ist in der King's Road in Chelsea, in London, ich glaube, 1968. Da hat er auf Marianne Faithfull gewartet. Kurz danach hat er sich in Chelsea auch ein Haus gekauft. Für 50 000 Pfund oder so. Dafür kriegt man heutzutage dort nicht mal mehr einen Jahresplatz in der Tiefgarage.« Oskar schüttelte den Kopf. »Keith Richards hat sich dann ein paar Türen weiter ein Haus gekauft. Den hab ich auch fotografiert, wenn ich mich recht entsinne, sogar in seinem Haus, da könnt ihr das mal von innen sehen. Mein Geschmack war das Ding ja nicht, ehrlich gesagt. Viel zu überladen mit Schnickschnack und schweren Teppichen und so. Aber jedem Tierchen sein Pläsierchen, und nett war er trotzdem bei seinem Shooting, der Keith, das kann man nicht anders sagen.«

Endlich fiel der Groschen. »Du hast die Fotos alle selbst geschossen?«, fragte Tina fassungslos.

»Ja, natürlich, wer denn sonst? Die junge Margaret Thatcher vielleicht?« Oskar lachte herzlich über seinen eigenen Witz. »Ich hab euch doch von meiner Karriere als Fotograf erzählt, als wir von der guten alten Cher gesprochen haben, Gott hab sie selig. Aber halt, die lebt ja noch.« Oskar wieherte los. »Meine Güte, wo bleibt euer Humor? Elise, nun lach du doch wenigstens mal.«

Die drei starrten ihn sprachlos an. Tina zupfte verwirrt an ihren Haaren, Markus wischte sich die Hände an den Hosen ab, Elise hob eine Augenbraue.

»Na, dann eben nicht«, fuhr Oskar fort. »Dann will ich euch wenigstens noch verraten, dass das alles ziemlich wertvolle unveröffentlichte Originalfotos sind. Die hat noch nie jemand gesehen. Ihr seid die Ersten. Das sind die Fotos, die ich damals nicht genommen habe – die Zeitungen wollten ja immer nur eines, und nicht hundert Stück. Und das hier ist der Rest.«

»Aber ich verstehe das nicht – wieso hast du die damals nicht verkauft?«, fragte Markus, der als Erster seine Fassung wiederfand. »Die hätten dir doch eine Menge Geld gebracht.«

»Hätten sie sicher. Aber jetzt bringen sie noch viel mehr Geld. Jetzt bringen sie *euch* noch viel mehr Geld«, fügte er mit Nachdruck hinzu. Er klopfte wie zum Beweis auf die Blechschachtel.

»Davon hast du mir nie was erzählt«, mischte sich jetzt Elise sein. »Warum hast du mir das verschwiegen?«

»Weil ich sauer auf dich war«, sagte Oskar. Bitterkeit schwang in seiner Stimme mit. »Du weißt ja, warum, und weil ich mir geschworen hatte, dass ich genau so eine steile Ganovenkarriere hinlege wie der Helmut. Damit ich dich eines Tages zurückerobern kann, wenn ich erst mal in Geld schwimme. Nur, dass das Leben dann irgendwie dazwischengekommen ist. Du hattest dein Leben hier, und ich hatte mein Leben mit meiner Frau in Ingolstadt, und dann hatten wir plötzlich eine Tochter, und, na ja, der Rest ist Geschichte. Die Fotos hier sollten immer meine Absicherung sein. Irgendwo tief in mir drin hab ich gewusst, dass es einen besonderen Zeitpunkt geben würde, an dem sie zum Einsatz kommen würden. Und als dann Bonnie und Clyde von der Ingolstädter Brotherhood mich gekidnappt haben, da hatte ich es auf einmal im Gefühl, dass das meine letzte Chance war.« Oskar verstummte.

Elise legte ihm sachte die Hand auf den Arm und Tina schluckte. Das musste sie erst mal verdauen.

»Wie viele Fotos sind es denn?«, erkundigte sich Markus. Er war schon immer der pragmatische Typ gewesen.

»Du meinst, wie viel sie wert sind, was? Du Schelm.« Oskar kniff ein Auge zu und rieb sich die Hände. Mit seinem neuen T-Shirt wirkte er wie ein fröhlicher Handwerker, der sich gleich in der demolierten Küche an die Arbeit machen würde. »Ich glaube, das lassen wir mal lieber Elises Antiquitätenhändler entscheiden«, sagte er. »Aber ich bin mir ziemlich sicher, dass ihr mehr als tausend Euro dafür bekommen werdet. Kleiner Tipp – die meisten sind nämlich sogar signiert.«

Zurück in Elises Haus kippte Tina das Glas Whisky, das Markus ihr hingestellt hatte, in einem Zug leer. Ihre Hände zitterten trotzdem noch. Wenn sie ehrlich war, hatte sie Angst. Angst davor, dass jeden Moment der Dorfpolizist mit einem »*April, April!*« seinen schlecht frisierten Kopf zur Tür hereinstecken würde. Angst davor, dass die Fotos aus irgendeinem Grund vielleicht nicht echt waren und nichts wert waren, was auch immer. Und Angst vor der eigenen Courage, denn wenn das alles stimmte und wenn der dünne Antiquitätenhändler mit dem Ziegenbärtchen, der jetzt bei Elise im Wohnzimmer saß und die Fotos inspizierte, gleich eine Summe bekanntgab, dann würden Tina und Markus entscheiden müssen, was sie als Nächstes tun sollten. Aber in diesem Moment wäre sie am liebsten für immer auf Elises Couch im Gästezimmer liegen geblieben, hätte auf ewig dem Geschrei der Möwen gelauscht und sich alle paar Stunden einen Tee bringen lassen. Wahrscheinlich, so begriff Tina, war sie einfach schlicht und ergreifend erledigt.

Aus dem Wohnzimmer ertönte Stimmengewirr, aber kein verständliches Wort. Markus stand hinter der Tür und presste sein Ohr dagegen.

»Hörst du was?«, fragte Tina ihn. »Was sagt denn der Typ?«

»Keine Ahnung. Mann, ich würde am liebsten rausgehen und ihn fragen.«

»Wir sollen aber hier drin bleiben, hat Elise gesagt. Sicher ist sicher«, meinte Tina. »Oder willst du in letzter Minute doch noch geschnappt werden, nur weil dich irgendjemand erkennt? Wir sind Kriminelle auf der Flucht und haben gestern Abend eine Kriminalbeamtin an ein Wasserrohr gefesselt, vergiss das nicht.«

»Was?« Markus sah sie eine Sekunde lang verständnislos an. »Ach so, natürlich. Du meine Güte, das habe ich schon völlig verdrängt. Es ist einfach zu viel passiert. Und überhaupt – die Susi.« Er schüttelte den Kopf. »Wer hätte das gedacht, was? Dass Susi noch mal unser Lebensretter wird!«

»Ganz schön mutig von ihr.« Tina nickte nachdenklich. »Ich hoffe, es kostet sie nicht ihren Job. Aber dass Susi so was draufhat, hätte ich echt nicht gedacht. Man kann eben nie in die Seele eines Menschen blicken. Ich wünschte, ich hätte in den letzten Jahren mehr Zeit mit ihr verbracht. Dabei hab ich doch genau gewusst, dass sie unglücklich ist.«

Aus dem Wohnzimmer erklang jetzt lautes Lachen. Ihre Köpfe fuhren herum.

»Warum lachen die?«, fragte Markus sofort nervös. »Stellt sich gerade alles als Witz heraus?«

Tina war aufgestanden, um zum Fenster zu gehen und hinunter in den Garten zu blicken. Dann hielt sie inne.

»Markus, jetzt mach hier die Pferde nicht scheu.«

Er trat von der Tür weg und tigerte unruhig durch das Zimmer. Vor dem Schreibtisch, auf dem ein Computer stand, blieb er plötzlich stehen und schlug sich an die Stirn. »Warum bin ich nicht gleich darauf gekommen? eBay! Wir gucken da jetzt mal nach. Dann werden wir ja sehen, wie viel so ein Foto wert ist.« Aufgeregt fuhr er den Rechner hoch. »Passwortgesichert«, murmelte er. »Mist. Hätte ich mir ja denken können. Also, lass uns mal überlegen, in dem Album waren bestimmt hundert Fotos. Dazu mindestens zwanzig oder dreißig, die lose in der Hülle lagen, das wären dann ... Nun rechne doch mal mit, Tina.«

»Markus, hör auf! Und wie soll ich das überhaupt rechnen, wenn ich nicht weiß, wie viel auch nur eins davon wert ist, hm?«

»Dann überschlag es eben!«

»Überschlagen? Sag mal, was soll das, ich ...« Tina brach ab. Sie waren auf dem besten Wege sich zu streiten, wie irrwitzig war das denn? Dabei war es nur der Stress. Der immense Stress, der Strom, unter dem sie gerade standen. Plötzlich bahnte sich ein Lachanfall den Weg in Tinas Hals nach oben, ihre Mundwinkel zuckten, der Reiz wurde immer heftiger, je länger sie Markus betrachtete, der sie jetzt verdattert ansah und dessen Brille nach wie vor ein wenig schief saß, weil sie sich in der Aufregung der letzten Tage immer mehr gelockert hatte.

»Markus ...« Tina lachte jetzt so sehr, dass sie Schluckauf bekam. »Egal, wie viel die Fotos wert sind, als Allererstes kaufen wir dir eine vernünftige Brille.«

»Was?«, fragte Markus, völlig aus dem Konzept gebracht. »Warum denn eine neue Brille?«

»Weil du ab heute ein reicher Mann bist, mein Lieber.« Oskar war unbemerkt ins Zimmer getreten. Er hielt sich am Türrahmen fest und grinste sie beide an. »Und ein reicher Mann läuft meistens elegant herum. Es sei denn, er heißt Fidel Castro oder so und verbringt seine Tage in einem Tarnanzug aus Jugendzeiten.« Und dann nannte er ihnen einen Betrag mit unzähligen Nullen, der Tina im wahrsten Sinne des Wortes den Atem verschlug und den gerade ausgebrochenen Schluckauf im Keim erstickte.

20

»Ist er das?« Tina spähte vorsichtig hinter der Gardine auf die Straße hinaus. Seit knapp einer Woche warteten sie nun schon auf diesen ominösen Martin, Oskars alten Kumpel – seinen Worten nach »ein Mann mit besten Verbindungen«. Es war bereits der zweite Fremde, in dessen Hände sie sozusagen ihr Schicksal legten, nachdem der ziegenbärtige Antiquitätenhändler mitsamt den Fotos und dem Versprechen »sich darum zu kümmern« von dannen gezogen war.

Tina hielt es kaum noch aus. Das hier war schlimmer als Stubenarrest als Kind oder eine fiese Sommergrippe, die einen ans Bett fesselte, wenn alle anderen in den Urlaub fuhren. Sie durften das Haus nicht verlassen, weil die Gefahr zu groß war, dass jemand sie entdecken würde, denn ihre Flucht vom Rastplatz hatte ihrem Fall sensationelle neue Schlagzeilen verschafft. »*Gangsterpaar entwischt erneut!*«, »*Wie unfähig ist unsere Polizei?*« und »*Brutale Folter einer Kriminalbeamtin*« waren noch die harmlosesten. Der Vokuhila-Bulle war sogar im Fernsehen bei *Aktenzeichen XY* zu bewundern gewesen, auch wenn er nichts Konstruktives zu vermelden gehabt hatte.

»Der sieht ein bisschen zu alt aus«, meinte Markus jetzt. Sie beobachteten einen weißhaarigen großen Mann, der sich dem Haus näherte. »Oskar meinte, der Martin ist ein junger Spund.«

»Wahrscheinlich jung für Oskar«, meinte Tina. »Denn das ist tatsächlich unser Mann.« Sie deutete stumm auf den weißhaarigen Opa, der jetzt forschen Schrittes auf die Haustür zusteuerte. Sekunden später ertönte der melodische Türgong.

»Martin, altes Möbel!«, hörten sie Oskar rufen und begaben sich beide nach draußen, wo Oskar und der fremde Mann sich gerade ungestüm auf die Schultern klopften. »Alles noch frisch?«, fragte Oskar. Sein weißes Haarkränzchen stand wild vom Kopf ab, aber er trug ein blau gestreiftes Polohemd. Elise hatte ihn offenbar neu eingekleidet.

»Na, frischer als du bin ich auf alle Fälle noch«, versetzte der Mann und lachte. Er gab Tina und Markus die Hand. »Das ärgert ihn nämlich, dass er ein paar Jahre älter ist als ich.«

»Blödsinn«, erwiderte Oskar. »Wir sind beide alte Säcke, auch wenn du erst zweiundachtzig bist. Einer von uns beiden fällt früher oder später als Erster um, aber vorher musst du noch was für uns regeln.«

»Ich weiß, ich weiß.« Martin winkte mit großer Geste ab. »Hab mich doch informiert. Sauber, was ihr da alles hingelegt habt. Wirklich nicht schlecht.«

»Danke«, piepste Tina.

»Und der Bullentussi die Knarre abzunehmen und sie ans Klo zu fesseln – also, das muss man erst mal fertigbringen, was?« Martin lachte kollernd.

Tina wand sich verlegen. Oskar war so beeindruckt von ihrer Flucht aus dem Polizeiauto gewesen, dass sie es einfach nicht fertiggebracht hatten, ihm von Susis freiwilliger Beihilfe zu berichten. Und vielleicht war es ja auch ganz gut, wenn das Geheimnis für immer zwischen ihnen und Susi bewahrt blieb.

»Die Damen.« Martin deutete eine kurze Verbeugung in Richtung Elise und Viktoria an, die gerade das Zimmer betraten, dann legte er sein kleines Aktenköfferchen auf den Tisch. »So«, sagte er. »Da brauchen wir als Erstes neue Passfotos. Die letzten waren sowieso nicht besonders schmeichelhaft, nicht wahr?«

Tina wurde flammend rot. Er hatte sich tatsächlich bestens informiert.

»Keine Sorge.« Martin zwinkerte ihr zu. »Onkel Martin kriegt das schon alles hin. Also, auf geht's!« Er rieb sich die Hände. »Hier ist der Plan.«

»Marion?«, fragte Tina wenige Tage später in ihr neues Handy. »Sag bloß, du hockst immer noch bei *Fashion World* rum!«

»Meine Güte, Ti... du bist es tatsächlich! Hier reden alle nur noch von euch! Wisst ihr überhaupt, dass ihr eine Fanpage auf Facebook habt? Wo seid ihr, um alles in der Welt?«

Marion kapierte es irgendwie nie. Tina seufzte. »Marion, ich kann dir nicht verraten, wo ich bin, das weißt du doch. Ich will mich auch nur kurz von dir verabschieden. Wir...« Tina räusperte sich. »Wir ziehen um. Und irgendwann, Marion, hör gut zu, irgendwann wirst du eine Postkarte bekommen, hast du mich verstanden? Und die wird von jemandem sein, den du gar nicht kennst. Und das bin dann ich.«

»Aber ich kenne dich doch.«

Herrgott noch mal. »Ja, aber ich unter einem anderen Namen. Verstanden?«

»Ach so. Eine Postkarte von wo?«

»Das weiß ich noch nicht. Aber darauf wird ein Name und eine Telefonnummer stehen, und dann kannst du mich dort anrufen, okay?«

»Ja«, antwortete Marion brav. Sie schluckte. »Und dann holst du mich hier raus?«

»Marion, das kannst du nur selber machen. Niemand zwingt dich, bei *Fashion World* zu arbeiten.«

Marion schwieg einen Moment lang, und im Hintergrund vernahm Tina die Stimme der dicken Müller, die gerade von einer offenbar besonders nervenden Kundin an die Grenzen ihrer guten Erziehung getrieben wurde. »Es tut mir wirklich furchtbar leid«, hörte Tina sie zischen, »aber ich kann auch keine Hose in Tintenblau herbeizaubern, die sind ausverkauft.«

»Du hast recht. Es zwingt mich niemand.« Jetzt war es Marion, die seufzte. »Wann … zieht ihr um?«

»Übermorgen.« Tina wurde es ganz schwer ums Herz. Nachdem sie über eine Woche lang herumgesessen und gewartet hatten, ging nun alles auf einmal ganz schnell.

»Dann viel Glück«, sagte Marion leise. »Und vergiss mich nicht! Und eins noch – woran erkenne ich denn, dass die Karte von dir ist?«

»Du wirst es wissen. Es wird etwas ganz Schreckliches daraufstehen, das wir beide im Leben nicht vergessen werden.«

»Kordblazer in Grüngelb«, antwortete Marion wie aus der Pistole geschossen.

Sie lachten beide, und dann legte Tina rasch auf, damit sie hier nicht noch sentimental wurde. Hastig wählte sie die nächste Nummer. Sie hielt den Atem an und drehte ihren Ehering hin und her. Jetzt durfte nichts mehr schiefgehen.

»Paul?«, flüsterte sie. »Hast du alles bekommen?«

»Ja. Geht alles klar.«

»Noch kannst du es dir überlegen.«

»Da gibt es nichts zu überlegen. Amelie hat sowieso mit mir Schluss gemacht, der Ottwald labert mich jeden Tag voll, dass meine Musik zu laut ist, die Hausverwaltung hat euch eine Kündigung geschickt, und die Schule nervt mich schon seit dem Tag, an dem ich meine Zuckertüte leer gefuttert habe.«

»Ach, Paulchen.« Tina sah ihren Sohn in Gedanken vor sich. Hoffentlich ging alles gut. Wenn es nicht gut ging, würde sie sich das nie verzeihen können. Sie musste einfach noch ein wenig die Zähne zusammenbeißen. »Bis übermorgen dann, Paulchen«, flüsterte sie.

»Bis übermorgen, Mum.«

Tina half Elise den Tisch für ihr letztes gemeinsames Abendessen zu decken. Doch sie konnte sich nicht konzentrieren und ließ ständig etwas fallen, deshalb schickte Elise sie wieder hinaus, damit sie Oskar Gesellschaft leistete. Der saß in einem Liegestuhl auf der Terrasse und betrachtete glücklich den Garten.

»Ist das nicht wunderschön hier?«, meinte er. »Komm, setz dich zu mir.«

Tina nahm neben ihm auf einem zweiten Liegestuhl Platz. »Oskar«, begann sie zögernd, denn eine Frage brannte ihr schon seit Tagen unter den Nägeln. »Oskar, warum gibst du uns das ganze Geld? Ich meine, das ist eine irrsinnige Summe, und du hast doch ursprünglich gesagt, dass du das Geld mit uns teilen willst. Du könntest prima davon leben, du könntest dein Elternhaus renovieren lassen und mit Elise dort wohnen, ihr könntet vielleicht noch ein bisschen reisen, wenn du erst mal besser zu Fuß bist, ihr könntet ...«

»Ich habe alles, was ich brauche«, unterbrach Oskar sie sanft, aber bestimmt. Eine frische Abendbrise wehte hier draußen, und die Sonne verschwand am Horizont. »Ich habe meine große Liebe doch noch bekommen, auch wenn es verdammt schade ist, dass der olle Helmut das nicht mehr sehen kann. Und ich bin wieder in meiner Heimat und höre in meinen letzten paar Monaten beim Einschlafen die Nordseemöwen und nicht das Gefurze von irgendeinem Zimmernachbarn im Luisenhaus. Das ist doch was.«

»Bitte?«, fragte Tina erschrocken. Eine kleine kalte Hand griff nach ihrem Herz. »Wieso *letzte paar Monate?*«

Oskar rückte näher zu ihr heran. »Ach, Mädchen, ich wollte es euch nicht sagen, damit ihr mich nicht aus irgendeinem Samariterkomplex heraus in irgendein Krankenhaus schafft. Aber die Pumpe hier, die ist im Eimer.« Er klopfte sich auf die Brust. »Koronare Herzkrankheit, das geht schon seit Jahren den Bach runter. Demnächst ist irgendwann Schluss, haben sie mir gesagt. Aber wenigstens sind nur meine Arterien verkalkt und nicht mein Gehirn, was?« Er tippte sich stolz an die Stirn und kicherte.

Tina lachte nicht mit. Sie konnte nicht glauben, was er da sagte. »Dann ... dann hat das also gestimmt, was die in den Nachrichten immer gesagt haben. Du bist tatsächlich herzkrank.« Der Vorfall bei der Hochzeit fiel ihr wieder ein, als Oskar kreidebleich und sekundenlang fast bewusstlos in seinem Rollstuhl gesessen hatte. Meine Güte, er hätte ihnen da glatt unter den Fingern wegsterben können!

»Ach, die blöden Nachrichten, was die nicht alles so behaupten. Dass ich neunzig Jahre alt bin und dass der Mars bewohnt ist und dass Bier ungesund ist, und was nicht alles noch. Ein kleines Weilchen wird es schon noch gehen.« Er sah gedankenverloren in die Ferne, dann richtete er seinen Blick wieder warm und liebevoll auf Tina. »Aber nicht lange genug, um die ganze Kohle zu verprassen, und deswegen bekommt ihr sie, denn das letzte Hemd hat keine Taschen, und sonst kriegt es ja doch nur wieder mein Stinkstiefel von Schwiegersohn. Außerdem bin ich gerade in diesem Moment unheimlich glücklich – und wie heißt es doch so schön? Wer glücklich ist, sollte nicht dauernd versuchen, noch glücklicher zu werden.«

»Oskar, aber werden wir denn …?« Tränen schossen Tina in die Augen, sie konnte einfach nicht aussprechen, was sie fragen wollte.

»Ich weiß nicht, ob wir uns noch mal wiedersehen werden«, antwortete Oskar, der sie auch so verstanden hatte. »Es sei denn, ihr stürzt mit dem Flugzeug ab. Dann könnten wir uns unter Umständen recht bald wieder über den Weg laufen.«

»Oskar, sag doch so etwas nicht!« Tina konnte sich nicht mehr zusammenreißen. Sie fiel dem alten Mann um den Hals und heulte wie ein Schlosshund. »Warum hast du uns das nicht gesagt? Dann hätten wir doch … dann hätten wir …«

Oskar klopfte ihr beruhigend auf den Rücken. »Was hättet ihr dann gemacht, hm? Ihr hättet mich ins Krankenhaus gebracht, und das wäre das Ende unseres schönen Roadtrips gewesen. Stimmt's?«

»Ja«, gab Tina unter Schniefen zu.

Oskar nickte befriedigt. »Genau. Außerdem wart ihr eh schon so nervös wie aufgescheuchte Moorhühner. Da hättet ihr nur vor lauter Schreck eine Dummheit gemacht, mir ins Bein geschossen oder so.«

»Oskar«, Tina lachte unter Schluchzen, »die Pistole war doch gar nicht echt.«

»Das sagen sie hinterher alle.« Oskar zog wissend die Augenbrauen hoch. »Aber im Ernst – ihr habt mir geholfen, wie niemand sonst in den letzten zwanzig Jahren. Und dafür bin ich euch unendlich dankbar.«

»Wir sind dir auch unendlich dankbar«, flüsterte Tina. »Ich weiß gar nicht, wie wir das jetzt alles schaffen sollen ohne dich.«

»Natürlich schafft ihr das. Du bist clever und voller guter Ideen, und der Markus – der ist feinstes Ganovenmaterial. Noch ein bisschen ungestüm, aber aus dem kann was werden.« Er griff jetzt nach Tinas Hand und drückte sie.

»Meinst du?«

»Natürlich. Und ihr habt euch gegenseitig. Das ist schon die halbe Miete. Nein – die ganze.« Damit lehnte er sich in seinem Stuhl zurück und blickte zufrieden zum Himmel hoch, wo die Sonne sich ein letztes Mal blutrot aufbäumte und wenige Sekunden später spurlos verschwunden war.

21

Tina ertappte sich dabei, dass sie jedes Mal zusammenzuckte, wenn sie in die spiegelnde Glaswand gegenüber von Gate A5 blickte. Die Frau mit dem eleganten grauen Hosenanzug und der großen Sonnenbrille sah so ganz anders aus, als die Tina Michel, die sie schon fünfundvierzig Jahre lang kannte. Und das machten nicht nur die frisch blondierten Haare und die edle Halskette, ein Geschenk von Elise. Die Frau in der Glaswand sah aus wie eine sorglose, reiche Touristin, die leicht entnervt darauf wartete, dass ihr Flug endlich aufgerufen wurde, damit sie in der Businessklasse bei einem Glas Sekt die Beine hochlegen konnte.

Sie griff in ihre Handtasche und zog die Ansichtskarten heraus, die sie vorhin noch schnell im Souvenirladen gekauft hatte. Eine zeigte einen breit grinsenden Gartenzwerg vor einer Windmühle. Die war für Susi, als Dank und als kleinen Hinweis darauf, dass sie es geschafft hatten. Susi würde die Anspielung auch ohne Text sofort verstehen. Und die zweite zeigte einen Strand mit einer Hängematte zwischen zwei Palmen, ähnlich wie die an ihrem Zielort. Die war für Marion. Beide Karten würde Tina losschicken, sobald sie angekommen waren.

Aus dem Duty-free-Shop gegenüber wehte eine geballte Melange aus sämtlichen Aftershaves und Parfüms der modernen Welt herüber, weil die Leute das Zeug vor lauter Flughafenlangeweile wie Insektenvernichtungsmittel herumsprühten, und Tina fragte sich zum wiederholten Mal heute, wer um alles in der Welt eigentlich so kurz vorm Abflug noch mal schnell eine Christian-Dior-Handtasche für schlaffe dreitausend Euro kaufte wie andere Leute eine Zeitung. Reiche Luxusweiber wahrscheinlich. So wie sie selbst jetzt, fiel ihr ein. Der Gedanke war immer noch ungeheuerlich, und außerdem würde sie das auch erst richtig begreifen können, wenn sie in ihrem Flugzeug saß.

Sie blätterte unentschlossen in ihrem Magazin herum, konnte sich aber kaum konzentrieren, weil ihre Gedanken immer wieder zu Oskar wanderten. Und zu allem, was sie hinter sich ließen. Als sie Oskars Gesicht vor sich sah mit dem weißen Haarkränzchen und den Lachfältchen um die Augen und daran dachte, wie er sie heute Morgen alle ein letztes Mal umarmt hatte, schnürte es ihr die Kehle zu.

Sie stand auf, um sich zu Paul und Markus zu gesellen, die unschlüssig vor dem kleinen Café im Abflugbereich standen. Fast wie früher, dachte Tina. Als ob sie noch mit jedem Cent rechnen müssten und gerade überlegten, ob das dadrin zu teuer für sie war und sie doch lieber vorn am Stand einen Kaffee im Pappbecher holen sollten.

»Ihr traut euch wohl nicht hinein?«, sagte sie. »Kommt, ich lade euch ein.« Sie zwinkerte den beiden zu und schob sie in Richtung eines freien Tisches. »Kaffee? Oder lieber ein Wasser? Oder gleich Champagner?« Sie grinste Markus an.

»Cappuccino. Den Schampus trinke ich erst, wenn wir sicher gelandet sind«, sagte Markus. Er knetete nervös seine Bordkarte.

»Mensch, Papa. Du mit deiner Flugangst«, spottete Paul, aber es klang eher fürsorglich.

Tina begab sich zur Bar, wo man die Bestellung aufgeben musste. Eine Kellnerin mit Schatten unter den Augen hetzte dort hin und her, die Espressomaschine musste gereinigt werden, benutzte Gläser standen herum, und mehrere Leute warteten ungeduldig und verfolgten jede ihrer Bewegungen mit Blicken wie giftige Pfeile.

Die Barfrau kämpfte verzweifelt mit der zischenden Espressomaschine und rief ein »Was bekommen Sie?« über die Schulter nach hinten. Ein Mann im Polohemd ratterte eine Bestellung für mindestens sieben Leute herunter, und die Barfrau nickte und lächelte gestresst. Tina fragte sich, wie um alles in der Welt sich die Frau das alles merken konnte. Tinas Blick fiel auf ein Foto, das hinter der Kasse an die Wand gepinnt war. Es zeigte einen kleinen Jungen, der stolz neben einem Schneemann in die Kamera lachte. Garantiert der Sohn der Barfrau, er hatte die gleichen schwarzen Locken wie sie. Das Bild erinnerte Tina an ein Foto von Paul, das sie jahrelang bei *Fashion World* wie ein Monument der

Freiheit auf ihrem Tisch stehen gehabt hatte. Der kleine vierjährige Paul saß darauf auf einer Decke auf einer Sommerwiese, im Hintergrund glitzerte ein Badesee. Tina hatte aus diesem Anblick immer Kraft geschöpft, wenn der Tag mal wieder nicht zu Ende gehen wollte, sie hatte sich in den Sommer geträumt und dabei fast gemeint, den Geruch nach Wiese und Wasser wahrzunehmen und nicht den nach Schweiß und Käsekräckern, der vom Schreibtisch der dicken Müller kam.

Jetzt betrachtete Tina die entnervten Mienen der wartenden Leute in der Spiegelwand hinter der Bar.

»Wird das heute noch mal was?«, beschwerte sich jemand laut, und ein paar Leute murmelten zustimmend. Die Barfrau behielt tapfer ihr Lächeln im Gesicht und wirbelte nun noch schneller herum. »Bitte schön.« Sie stellte einen Espresso vor dem Mann im Polohemd ab.

»Nein, einen Espresso macchiato wollte ich doch«, nörgelte dieser sofort los.

Tina war sich hundertprozentig sicher, dass er einen normalen Espresso bestellt hatte. Hier Barfrau zu sein war fast so schlimm, wie bei *Fashion World* zu arbeiten, stellte sie fest.

Die Dame vor Tina hatte jetzt ebenfalls laut etwas zu bemängeln. »Der Kaffee ist ja kochend heiß. Da verbrüht man sich ja den Mund!«, rief sie empört, und ihre Begleiterin kommentierte genauso vernehmlich: »Siehst du, wir hätten eben doch in der Lounge was trinken sollen.«

Tina blickte den beiden davonstöckelnden Damen nach. »Das wär wohl besser gewesen. Dann wäre uns ihr Anblick erspart geblieben, was? Drei Cappuccinos, bitte!« Sie zwinkerte der Barfrau zu und steckte zwanzig Euro in ein mit »*Trinkgeld*« beschriftetes Glas auf der Theke, in dem bislang nur eine einsame Fünfzigcentmünze vor sich hindümpelte. »Stimmt so«, sagte sie und dachte dabei, dass Oskar das sicher genauso gemacht hätte.

Tina stellte die Cappuccinos vor Paul und Markus ab und setzte sich zu ihnen.

»Willst du wirklich nicht noch was essen, Paul?«, fragte sie. Seit sie ihn wieder bei sich hatte, hätte sie ihn am liebsten nonstop bemuttert. Aber Paul schoss ihr nur einen warnenden Blick zu. »Florian, meine ich. Willst du nichts essen, Florian? Du auch nicht … Matthias?« Sie sah Markus an.

»Nein, Lisa«, erwiderte Markus und kniff demonstrativ ein Auge zu.

Sie hörten sich an wie die erste Lektion »Deutsch für Anfänger«, dachte Tina. Es würde eine Weile dauern, ehe sie sich an ihre neuen Namen gewöhnt hatten, wenn überhaupt je.

»Mensch, guckt mal«, flüsterte Markus jetzt. Er deutete auf den Monitor oben an der Wand, auf dem gerade unter einer blonden CNN-Nachrichtensprecherin eine Schlagzeile aufflackerte: »*Newly discovered original photos of the Beatles, Stones and other musicians from the swinging sixties sell for over two million pounds at Sotheby's!*«

»Kneif mich mal«, flüsterte Tina. »Das ist ja doppelt so viel, wie Oskar vermutet hat.«

»Ich glaube, er hat es geahnt«, meinte Markus leise. »Er wollte uns nur nicht überwältigen.«

Tina nickte und stellte sich den kleinen alten Mann vor, wie er in diesem Moment vorm Fernseher saß und sich diebisch freute und wie er Elise den Arm um die Schulter legte und dabei sagte, dass er den ganzen Zaster sowieso nicht brauchte, weil der letzte Wagen ja ein Kombi sein würde und kein Porsche – oder irgendeinen seiner Sprüche, von denen Tina jetzt wünschte, sie hätte sie sich alle gemerkt, wie sie überhaupt wünschte, sie hätte Oskar schon viel eher in ihrem Leben kennengelernt.

»Ich geh noch mal aufs Klo.« Paul stand auf.

»Flugangst? So was soll erblich sein.« Markus knuffte ihn ans Bein.

»Mensch, Papa.« Paul verdrehte die Augen. »Bin gleich wieder da.«

Tina blickte ihrem Sohn hinterher, der betont so cool schlenderte, als ob er jeden Tag eine Flugreise irgendwohin antreten würde. Endlich waren sie alle drei wieder zusammen. Auf dem Weg in eine bessere Zukunft. Spontan schmiegte sie sich an Markus. »Weißt du eigentlich, wie glücklich ich jetzt gerade bin?«, fragte sie ihn. »Ich kann mich nicht erinnern, wann ich das letzte Mal so glücklich war. Auf uns wartet ein neues Leben. Und es gibt niemanden, mit dem ich lieber noch einmal durchstarten würde, als mit dir.« Sie küsste ihn. »Du bist der Beste.«

Er legte den Arm um sie. »Und ich wüsste niemanden, mit dem ich den Rest dieses neuen Lebens lieber verbringen würde, als mit dir. Ich bin so froh, dass du nicht mehr sauer auf mich bist.«

»Es war nicht wirklich deine Schuld. Du hast nur aus Liebe zu uns so gehandelt. Und dafür danke ich dir – auch wenn es total verrückt war.« Sie grinste und streichelte seine Wange. »Wir haben eigentlich verdammt viel Glück in unserem Leben gehabt, findest du nicht?«

Markus nickte. »Das kannst du laut sagen. Die Sache hätte auch ganz anders ausgehen können.«

»Das meine ich nicht. Ich meine, dass wir unheimliches Glück haben, uns gefunden zu haben. Das hat nicht jeder.« Sie musste an Susi denken.

»Ja, das stimmt.« Markus sah sie zärtlich an. »Nicht auszudenken, wenn ein anderer dich mir weggeschnappt hätte.«

»Oder eine andere dich mir.« Tina küsste ihn wieder. »Eine andere hätte übrigens dein Gitarrenspiel auch gar nicht zu würdigen gewusst.«

»Warte es nur ab. Wenn wir erst mal da sind, kaufe ich mir als Erstes wieder eine Gitarre, und dann geht es ab an den Strand, und …«

»Will Papa etwa 'ne Band gründen?« Paul war zurückgekehrt.

»Nein, ich …«

Über ihnen knackte der Lautsprecher.

»*Letzter Aufruf für Familie Schmidt zum Flug nach Georgetown am Flugsteig A6, ich wiederhole, letzter Aufruf für Familie Schmidt zum Flug nach Georgetown, bitte zum Flugsteig A6 kommen.*«

»Mensch, das sind doch wir!« Markus sprang wie elektrisiert auf und stieß dabei seinen Cappuccino um.

»Unglück im Glück«, sagte Tina und lächelte ihn an. »Los, ihr Schmidts. Dann kommt!«

Und damit begaben sie sich zügig, aber ohne Eile, zum Flugsteig A6, wo eine überfreundliche Flughafenmitarbeiterin ihre Bordkarten scannte und ihnen einen guten Flug wünschte.

»Ich glaube auf den Kaimaninseln gibt es verdammt viele Boote, die gebaut werden müssen«, hörte sie Markus hinter sich leise zu Paul sagen.

Was Paul erwiderte, konnte Tina nicht mehr hören, weil in diesem Moment ihr Handy klingelte. Sie ging ran und erkannte sofort Oskars Stimme.

»Geld ist überwiesen«, berichtete er fröhlich. »Ist ein bisschen mehr geworden, ich hoffe, das stört euch nicht.«

»Danke, Oskar, wir ...«

»Und was ich euch noch sagen wollte«, unterbrach er sie, »besorgt euch in Georgetown um Himmels willen eine echte Knarre, verstanden? Damit ihr euch dort gleich Respekt verschafft.«

Tina unterdrückte ein Lächeln. »Machen wir, Oskar. Versprochen.«

»Sag das bitte auch dem Marko.«

»Markus.«

»Weiß ich doch, weiß ich doch«, sagte Oskar, und Tina hätte schwören können, dass er in diesem Moment leise kicherte. »Ich wollte doch nur checken, ob du auch wirklich zuhörst.«